NOVELAS DE CINE

BIBLIOTECA GRANDES ÉXITOS

CHRISTOPHER HUDSON

LOS GRITOS DEL SILENCIO

EDICIONES ORBIS, S.A.

Título original: *The Killing Fields* (1984)

Apartado de Correos, 35.432 - 08080 Barcelona

ISBN: 84-402-0006-4

Depósito Legal: B. 18.272-1987

Impreso por: Gráficas Ramón Sopena, S.A.
Provenza, 95 - 08029 Barcelona

Printed in Spain

A Rowley

NOTA

Este libro se basa en la historia real de Sydney Schanberg y Dith Pran, durante la caída del gobierno camboyano, en 1975, y las siguientes angustias sufridas por Dith Pran bajo el régimen brutal del Khmer Rouge. En aras de la tensión dramática del relato, algunos incidentes han sido retocados o inventados por completo, además de agregarse algunos personajes ficticios. No han de identificarse esos personajes ficticios con ninguna persona real, viva o muerta.

INTRODUCCIÓN

«Éste es el relato de una guerra y una amistad, de la angustia de un país en ruinas y de la voluntad de vivir de un hombre.» Con estas palabras encabezó Sydney Schanberg, periodista norteamericano, uno de los documentos más extraordinarios de la guerra en Indochina.

La historia comienza en agosto de 1973, en la Camboya desgarrada por la guerra. Ya desde 1968 se habían producido miles de bombardeos de los B-52 norteamericanos en territorio camboyano, intentando desalojar a los vietcong que habían establecido bases de avanzada en la selva, desde las cuales atacaban la frontera con Saigón. A pesar de los intensos bombardeos y del reemplazo en el poder del príncipe Sihanouk por el mariscal Lon Nol, quien contaba con el apoyo del gobierno de Estados Unidos, los comunistas seguían avanzando. Con la ayuda de tropas norvietnamitas, los fanáticos del Khmer Rouge habían hecho retroceder al ejército de Lon Nol hasta el río Mekong.

Fue en esa etapa de la guerra cuando Sydney Schanberg convenció a la sección «Noticias del Exterior» de su diario, el New York Times, *para que tomaran a un corresponsal oficial: Dith Pran, su ayudante camboyano. Ésta es la historia de lo que ocurrió a Schanberg y a Pran cuando los rebeldes del Khmer Rouge llegaron a Phnom Penh, imponiendo el reina-*

do del terror. Publicada en 1980 por la revista del New York Times, *pronto se convirtió en base del guión de la película de David Puttnam, dirigida por Roland Joffé. Escribí este libro a partir del documento de Schanberg y del guión cinematográfico de Bruce Robinson.*

Por ello, mi mayor agradecimiento es para ambos. También quisiera destacar la ayuda que me prestaron John A. Nicol, quien, generosamente, me permitió utilizar su colección de libros y artículos periodísticos sobre Kampuchea (nombre actual de Camboya), y William Shawcross, autor de Sideshow, *el mejor libro que jamás se escribió sobre la guerra de Camboya; él, gentilmente, leyó el manuscrito y me hizo valiosas sugerencias.*

PRIMERA PARTE

Camboya, agosto de 1973

Un súbito estallido. Sydney Schanberg se echó hacia atrás, como los demás periodistas sentados a la mesa. Había explotado uno de los farolillos de papel coloreado colgados entre las palmeras. Un camarero de sedosos movimientos se arrodilló y recogió del césped los fragmentos de papel y vidrio.

Era una noche cálida, fragante. Las mesas que rodeaban la piscina del Hotel Phnom estaban ocupadas en su totalidad. Un diplomático sentado a una mesa vecina iba por el quinto whisky doble, y hablaba en tono gangoso a dos camboyanos de alto rango, quienes sonreían y asentían con la cabeza, mientras sorbían sus jugos de ananá. Más allá, un banquero francés concluyó un relato que arrancó risas a dos de las prostitutas de Madame Butterfly, vestidas como escolares, con blusa blanca y larga falda angosta, de seda negra.

Schanberg volvió a levantar la mirada hasta la ventana del hotel. Las cortinas seguían corridas. Se obligó a concentrar su atención en su propia mesa, donde Barry Morgan limpiaba restos de espuma de cerveza de su boca. Tenía barba de tres días.

—*Plus ça change,* la misma mierda de siempre —los largos años de corresponsal en Fleet Street no habían suavizado el acento sudafricano de Morgan—. Vengo a esta fiesta desde el verano del sesenta y nueve, cuatro años ya, y siempre esa maldita banda toca lo mismo, la cerveza parece meada caliente y el condenado *chef* del Café de París está de vacaciones.

—Bueno, hay guerra —dijo Al Rockoff—. Al menos, eso es lo que dicen.

Schanberg sonrió. Al era uno de los mejores fotógrafos de guerra. Sus anteojos ahumados reflejaban las luces de colores que lanzaban destellos, como balas de rastreo en el aire nocturno.

—Hay guerra, recuerda —murmuró otra vez.

—Cuando estás borracho, Al, pareces casi normal —dijo Morgan—. Hay guerra, sí. ¿Y qué hacemos nosotros? Nos dejamos llevar por rumores, que nadie confirma, sobre enfrentamientos que ninguno de nosotros ha sido capaz de registrar. Eso es lo que hacemos. ¿No es cierto, Des?

—¿Y qué pretendes? ¿Que el Khmer Rouge envíe vehículos para la prensa? —El cuarto periodista presente, Desmond France, era calvo y lucía un bigotito nada convincente. Estaba tratando de llamar la atención del camarero y habló sin volverse.— Como dijo Nixon en el sesenta y nueve con respecto a los bombardeos ilegales, a veces, por confundir al enemigo, uno debe negarse el lujo de ser franco con los amigos.

Schanberg no reaccionó ante la provocación. Desmond France le caía antipático. Como Morgan, trabajaba para la prensa inglesa y hablaba la jerga del ejército norteamericano con entonación británica. Era uno de los corresponsales serviles con la embajada norteamericana, de los que engordan con el buen trato. La mayoría de los hombres de prensa en Camboya seguía las directrices del Pentágono. Era difícil enterarse de la verdad con respecto a esa guerra, y más aún escribir sobre ella, enfrentarse a la constante hostilidad oficial. Si Schanberg no hubiera sido jefe de la corresponsalía del *New York Times,* habría hallado algún motivo para expulsarlo, meses antes. Encendió un cigarrillo y volvió a mirar la ventana con cortinas.

—¿Puedo sentarme con ustedes?

Jon Swain era un personaje delgado, de elegancia desenvuelta, más joven que los demás; su rostro era pálido e inteligente.

—Jon, ¿qué estás haciendo aquí? —dijo Schanberg; y, con una palmada, logró por fin atraer la atención del camarero—. ¿No estabas en Saigón?

—Tuve un problema con el avión. —El recién llegado miró a su alrededor, con una sonrisa torcida.— Me alegro de ver a todos los de costumbre: Barry, Desmond...

—El día en que Desmond no se presente en la piscina —declaró Schanberg— se desmayará todo el personal del hotel.

—Frena, Schanberg. Ha sido un día muy duro.

Hubo un silencio incómodo. Swain se sentó.

—¿Qué novedades hay? —preguntó—. Sidney, tienes un aspecto siniestro.

—Como de costumbre. ¿Te enteraste de lo de nuestro embajador?

—¿Kirby? ¿Sigue como jefe de la misión?

—No —Schanberg dejó caer las cenizas al césped—. Parece que Kissinger no estaba recibiendo los debidos informes entusiastas sobre las inspiradas hazañas del mariscal Lon Nol y sus brillantes tropas. Así que Kirby ha merecido uno de esos destinos exclusivos para las personas no gratas al Departamento de Estado: asesor político de la flota del Atlántico Norte, con base en Norfolk, Virginia.

—¿Quién lo reemplaza?

—Bob Wilbur, su segundo. El favorito de Henry. Dos metros de hostilidad erguidos ante cualquier credencial de prensa. —Schanberg imitó el acento patricio de Wilbur—: «Caballeros, mi función es mantener esto en marcha y fuera del alcance de la prensa. Buenos días.»

Desmond France intervino:

—¿Conque así estamos, Schanberg? Lo que pasa es que Wilbur trata al *New York Times* como a cualquier otro diario. Conmigo ha sido muy considerado.

Al Rockoff soltó una risa sibilante.

—Por supuesto. Con uno de los grandes periodistas del mundo...

—Desde luego. —Schanberg echó otro vistazo a la ventana y descargó su frustración contra France.— Recuerdo que una vez leí uno de tus editoriales. ¡Al fin alguien que se decidía a hablar francamente sobre Irlanda del Norte!, pensé antes de comenzar.

Jon Swain estaba sonriendo. Hasta Rockoff mostraba el comienzo de una sonrisa burlona.

—...lamento decirte que prefiero hojear el *Pravda;* es un poquito menos tendencioso.

Desmond France se levantó sin decir palabra y se marchó a grandes pasos. Barry Morgan, enrojeciendo de cólera, apuntó con el índice a Schanberg.

—Ya me está cansando tu pedantería y la de tu diario. Es hora de que despiertes: esta guerra no es una exclusiva del *New York Times.*

Swain y los otros estaban expectantes. Los neoyorkinos suelen ganar cualquier discusión a gritos; en Manhattan eso pasa por una conversación cortés. Pero Schanberg parecía extrañamente distraído. Quedó en silencio, con la vista perdida en su vaso. Morgan sonrió. Arrojó un puñado de billetes sobre la mesa y se dirigió a saludar al diplomático ebrio, cuyos invitados camboyanos se habían retirado.

La banda había pasado a una incierta ejecución de *Ata una cinta amarilla al viejo roble.* Un enorme coronel norteamericano, cuya cara parecía una luna llena, se levantó y comenzó a bailar, peligrosamente cerca de la piscina, estrechando a una diminuta camboyana en un abrazo de oso.

—¿Otra copa? —propuso Swain.

Schanberg negó con la cabeza. Apenas había escuchado el último comentario de Morgan. Sin terminar su whisky, se levantó y sacó algo de dinero. Al Rockoff frunció el entrecejo. Se quitó los oscuros anteojos, dejando al descubierto sus ojos celestes, inocentes.

—No te habrás molestado por eso, ¿verdad, Syd? Morgan es un hijo de puta. En cuanto a Desmond, todos sabemos que está calvo porque el personal de la embajada le ha dado demasiadas palmaditas en la cabeza.

Schanberg sonrió.

—Eso merece que te pague una copa, Al —dijo, y agregó algunos billetes a los que había dejado Barry Morgan.

Se alejó del grupo y volvió a levantar los ojos, discretamente, sólo para asegurarse. La cortina había sido descorrida, y una débil luz se encendía y se apagaba en la habitación. Cruzó apresuradamente las puertas del jardín del hotel, echando un vistazo a su reloj. Era más de medianoche. Probablemente no habría mucho tiempo.

Se detuvo en seco al ver a un hombre alto, huesudo, de cara triste y esmoquin, de pie ante el escritorio de recepción: James Lincoln, diplomático de la embajada.

—James...

—No puedo hablar contigo.

—Sí puedes.

Lincoln le había vuelto la espalda apenas lo vio aproximarse. Schanberg lo alcanzó a la entrada.

—Ya sabes lo que quiero preguntarte. Neak Luong.

—No tengo nada que decir...

—Claro que sí. ¿Por qué toda la zona está cerrada por motivos estratégicos? Y dicen que el hospital Preh Keth Mealea prohíbe la entrada a los periodistas.

Lincoln rehusaba mirarlo a los ojos.

—En la embajada están todos con los nervios de punta. Si quieres información, pídela a la oficina de prensa.

Schanberg pasó el brazo por sobre los hombros del diplomático. Su sonrisa era amenazadora.

—No empecemos mal —sugirió suavemente.

—Está bien —Lincoln miró en derredor y bajó la voz—. Esto no es oficial. En la base hubo un desperfecto de computadoras. Enredaron todas las coordenadas... y, por casualidad, en el centro de Neak Luong hay un reflector para guiar a los B-52.

—¿Cuántos muertos?

—Mañana te darán toda la información. Digamos unos cincuenta y cinco militares y unos treinta y cinco civiles...

—*¿Cuántos?*

—Dicen que unos doscientos, pero no des mi nombre. Ahora dime una cosa: ¿quién te informó?

Pero Schanberg ya se alejaba por la escalinata del hotel. El Mercedes gris de Sarun estaba estacionado al otro lado de la calle. Desde dentro del coche, Dith Pran le hacía señas, tratando de no dejar traslucir su ansiedad. Tenían, tal vez, unas doce horas de ventaja.

Quien había informado a Schanberg era Pran, como casi siempre. Pran había estado en el aeropuerto de Pochentong esa mañana; allí oyó aterrizar, uno tras otro, los grandes helicópteros Huey de transporte, en la zona militar, fuera de los límites del aeropuerto. Desde la terraza, vio que una ambulancia salía disparada hacia la pista, por detrás de los hangares. A partir de entonces, ambos habían estado tratando de traspasar la cortina de humo tendida por la embajada, más espesa que de costumbre en cuanto a información veraz. Lincoln había sido el primero en abrir la boca.

Un error de las computadoras de los B-52. Neak Luong cerrada a los visitantes. Ya veía el artículo ante sus ojos. Por Dios, podría hacer un artículo a tres columnas, con una fotografía, si lograban llegar hasta allí. Descargó el puño contra el techo del auto.

—¿Y bien?

—Las rutas están desiertas —anunció Pran, desde el asiento delantero—. Los aviones no toman pasajeros, ni siquiera khmers. Probé con los barcos patrulla, pero tampoco nos llevarán.

—Entonces, ¿para qué mierda me hiciste salir? A menos que los marcianos tengan la amabilidad de alquilarnos un platillo volante...

Pran giró en redondo. Estaba tratando de conservar su calma expresión, pero le brillaban los ojos. Schanberg conocía bien ese gesto.

—*Monsieur* Óscar dice que nos lleva, por ciento cincuenta dólares. Sale del muelle a la una de la mañana.

Schanberg miró su Rolex, ceñudo.

—Sarun, a fondo —dijo.

Sarun, el conductor, soltó una risita aguda y el coche arrancó con violencia. Por la ventanilla trasera, Schanberg vio a Lincoln en los escalones de la entrada, contemplando la azotea del hotel. Tal vez estaba pensando en poner un reflector allí, para que los B-52 cometieran otro error de computación y barrieran a todos los periodistas. Schanberg sonrió. Sarun lo miró por el espejo y asintió alegremente.

Aunque era medianoche, había tránsito en la ruta: ciclistas, camiones llenos de repuestos para el ejército, taxis que transportaban a los oficiales camboyanos de alto rango a sus grandes casas blancas en las colinas, donde los esperaban sus amantes. Más al sur, tras los negocios locales y las estaciones de servicio, se apiñaban los nuevos barrios de los refugiados: cobertizos ruinosos, de cartón y paja, aquí y allá alguna preciada chapa metálica. Desde 1970, el bombardeo norteamericano a las fronteras había impulsado al Vietcong hacia el interior de Camboya, llevando la guerra a las aldeas. En tiempos de Sihanouk, Phnom Penh era una ciudad apacible y espaciosa, de seiscientas mil almas. Ahora albergaba a un millón, y los refugiados de guerra seguían aumentando.

Sin previo aviso, Sarun se desvió hacia la izquierda, por una ruta estrecha y desnivelada. Enseguida los tragó la selva; la maleza rozaba los costados del auto. Iban por un angosto túnel verde oscuro, la luz de los faros se perdía entre los árboles. Pran susurró algunas instrucciones. Sarun mostró los dientes sin decir nada. Los árboles comenzaron a ralear. Salieron a un claro lleno de toscas chozas de bambú; había gente durmiendo en el suelo, sobre esterillas: más refugiados. Sarun se detuvo y apagó las luces. De inmediato, la noche cayó sobre ellos, con zumbidos y susurros. Schanberg miró a Pran, que señaló en silencio el río Mekong, bajo el claro de luna.

Schanberg y Pran descendieron. Algunos niñitos aparecieron de la nada, pero Sarun retrocedió con el coche hacia la selva antes de que se le acercaran. El periodista consultó su reloj y corrió al muelle de madera, seguido por Pran, que llevaba los estuches de las cámaras.

Nada se movía en el agua; dos botes pesqueros cabeceaban silenciosamente en el amarradero. Mientras Schanberg miraba a su alrededor, una mano parda surgió de la nada y le tocó el zapato. Había un bote de remos bajo el muelle de madera. Pran se llevó un dedo a los labios; los barcos de la marina camboyana no podían estar lejos. Con mucha cautela, el periodista descendió al bote y ayudó a su compañero. Luego se internaron en la corriente del río.

Momentos después oyeron un ruido piafante y metálico, como de una caldera muy vieja. La silueta negra de un carguero les ocultó súbitamente la visión. Pran tendió un manojo de dólares hacia arriba; luego Schanberg y él subieron a bordo.

Schanberg ya había abordado anteriormente esa bañera oxidada que cubría el tramo entre Saigón y Phnom Penh por el río Mekong. Pasó por sobre las bolsas y los cajones, atados rudimentariamente a la cubierta, y avanzó hacia el puente. Una enorme silueta barbada, vestida de *mameluco* y con una gorra de béisbol manchada de grasa en la cabeza, miraba con binoculares por sobre una verdadera muralla de bolsas de arena de un metro ochenta de altura.

—Hola, Óscar —saludó Schanberg, sin entusiasmo.

—Cuando yo le diga —tronó el australiano—, arrójese a cubierta.

Estaban rodeando un meandro del río; Schanberg

no veía nada. Cuando oyó una voz, hablando en khmer por altavoces, a una distancia que parecía de escasos metros, se arrojó al suelo sin esperar la orden de Óscar. Desde el barco patrullero volvieron a desafiarlos, esta vez en inglés:

—Rápido, identifíquese. Nombre y destino.

Óscar contestó, sin ayuda de megáfonos.

—*Delta Queen* —aulló, con chato acento australiano—. Vamos a Neak Luong con provisiones médicas urgentes. —Bajando la voz, agregó—: Qué idiotas, estos hijos de puta. Si los Khmer Rouge están en la ribera, nos liquidarán a todos.

Un reflector jugueteó brevemente sobre ellos, y el patrullero siguió su marcha río arriba. Schanberg se levantó.

—¿Qué sabe de Neak Luong? —preguntó.

—A mí no me pregunte. El periodista es usted. Yo sólo les llevo equipos sanitarios. Parece que tienen un problema urgente con las cloacas.

Schanberg asintió. Recostado contra una bolsa de arena, sintió que la tensión lo abandonaba por primera vez en todo el día. El aire olía intensamente a queroseno. El cielo nocturno parecía invadido de estrellas fugaces, que se convertían en bengalas amarillas al hundirse en el horizonte. Oyó el tableteo de invisibles helicópteros, en lo alto.

Cuando volvió a abrir los ojos, el cielo tenía el tono metálico del alba. Óscar no se había movido del timón. Schanberg bajó la escalerilla y avanzó entre cajas de cartón, llenas de fruta enlatada, y jaulas con pollos, que aletearon y chillaron a su paso. En un espacio despejado, más atrás, un grupo de nativos de piel oscura estaba sentado en cuclillas, rodeando a un anciano chino, muy erguido en una silla de imitación Luis XV. Schanberg vio a Pran entre ellos y se acercó.

El camboyano se levantó de prisa.

—Creo que llegaremos a Neak Luong muy pronto —anunció.

—¿Qué dice el chino?

Pran lo miró. El chino tenía la mirada perdida, impasible.

—Ha oído decir que hay muchos muertos. Va a ver a su familia.

—¿Y cómo se enteró? —Schanberg frunció el entrecejo.— Maldición, nosotros mismos acabamos de saberlo.

Su compañero se encogió de hombros.

—¡Bueno, pregúntale! —insistió Schanberg.

Pran agachó la cabeza. Hubo un diálogo en murmullos. Cuando volvió a levantar la mirada, en su rostro había un dejo de sonrisa.

—¿Y bien?

—Dice que «los muertos cuentan cosas».

Schanberg los dejó allí, entre las gallinas cloqueantes, y volvió al puente. Los colores del paisaje adquirían más intensidad: verde violento en la maleza de la selva, chocolate en los búfalos, sumergidos hasta la rodilla en las turbias aguas del Mekong.

Óscar llamó a Schanberg y señaló una columna de humo que se elevaba de la selva, a la izquierda.

—Una aldea en llamas. El Khmer Rouge quema todo. La gente de la aldea vecina se estará cagando de miedo, y ya ha de haber perdido las ganas de pelear. —Se volvió a medias. Schanberg vio un cuchillo de treinta centímetros en el cinturón de su *mameluco*.— No se preocupe. Lo difícil es ir hacia el Norte. Los comunistas tienen tomado el Mekong a menos de veinte kilómetros de Phnom Penth. Sólo espero que no lleguen a la ciudad demasiado pronto. Ya me agarraron así en Bangladesh. —Frunció el entrecejo.

—¿Qué pasa?

—En ese macizo de árboles, allí adelante. Debería asomar la punta de una pagoda. No la veo.

Alrededor de ellos comenzaban a caer cenizas, sobre las bolsas de arena, en la barba rojiza de Óscar. Una película gris se formó sobre la chaqueta de Schanberg. Esa ceniza, el polvo de ladrillo que el periodista confundió con una niebla matinal y un olor seco, amargo, sulfuroso, les indicaron que habían llegado a Neak Luong.

Con la garganta llena de polvo, Pran aparta la cámara, saca del bolsillo de la camisa una libreta y un lápiz. Para eso está allí. Antes que nada, periodista; después, ser humano. De otro modo no sería de ninguna utilidad para Sydney.

Ha tomado muchas fotografías; algunas, para Sydney; otras, para sí mismo. El sol de mediodía se va tornando más fuerte a través de la niebla, y él ha tenido la precaución de abrir un poco más el diafragma. Ha presionado el obturador ante dos personas que llevaban en una camilla un montón de carne chamuscada (la cabeza reposaba en una almohada manchada de sangre), junto a una casa en ruinas, cuya puerta intacta estaba decorada con los caracteres chinos de la buena suerte; luego registró una escalera de caracol que ascendía en espiral hacia la nada, en medio de un montón de escombros; un niñito rescatado de entre los restos de su casa, que sostenía una fruta manchada de sangre en la mano; un gran cráter provocado por las bombas, donde yacía un ómnibus hundido de frente, con el costado abierto por la explosión como una lata de atún. Siguiendo instrucciones de Sydney, se acercó para fotografiar una ventana rota, cuyos bordes ensangrentados atraían enjambres de moscas.

Y ahora Pran ha sacado su libreta. Ésta es una noticia exclusiva, importante. No es su culpa que la gente, amontonada alrededor y observándolo, no comprenda. «Devastación», escribe, con su pulcra letra. «Cables de energía caídos. Muchos muertos, muchos heridos. En la Place National no hay sino ruinas.»

Eso no está bien. ¿Cómo lo llama Sydney? Parloteo. Y Sydney no lo ha tomado como corresponsal oficial, ese mismo mes, para que él parlotee. Vuelve a comenzar. «Los sobrevivientes estiman que el ataque se produjo ayer al amanecer, por bombarderos B-52. El tamaño de los cráteres habla de bombas de 500 (quinientas) libras, arrojadas por la calle principal hasta el Mekong. Los B-52 norteamericanos llevan 30 (treinta) toneladas de bombas.»

Mira a Schanberg. Un hombre lo ha tomado por el borde de la chaqueta y le explica, en precario inglés, con ademanes excitados de los brazos, que el avión venía tan alto que nadie lo vio, que la gente y las casas habían volado por el aire, que la tierra se había estremecido ante el impacto de esa arma poderosa, derribando, a muchos metros de distancia, casas que no estaban construidas según los atávicos métodos de edificación de la zona. Sydney tiene una expresión tensa, afilada, aun tratándose de un occidental; interrumpe al hombre, garabatea notas, lanza preguntas con eléctrica celeridad. Su lema: *Nadie se anticipa al New York Times.*

Pran suspira. Un pequeño camión ha recorrido lentamente la calle destrozada y ahora descarga una piara de cerdos chillones. Escribe: «La vida florece aun al borde de la tumba», y cierra su libreta.

Un hombre de la edad de Pran (unos treinta y cinco años) avanzaba hacia ellos en una motocicleta Honda. Detrás iba una muchacha de ancha boca y enormes ojos oscuros, bella a pesar del pañuelo que le cubría la cabellera, especialmente bella en esa escena de desolación. El hombre les gritó algo. Pran tradujo:

—Es amigo mío; se llama Sahn. La muchacha se llama Rosa. Iban a casarse. El padre de él ha muerto. Ahora esperarán hasta que acabe la guerra.

Schanberg asintió.

—¿Alguien les ha dicho por qué ocurrió esto?

Pran transmitió la pregunta. Ahora contesta la muchacha, con voz alta y lacrimosa, sin mirarlos.

—No importa —dice—. A nadie importa por qué. Sólo cuándo, cuándo acabará la guerra. Todo el mundo quiere que la lucha termine de una vez.

Una niñita con un ojo estrábico tironeó de la manga a Pran, agitando un reluciente emblema metálico de Mercedes Benz.

—¡Compra, compra! —chillaba con voz aguda.

Sahn repitió su pregunta.

—Quiere saber si el gobierno norteamericano arrestó al piloto.

No hubo respuesta por parte de Schanberg, ocupado en revisar sus bolsillos en busca de algunas monedas para la pequeña.

—No tienen ningún sitio adonde ir. Todas las casas de este extremo de la ciudad están destruidas. Luego nos mostrarán...

—No, todavía no. Dile que volveremos después. Quiero llegar al hospital.

Pran tradujo.

—No hay hospital.

—Ya lo sé, el hospital fue destruido, lo sé. ¿No nos puede decir dónde estaba?

Pran transmitió la pregunta y su respuesta. La motocicleta se alejaba; Rosa iba con la cabeza sepultada en el hombro de Sahn. Schanberg echó a andar detrás de ellos, pero Pran le dirigió un grito de advertencia: dos *jeeps* del ejército camboyano avanzaban hacia ellos, a sacudidas, cruzando la Place National.

Schanberg sonrió. Mantuvo su sonrisa mientras decía a Pran:

—No hay problema. Haz como si no pasara nada. Caminemos hacia ellos con una gran sonrisa; mientras tanto, sacas el rollo y te lo guardas en los calcetines. Tranquilo. Como si nada.

Pran dejó caer la bolsa de la cámara y se arrodilló apresuradamente, para ocultar el rollo, en tanto los *jeeps* se detenían. Los soldados bajaron de un salto, con gran estruendo de botas, chillando con voces agudas. En la parte trasera del primer vehículo llevaban dos prisioneros, atados de los codos por detrás, como si fueran pollos. Eran poco más que muchachitos; miraban a Pran y a Schanberg con ojos aterrorizados.

Los soldados los bajaron a empujones y los dejaron caer en el barro; pataleaban débilmente, con los ojos aún fijos en los periodistas. Schanberg levantó la cámara y volvió a bajarla. Los soldados escupieron a los dos jóvenes y los golpearon, incitados por dos jóvenes soldados femeninos que ocupaban el segundo *jeep* y reían cubriéndose la boca con una mano.

Pran tradujo.

—Dicen que mataron a muchos aldeanos... ejecutaron a dos ancianos con bayonetas... mujeres embarazadas... y a dos hombres les metieron harapos empapados en nafta por la garganta... y les prendieron fuego.

Una de las soldados estaba escuchando *Rocket Man,* de Elton John, por una radio japonesa a transistores. Los dos muchachos del Khmer Rouge, tendidos en el barro, parecían inocentes de cualquier crimen. Un oficial camboyano se introdujo a empellones en el círculo de soldados y dio una orden. Entre renovadas maldiciones, los dos prisioneros fueron arrastrados hasta una heladera, que yacía intacta sobre una esterilla entre las ruinas de una casa derribada. Pran susurró a Schanberg nuevamente, con voz áspera.

—Los van a... dicen que, cuando hayan muerto, los van a cortar en pedazos y a congelar, y después se los comerán.

Varios niños se habían reunido a presenciar el espectáculo. Los soldados, ociosamente, revisaron sus fusiles; la niñita del emblema de Mercedes correteaba entre sus piernas, buscando en el lodo otros objetos brillantes. Cuando chasquearon los fusiles, en los ojos del prisionero más joven se formó una lágrima, que le rodó por la mejilla. Avergonzado, bajó la cabeza.

Schanberg no lo pudo resistir. Trepó hasta un punto más favorable y levantó la cámara, apuntándola hacia los verdugos. El oficial camboyano, elegantemente vestido, con pantalones caqui y una chaqueta norteamericana, lanzó un aullido de rabia. Su intención había sido llevar a cabo la ejecución frente a la gente de Neak Luong, para dejar bien claro el peligro de asociarse con el Khmer Rouge. Pero la cámara de un periodista extranjero era otra cosa. Indicó a gritos al pelotón de fusilamiento que esperara y envió a dos soldados para que, a punta de fusil, le llevaran a Pran y a Schanberg.

Los dos periodistas alzaron las manos. Schanberg susurró a Pran por un costado de la boca:

—No dejes de sonreír. Pregunta en qué podemos ayudarlos.

Pran carraspeó antes de hablar con el oficial; su voz sonaba algo más aguda que de costumbre. El militar camboyano le espetó una respuesta seca e hizo una seña a los soldados, que bajaron los M-16. Pran dejó caer las manos, con una sonrisa de alivio.

—Dice que estamos arrestados.

—¿Qué? ¿Por qué?

—Lo siento, Sydney.

Antes de que Schanberg pudiera contestar se los llevaron calle abajo. A sus espaldas oyeron los disparos. Ninguno de los dos miró hacia atrás. La niñita, que había estado siguiéndolos, se acercó a la carrera, puso el emblema de Mercedes Benz en la mano de Pran y le cerró los dedos. Luego huyó por la calle destrozada, saltando alcantarillas rotas, fragmentos de vajilla y restos no identificables de lo que el día anterior podían haber sido seres humanos.

Había sido una escuela, antes de que el ejército la requisara. En el piso había cuadernos desparramados entre las cajas de municiones. En uno de ellos, una mano infantil había escrito en lápiz, con letras redondas y cautelosas: J'AIME, TU AIMES, IL AIME, NOUS AIMONS, VOUS AIMEZ, ILS AIMENT. En la pared, sobre un mapa de colores de Indochina, habían pegado una foto de Lon Nol, con su rechoncha sonrisa. Habían clavado trozos de muselina sucia sobre las ventanas, allí donde las bombas habían hecho volar los vidrios. Los fragmentos, barridos con indiferencia, estaban amontonados bajo un escritorio, entre cápsulas vacías de municiones.

Schanberg, aturdido por el cansancio y el Nytol, se levantó del colchón, tendido en un rincón, y se rascó la crecida barba. Le dolían las piernas; tenía una chaqueta de algodón manchada por el excremento de las gallinas que habían desalojado del colchón. La luz del amanecer despejó su soñolencia. A esa altura, su artículo ya hubiera debido estar en prensa, en Nueva York. Dio un puñetazo al colchón y maldijo en voz alta.

El guardia, que dormitaba sentado sobre unas cajas de munición, despertó con un respingo. Su fusil cayó al suelo, estruendosamente, y él se apresuró a levantarlo, lleno de pánico, en tanto las gallinas volaban en todas direcciones. Su enjuta silueta estaba enfundada en un uniforme de fajina de EE.UU., demasiado grande para él; se abrazó al fusil como si fuera su única protección. Schanberg se frotó los doloridos ojos, gruñendo.

—Escucha, idiota. Soy ciudadano de Estados Unidos. Estoy de parte de ustedes, ¿no? He venido para contarle a la gente lo de las bombas, ¿no? ¿Lo de las bombas? —Miró a Pran, que estaba silencioso, en cuclillas, entre las sombras.— Díselo, Pran, por todos los diablos. Tenemos que salir de aquí.

Pran sacudió la cabeza, pero de todos modos tradujo. La única respuesta del soldado fue mover amenazadoramente el fusil hacia ellos. Schanberg se puso de pie y fue hacia la ventana.

La prisión estaba cercana a la pagoda que Óscar había buscado en vano desde el *Delta Queen.* El motivo estaba bien claro: las ondas expansivas del bombardeo habían derribado la cúpula. A poca distancia, se veían los escombros de una serie de casas construidas sobre pilares, frente a la pescadería del muelle. Algunas mujeres escarbaban entre los restos, contempladas por un monje budista de túnica azafranada, quien ocasionalmente hurgaba entre las ruinas con su paraguas negro.

Pran se reunió con él ante la ventana. Schanberg sintió una punzada de ira y vergüenza.

—Ahí tienes lo que quieren decir con esos informes —dijo—. Eso de que nuestras bombas caen en zonas casi deshabitadas, provocando ínfimas bajas entre los civiles, pero causando daños sustanciales a las posiciones enemigas. Ahí tienes lo que quieren decir.

Pran se apartó, en silencio. Schanberg desató su furia en su compañero. ¡Mierda! Era como explicar las emociones humanas a un niño distraído. Habría deseado que Pran le gritara, que hiciera algún comentario amargo y sarcástico. Su silencio hacía que Sydney se sintiera más culpable y enfurecido. Si Camboya, en defensa de los EE.UU., hubiera bombardeado accidentalmente la planicie de Búfalo, por Dios que él hubiera tenido algo que decir.

Se oyeron pasos en la escalera, afuera. Ya era hora. Pero cuando se abrió la puerta no resultó ser el oficial que Schanberg estaba esperando, sino un niño, con un casco demasiado grande en la cabeza y dos escudillas de fideos en las manos. No podía tener más de trece años, pero del cinturón militar le colgaban un par de granadas de mano. Estaba fumando un cigarrillo y bizqueaba por el humo que le entraba en los ojos.

Dejó las escudillas en el escritorio y se sentó junto a ellos, balanceando los pies desnudos a pocos centímetros del suelo. Schanberg bufó sonoramente.

—¿Cuánto más nos van a retener? Pran, dile que exijo ver a un oficial. *Exijo* ver a un oficial.

El soldado apretó su fusil. Schanberg se encogió de hombros y miró a Pran, con el entrecejo fruncido.

—Vamos, come —dijo, señalando la comida—. ¡Come! ¡Come!

Pran sacudió la cabeza. Sus ojos expresaban temor.

—Estoy preocupado, Sydney —dijo.

—¿Por qué?

—Yo soy el que te trajo aquí. Pueden acusarme. Pueden arrestarme...

—¿Cómo te van a arrestar, si ya estás arrestado? Come.

La puerta del aula volvió a abrirse. Apareció otro soldado con un M-16. El guardia nocturno, agradecido, bajó de entre las cajas de municiones y se fue a dormir. Schanberg gritó:

—¡Eh, tú! —Y a Pran—: Dile que necesito algunos cigarrillos y salir a mear.

Pran seguía murmurando:

—Telefonearán a Phnom Penh con respecto a mí.

—¿QUIERES DECIRLE QUE NECESITO MEAR?

Pran tradujo.

—Dice que nada de mear.

—¿Cómo que nada de mear? Exijo mear.

Pran volvió a traducir.

—Dice que mees por la ventana. Que los norteamericanos están acostumbrados a mear desde lo alto.

—Ah, ¿es chistoso? Hay *gente* allí fuera. —Schanberg manoteó una cajetilla de cigarrillos locales y, al encontrarla vacía, la arrojó entre las cajas.— ¡Estoy harto de esta idiotez! Voy a salir de aquí. Tengo que enviar un artículo a Nueva York.

Se encaminó hacia la puerta, empujando al guardia a un lado. Pran quedó petrificado de horror.

—¡No me dejes, Sydney!

El soldado amartilló su fusil, y otro apareció al pie de la escalera. Estaba apuntando, con el dedo en el gatillo. Schanberg levantó rápidamente las manos.

—No voy a abandonarte, Pran —dijo.

Pasaron las horas. Schanberg se paseaba entre el colchón y la ventana. En el exterior había aumentado la gente que escarbaba entre las ruinas. Un par de trabajadores del hospital había logrado retirar una plancha de hierro corrugado. Schanberg desvió los ojos para no ver lo que yacía debajo. Directamente bajo la ventana, una familia de refugiados estaba sentada en un carro de bueyes. El hombre y su esposa tenían caras cuadradas y pardas, de campesinos, arrugadas por el hambre y el cansancio. El hombre sostenía las riendas en una mano y, con la otra, se frotaba constantemente los ojos, como si los tuviera infectados. La mujer tironeaba mechones de su pelo negro y polvoriento, pero seguía mirando hacia adelante, con gesto impasible. La hijita iba sentada atrás, en un revoltijo de ollas, frazadas, una bolsa de cereal y un montón de ropa envuelta en un colchón enrollado.

Entre un azadón y una pala se veía una reluciente radio de transistores. ¿Para qué les había servido? No había podido advertirles sobre los bombardeos... Ningún medio informaba sobre los triunfos de los Khmer Rouge, que avanzaban lentamente a través del país, como una plaga, destruyendo a su paso lo que no le servía. Tampoco era lo bastante potente como para captar los discursos del presidente Nixon, desde Washington, donde recordaba a la gente de las carretas de bueyes del mundo entero que sabía que las naciones pequeñas estaban sufriendo ataques y que, si alguna de ellas necesitaba colaboración, los Estados Unidos de América intervendrían para salvarlos de «las fuerzas del totalitarismo y la anarquía que amenazaba a las naciones e instituciones libres de todo el mundo». Si la radio les decía algo, era que en Phnom Penh, hacia donde se dirigirían sin duda, se anuncia tiempo cálido y húmedo, con posibilidades de leves precipitaciones durante la tarde.

—*Mister!*

Era el niño de las granadas, que le sonreía tímidamente balanceando las piernas. Parloteó algo en khmer.

—¿Qué dice?

Pran tradujo sonriendo:

—Dice que tiene doce años. Y que le gusta Norteamérica.

—¿De veras? ¿Qué es lo que le gusta de allá?

—Autos —dijo el niño en inglés, después de mucho pensar—. Norteamérica muy buen autos. Todo el mundo, todas partes, tener buen autos.

—Pregúntale dónde aprendió inglés.

—Un asesor norteamericano de su unidad... se lo enseñó —tradujo Pran—. Pregunta qué coche tienes tú en Norteamérica.

Schanberg pensó en las calles atestadas de Manhattan.

—No tengo auto. Sólo el Mercedes.

La cara del niño se iluminó. Se limpió la nariz con el brazo y volvió a sonreír con toda la cara.

—Mercedes Benz. Bueno. Muy bueno.

Schanberg estudió al muchachito. Era demasiado pequeño para sujetar un M-16. Tal vez por eso le habían dado granadas de mano.

—Pran, pregúntale por qué no tiene botas.

Pran habló, escuchó, tradujo.

—No tiene zapatos porque no les pagan. No les pagan porque los generales necesitan casas...

El nuevo guardia lo hizo callar con unas cuantas palabras secas en khmer. El niño se levantó para retirarse, dedicando a Schanberg una cortés reverencia. Pran, obedeciendo a un impulso, le tendió el emblema de Mercedes que le había dado la niñita. El muchachito lo tomó y, luego de otra divertida reverencia, se retiró. El guardia volvió a hablar, ceñudo. Pran meneó la cabeza.

—Dice que el motivo de que no tenga zapatos es que no reciben suficiente dinero norteamericano.

Schanberg se encogió de hombros y volvió a la ventana. En realidad, el motivo no era que faltara dinero norteamericano, sino que sobraba. Sobre todo desde el Acuerdo de París, firmado en enero, que ponía fin a los bombardeos en Vietnam; Camboya se había convertido en el único campo de juegos disponible. Los comandantes del ejército se habían vuelto codiciosos. Con ese dinero compraban casas lujosas, coches veloces y toda una serie de amantes, para no mencionar sus cuentas bancarias en el extranjero y posterior huida del país, si las cosas se ponían espesas. Cuando la inflación se fue a las nubes, buscaron otros medios de seguir enriqueciéndose. Utilizando a intermediarios, vendían las armas norteamericanas a los Khmer Rouge, sus enemigos. Crearon batallones y brigadas enteras de soldados fantasmas, para embolsar su paga; la tercera parte de los sueldos militares estaba destinada a soldados inexistentes. Muchos comandantes se negaban a pagar a los soldados reales sus tristes trece dólares mensuales y les cobraban el arroz que debían entregar como raciones.

El resultado era previsible. Los soldados que debían estar combatiendo contra los Khmer Rouge y los vietnamitas se pasaban la mitad del tiempo asolando las zonas rurales, robando pollos, pescando, juntando leña. En ese mismo instante, lo único que abundaba en Camboya eran balas norteamericanas. Y porque abundaban, nadie se molestaba mucho en apuntar bien, mucho menos esos hijos de granjeros que nunca habían sido adecuadamente instruidos en el uso de las armas.

Ése era el tipo de cosas que Schanberg informaba a sus lectores; naturalmente, pagaba las consecuencias. La embajada en Phnom Penh lo consideraba subversivo. El Pentágono, en Washington, lanzaba acusaciones sobre la verosimilitud de sus artículos. EE.UU. estaba envuelto en una guerra contra la acechante amenaza del comunismo. Era desmoralizador sugerir que esa guerra se estaba perdiendo tanto en el frente como en la retaguardia.

Estaban llevando una camilla hacia un barco patrullero, amarrado en el muelle. Schanberg se acordó del chino en su silla antigua y miró a Pran. Su ayudante estaba sentado en el suelo, entre las cajas de balas y el excremento de los pollos, como un empleado bancario que esperara a que abrieran las puertas de los negocios. Un empleado muy hambriento.

Pran levantó los ojos y sorprendió su mirada. Schanberg estuvo a punto de sonreír. Estaban juntos en aquello. Se acercó al escritorio y tomó las dos escudillas de fideos. Ahora que se le habían pasado los efectos del Nytol, se daba cuenta de que tenía un hambre rabiosa. Se sentó junto a Pran y puso las dos escudillas entre ambos.

—¿Sabes qué me sorprende? —dijo a Pran—. Que esta gente sigue adelante, en medio de tanta muerte y destrucción.

—Sufren igual —dijo Pran, después de una pausa—. Tal vez la única diferencia es que los camboyanos no manifiestan el dolor pero no por eso dejan de sufrir.

Pasó otra hora, tal vez dos. Ambos se hallaban sumidos en un sopor espeso, sofocante. Hasta las moscas que zumbaban alrededor de las escudillas parecían aturdidas. Pran tenía los ojos cerrados. Schanberg estaba al borde del sueño, pero miraba, con los párpados entornados, el reflejo del sol en el caño del fusil sostenido por el guardia.

Lo despertó súbitamente un grito en khmer. Era un anuncio por altavoces. Pran comenzó a traducir casi antes de despertar.

—El gobierno camboyano adhiere a la solidaridad de los Estados Unidos con los ciudadanos de Neak Luong... El gobierno norteamericano acordará una generosa compensación... Cuatrocientos dólares por cada fallecimiento, veinte dólares por cada persona herida... Se distribuirán formularios...

La atrocidad de esas declaraciones aclaró el cerebro de Schanberg. Garabateó una nota en su libreta y decidió verificar, más adelante, qué castigo se había impuesto a la tripulación del B-52. No oyó el ruido del helicóptero hasta que estuvo casi directamente sobre ellos.

—Huey —dijo Pran, ante la ventana.

Schanberg se acercó trabajosamente. El panzón helicóptero norteamericano se estaba posando en el mercado de pescado, junto a la pagoda. Si la ventana hubiera tenido vidrio, Schanberg lo hubiera roto con el puño.

—Trajeron un grupo de periodistas escogidos —dijo, con áspera incredulidad. Y bramó, furioso—: ¡Me cago en ellos!

Por sobre el hombro de Pran, vio que los soldados de relucientes uniformes recorrían los escombros: dos *marines* llevaban sendas ametralladoras Uzi, con aire desenvuelto, por si los habitantes tenían algo que decir. Un par de jefes militares camboyanos iban detrás, y luego el general Hemaus y el mayor Slade, del personal militar estadounidense. Estaban también Lincoln, a quien Schanberg había visto por última vez a la entrada del hotel Phnom Penh, Barry Morgan, Desmond France, un par de mujeres periodistas, enviadas por revistas norteamericanas, y un periodista asiático.

—Por Dios, míralos —dijo Sydney, sonriendo amargamente—. Eligieron a los más serviles para que lavaran la ropa sucia. —Giró en redondo hacia el guardia, tan furioso que apenas pudo centrar la vista en él.— ¡Quiero decirte algo! —gritó—. ¡Voy a salir de aquí! *¡Ahora mismo!*

El guardia sacudió la cabeza. Otro soldado subió corriendo. Schanberg sacó su pasaporte y lo agitó en sus narices, clavando el dedo en la fotografía.

—Qué van a hacer, ¿volarme la cabeza? Allí fuera hay *marines.* Y éste es un pasaporte norteamericano. Y éste soy yo. Me voy de aquí.

Pran tradujo en un susurro la respuesta del soldado:

—Tiene que traer a su oficial y...

—¡Entonces, que lo traiga! ¡QUE LO TRAIGA!

Cuando Schanberg y Pran llegaron al mercado de pescado, la escena se había norteamericanizado. Por doquier había caras amistosas, manos solícitas, palmadas en la espalda. La apatía y la desesperación habían desaparecido, barridas por una energía febril que infundió una vaga esperanza en los sobrevivientes. Algunos de los *marines* llegaron a dar una mano con las camillas.

De pie sobre las ruinas aplanadas de una casa, un funcionario de la embajada, rodeado por varios oficiales del ejército camboyano y algunos sacerdotes budistas, estaba concluyendo su discurso:

—En la guerra se aprende a sufrir. Pero creo que todos estarán de acuerdo con que es especialmente descorazonador recibir la muerte y la destrucción de manos amigas. Sólo puedo decirles, desde el fondo de mi corazón...

Las hélices del segundo Huey que descendía barrieron el resto de sus palabras, pero los ciudadanos reunidos y los periodistas aplaudieron con entusiasmo, al ver que entregaba el micrófono. Barry Morgan, mientras tanto, había convencido a un grupo que pasaba con una camilla para que posara frente a la pagoda. Cuando tomó la foto, la mano que se agitaba débilmente sobre la sábana manchada ya estaba inerte.

—Un gesto de misericordia en un paisaje fabuloso —murmuró, mientras hacía señas al grupo para que continuara la marcha.

Schanberg no estaba de humor como para participar del ambiente amistoso. Al otro lado del Mekong se estaba librando una ruidosa batalla, por casualidad o designio. Las detonaciones de armas de grueso calibre enviaban vibraciones que podían sentirse en la cara. Los F-111 aullaban en lo alto; los Huey hacían florecer capullos de napalm anaranjado a gran altura, por sobre las lejanas palmeras. Slade, vestido con uniforme de fajina verde caqui, resumía la batalla ante un grupo de periodistas. Schanberg se encaminó hacia él, llevando a rastras a Pran, que escribía furiosamente, mordiéndose los labios en el esfuerzo de concentración.

—Ese Huey hará una segunda pasada, usando el denso humo como pantalla —decía Slade. Era un hombre rubicundo, de físico de jugador de fútbol norteamericano; sus manos, enormes y musculosas, podrían partir en dos un libro de plegarias—. Esas ratitas negras siguen en pie, pero cada metro que gana el Khmer Rouge les cuesta una veintena de vidas.

—¿No pueden dejar caer sobre ellos una carga mayor? —preguntó Desmond France.

Slade suspiró.

—Ojalá pudiéramos, señor —dijo—. En estos momentos, la Séptima Brigada Aérea está llevando a cabo ochenta salidas diarias sobre Camboya. Eso supera largamente el máximo promedio de Vietnam y, francamente, tenemos problemas con el tránsito aéreo. Hay tantos bombarderos allá arriba que no podemos procesar con suficiente celeridad las Advertencias de Ataque Aéreo. Es como jugar al *pinball* con ochenta luces encendidas frente a la cara. Pero no creo que sepa a qué me refiero, señor France.

Hubo una serie de risitas ante el comentario. Schanberg intervino, respirando pesadamente.

—Un juego prohibido, Slade, considerando que, seis semanas atrás, ambas cámaras votaron por el cese de todos los bombardeos.

Slade lo fulminó con la mirada.

—No venga a hablarme de reglas, justamente usted, Schanberg.

Alguien dio un golpecito en el hombro del periodista. Era Lincoln, que sonreía severamente.

—¿Todavía estás entero, Sydney?

—Vete a la mierda.

Schanberg se alejó a grandes zancadas. Era vital volver a Phnom Penh antes de que cerrara la oficina de telégrafos hasta el día siguiente. Un corresponsal de televisión con impecable uniforme de fajina y botas de cuero de víbora, acababa de desembarcar de una lancha patrullera, con todo su equipo, y estaba preparando una toma de la pagoda y el combate, al otro lado del Mekong. Pisándole los talones iba un agente de prensa, leyéndole sus notas:

—Entre las antiquísimas verdades del budismo y la

alta tecnología de la guerra moderna se alza esta bella tierra condenada...

Schanberg se detuvo para dejar pasar una camilla. Provenía de una barcaza que estaba descargando a los heridos de la batalla de enfrente. Era un soldado femenino, a quien le habían volado la mitad del vientre, pero aún aferraba, aturdida, su transmisor-receptor, gimiendo suavemente. Lincoln se le acercó por detrás.

—Estuviste injusto, Sydney. Después de esa votación, el Congreso concedió al gobierno un plazo adicional de siete semanas, a fin de intentar conseguir un cese del fuego. Tú lo sabes. *Tenemos que negociar desde una posición de fuerza.*

—¿Qué decía O'Neill? Que los bombardeos debían cesar porque «Camboya no vale una sola vida norteamericana». La frase es de él. Mira a tu alrededor, James. ¿Cuánto vale todo este tormento? ¿Cuánto vale para Norteamérica? —Sacudió la cabeza.— Disculpa. Tengo que enviar un cable.

Hizo una señal a Pran, y ambos avanzaron hacia el Huey, pasando junto a las carpas donde estaban los heridos. Slade los vio y les aulló:

—¡Vuelva en su bote, señor Schanberg!

Sydney lo miró fijamente. La cólera le impedía hablar. Llevaba veinticuatro horas en Neak Luong, consiguiendo detalles para su artículo, y ahora se le adelantaría ese equipo que había permanecido veinte minutos y tomado un par de fotografías de víctimas vendadas. Lincoln intentó una conciliación.

—Escucha, Sydney, todo esto se hizo por ti. Si no te hubieras lanzado... Ninguno de nosotros quiere estar aquí. ¿Para qué sirvió que vinieras, a fin de cuentas?

Algo en Schanberg esperaba la oportunidad de estallar, y finalmente tenía una buena excusa para hacerlo.

—¡Para que se vomiten unos cuantos desayunos en Nueva York! —bramó—. ¡Y tal vez para que unas pocas personas comprendan de qué se trata esta guerra!

La luz ya se estaba extinguiendo cuando la lancha patrullera que llevaba a Pran y a Schanberg se puso en marcha, río arriba. Al otro lado del Mekong, sobre la selva, un Huey reflejaba el sol poniente con su carrocería metálica.

La luz ya se estaba extinguiendo cuando la lancha patrullera que llevaba a Prat y a Sebastián se puso en marcha, río arriba. Al otro lado del Mekong, sobre la selva, un [illegible] reflejaba el sol poniente con su carrocería metálica.

SEGUNDA PARTE

Camboya, enero-abril de 1975

Al Rockoff había cambiado su ropa de *jean* por una camisa floreada y pantalones planchados, pues se trataba de una ocasión respetable, casi distinguida. Era la víspera de Año Nuevo en Phnom Penh, y Howard Best, un diplomático importante, ofrecía una fiesta. Los últimos minutos de 1974 se celebraban con champán, música de Frank Sinatra y baile en el jardín. A las señoras de vestidos largos se les aconsejaba permanecer lejos de la parrilla, donde la carne sobrante salpicaba alegremente de grasa las briznas de pasto. Era una versión más sobria de las fiestas del príncipe Sihanouk, en otros tiempos, que se prolongaban hasta el amanecer, a menos que los exhaustos diplomáticos, con sus uniformes cortesanos manchados de vino, recibieran una temprana autorización para retirarse. Pocos de los presentes recordaban a Sihanouk y los viejos tiempos. Camboya era entonces un sitio diferente, una especie de rincón perdido de la mano de Dios, a los ojos de casi todos los occidentales.

Ya no. Los diplomáticos asistentes a la fiesta de Howard Best podían moverse con aire de importancia. Después de todo, a Camboya se le había asignado un papel geopolítico vital. Era posible, desde esa terraza, mirar por sobre las luces de colores y las parejas del jardín hasta el Mekong y recordar, con un pequeño escalofrío de sobrio orgullo, que en algún lugar de esa oscuridad se estaba conteniendo la marea roja del comunismo. Allí, en ese mismo sitio, entre los vestidos caros y las risas, el mundo libre estaba haciendo una apuesta contra la tiranía. Otra copa de champán y se podía brindar por la libertad.

Era un buen champán Krug, y Al Rockoff ya había brindado varias veces. Si eso era la democracia, él la apoyaba plenamente. Fue hasta el *buffet* y, después de llenar su plato con caviar y mayonesa, empezó a circular entre las mesas. Comenzaba a sentirse invisible con su sombrerito de papel rosado y sus anteojos negros. A escasos metros, vio una enorme matrona vestida de organdí verde y azul, con un collar de perlas de tres vueltas y aros de diamante en las carnosas orejas. Junto a ella estaba el mayor Slade, cuya camisa estaba a punto de explotar. Sostenía una copa de champán con dos dedos, mientras asentía comprensivamente.

—Es cierto, señora Shaw-Stewart. ¿Cómo se hace para explicarle a un Doberman la amenaza del comunismo?

—Claro que me parte el corazón —replicó la señora Shaw-Stewart, con un acento inglés que parecía cristal tallado—. Supongo que en la guerra es preciso hacer sacrificios. Pero no soporto la idea de desprenderme de Geoffrey. ¿Qué se puede decir de esas cosas?

—Nada, ése es el caso —dijo el esposo, con tono decidido. Obviamente, era un hombre acostumbrado a tomar decisiones dolorosas—. Si las cosas llegan a lo peor, tendré que sacrificarlo con rapidez y eficiencia. Nada de tonterías.

Al Rockoff estaba por sugerir el nombre de un buen veterinario para el pobre Geoffrey cuando se oyeron voces a sus espaldas. Howard Best se unió al grupo, arrastrando a un par de generales tras él. Si bien, obviamente, tenía en la mente cosas más graves que pensar, cumplía con sus deberes de anfitrión haciendo las presentaciones con aire enérgico.

—General Green, señora, quisiera presentarles al

matrimonio Shaw-Stewart. El general... ejem... coronel Kem Kosal, nuestro nuevo ministro de Comunicaciones, y su esposa. A Graham Slade creo que lo conocen. Y el señor es... es...

—Aland D. Rockoff —se presentó el fotógrafo, cortésmente, mientras sostenía el plato con una sola mano para ofrecer su diestra.

Con británico aplomo, la señora Shaw-Stewart se las compuso para hablar por sobre la cabeza del diminuto ministro camboyano y su esposa, sin demostrar que los excluía de la conversación.

—¿Ustedes son los que tienen esa buganvilla maravillosa? —preguntó a la señora Green.

—La señora Green es una estupenda jardinera —dijo Slade, observando a Rockoff, que se escarbaba con el dedo el caviar de entre los dientes.

—Rosemary tiene pasión por las flores —dijo el señor Shaw-Stewart—. En realidad, está preocupadísima por lo que vaya a ser de nuestro jadín si debemos marcharnos inesperadamente. Nada hace pensar que a los del Khmer Rouge les interesen la horticultura ni los jardines. Son capaces de arrancar todo de cuajo.

Rockoff captó la inconfundible mirada de Slade. Inició la retirada hacia el *buffet,* entre los compases de Frank Sinatra, que cantaba *A mi manera.*

—Si las cosas se ponen realmente serias, volveremos a Saigón.

—Ojalá pudieran haber llegado a Angkor Wat. Tiene una arquitectura maravillosa. Después de eso uno ve a los camboyanos bajo otra luz.

—On peut manger des escargots absolument frais!

Había frutillas con crema y bombones de chocolate. Rockoff amontonó ambas cosas en su plato y se acercó a la fuente de helado. Estaba coronando la montaña con crema *chantilly* cuando lo alcanzó Slade.

—¿Qué hace aquí, Rockoff?

—Celebro el Año Nuevo. Debemos de haber ganado algo.

—El señor Best quiere que se retire.
—Oh, bueno.
—Ahora.
—Está bien.
Rockoff entregó su plato rebosante a Slade y caminó tranquilamente hacia la puerta. Slade miró en derredor, buscando algún lugar donde arrojar la comida. Un burócrata regordete y bronceado, de una organización médica internacional, agitó su dedo en dirección a Slade, con aire de reproche.
—Lo van a matar.
—¿Qué?
—Los hidratos de carbono que tiene en ese plato.
—Ah. El doctor Horrle, ¿no? Aquí tenemos a dos médicos del equipo de la Cruz Roja. ¿Le gustaría conocerlos?
Slade guió al médico por entre los sombreros de papel.
Rockoff, discretamente, se había abierto paso hasta el jardín. La pista de baile, especialmente preparada, estaba llena de parejas que se movían lentamente, mejilla contra mejilla: norteamericanos y camboyanos, franceses y chinos, australianos y alemanes, ingleses y más ingleses. Era extraordinario que una guerra pudiera hacer armonizar a tantas nacionalidades, amistades, relaciones comerciales y amoríos. Allí estaba Desmond France, bailando con una rubia; Lincoln se paseaba, sonriendo a la muchedumbre, con un tricornio napoleónico y una corbata de lazo.
Rockoff fue rechazado por dos muchachas camboyanas a las que creía conocer mejor, pero logró persuadir a una secretaria de la embajada para que lo acompañara a la pista. Era una muchacha de Kansas, de expresión fresca y grandes ojos redondos y serios.
—¿Nunca te quitas eso? —le preguntó ella apartando la cara.
—¿Los anteojos negros? No bromees. No me lo permiten.

—¿Por qué?

—No puedo revelártelo. Estoy a cargo de una misión altamente secreta por cuenta del gobierno de Estados Unidos.

—¿De veras? —Ella arrugó la naricita, en cortés incredulidad.

—¿Quieres que te cuente?

—Claro.

—Entonces, acércate. —Con aquellos frescos pechos apretados a sus costillas, Rockoff murmuró a su oído—: Soy contacto de la NUB.

—¿Qué es eso?

—Narcóticos de Uso Bélico. ¿Sabías que no nos está yendo muy bien en la guerra?

—¿No?

—Y tenemos que negociar desde una posición de fuerza. Por eso vamos a esparcir cientos de toneladas de LSD sobre las posiciones ocupadas por el Khmer Rouge. Se le llama Operación Ácido, y creemos que va a cambiar el curso de la guerra.

—¡No bromees!

Él sacudió la cabeza.

—Es algo demasiado serio como para tomarlo a broma.

—¡Vaya!

La muchacha suspiró profundamente contra el pecho de Rockoff. Aquello era mejor que el helado. Estaba por decírselo a ella cuando el sistema de altavoces emitió un silbido seguido por una voz cascada: «Tengan ustedes un... ¡¡¡feliz año nuevo!!!».

La música y la conversación cesaron. Lincoln, de pie en una pequeña plataforma, junto al árbol de Navidad, sonrió mansamente.

—Era sólo para probar sus reflejos, señoras y señores. Falsa alarma. Todavía faltan veintitrés minutos.

Slade apareció en los peldaños que descendían al jardín. Rockoff dejó a la suspirante Miss Kansas y escapó. Llegó hasta el balcón donde la señora Shaw-Stewart y la esposa del general Green seguían haciendo fintas. En el bar, Horrle había acosado al doctor de la Cruz Roja, Gordon McIntyre, quien iba por su tercer whisky. McIntyre miraba su copa con el entrecejo fruncido, en tanto Horrle exponía:

—Lo que pensamos hacer es un análisis celular. Tomamos un corte transversal de los chicos, pasamos todo por una computadora y descubrimos, científicamente, en qué punto comienza el hambre a producir un efecto debilitante en los procesos mentales y físicos. Es el tipo de cosas que nuestra gente quiere saber.

—Señor Horrle... Disculpe: *doctor* Horrle. ¿Cuánto hace que está en Camboya?

Horrle consultó su reloj suizo.

—Ocho horas.

—¿Y cuánto piensa quedarse, si me permite la pregunta?

El otro guiñó un ojo a la camboyana que lo acompañaba, fingiendo interesarse en la conversación.

—Eso depende de los aviones —dijo, riendo entre dientes.

McIntyre trató de controlar su disgusto. Pero el whisky y el enojo se impusieron a sus buenos modales. Apuntó con un dedo a los anteojos de Horrle.

—Cuando se me muere en los brazos un niño con un vientre más grande que el suyo, no necesito un análisis celular para saber que murió de hambre. Y cuando veo, en todas las calles y los callejones de esta ciudad, a madres que no pueden comer debidamente, y por lo tanto no pueden amamantar, y deben alimentar a sus bebés con agua de arroz, entonces no necesito un programa de investigación para saber que hace falta ayuda. Desde esta terraza no podrá verlo, pero lo olerá mañana, si el viento viene de la dirección correcta...

Se contuvo. Horrle asentía gravemente, como dándole la razón. Probablemente atribuía a su mala suerte el encuentro con ese aguafiestas, en medio de doscientas personas amantes de la alegría. En cuanto a él, se había dejado llevar por la amargura, olvidando que, para un británico, el optimismo no sólo es un estado de ánimo, sino una filosofía.

Abandonó el bar de la terraza y bajó la escalera. Junto al árbol de Navidad se topó con un chico que fingía dispararle.

—¡Te maté! —le gritó el muchachito, que tenía adosado a la dentadura un aparato de los usados en ortodoncia.

—Bueno, primero me voy a emborrachar —prometió McIntyre— y después caeré muerto.

En la pista, las parejas se dedicaban a reventar globos con sus cigarrillos, saludando cada estallido con chillones gritos de alegría. El *disc-jockey* había desaparecido. Una obesa *chanteuse* indonesia, contratada para esa noche, susurraba por el micrófono puesto junto al árbol:

Yesterday
Love was such an easy game to play
Now I need a place to hide away
Oh, I believe in yesterday...

Rockoff entornó los ojos, pensativo. Había algo nocivo en esa letra: «Ayer el amor era un juego tan fácil... Ahora necesito un lugar donde esconderme.» Tal vez fuera una infiltrada del Khmer Rouge. Si le tiraba encima el plato de helado que había recuperado de donde lo dejó Slade, quizá la mujer quedara al descubierto; sería un acto patriótico.

—Creía haberle pedido que se retirara, señor Rockoff.

Rockoff giró en redondo. Más rubicundo que nunca, Slade estaba de pie junto a él. Afortunadamente para el fotógrafo, a pocos pasos de él (y amparándolo de cualquier violencia física) estaban Dyrac, el vicecónsul francés, el general Green y un pequeño grupo de altos oficiales camboyanos, incluido el ministro de Comunicaciones Kem Kosal. Todos dejaron de hablar y se volvieron.

Rockoff se encogió de hombros.

—No pude encontrar la escalera que lleva a la pista para helicópteros —declaró. Los camboyanos se mostraron espantados: nadie hacía bromas con respecto a la evacuación—. Veo que hizo instalar una en el techo —prosiguió Rockoff, en voz alta, divertido.

Slade se dominó con esfuerzo.

—No hay ninguna pista para helicópteros en el techo.

Rockoff tragó un bocado de helado y miró críticamente su plato.

En el jardín, Lincoln había apartado a la cantante indonesia y estaba contando los últimos segundos de 1974 por el sistema de altavoces.

—Cuatro, tres, dos, uno... ¡Medianoche! Es medianoche, las doce. ¡Feliz 1975!

Un puñado de globos blancos y negros ascendió en el aire; la concurrencia estalló en gritos y aplausos. Lincoln abrazó como pudo a la cantante. Desmond France besó a su rubia y se llenó el bigote de maquillaje. La secretaria de la embajada buscaba vanamente al agente secreto de los narcóticos, en esos momentos furiosamente perseguido por Slade. Lincoln se lanzó a cantar *Auld Lang Syne,* y los invitados se tomaron de las manos, formando una larguísima cadena desde los salones hasta el jardín, pasando junto a la parrilla...

Los camboyanos sonreían débilmente, como si los complaciera descubrir que también los occidentales tenían ritos sin sentido. La cadena se dividió en dos círculos, que se expandían y contraían, bailando al compás de la vieja canción de bebedores, en la noche tropical. Rockoff y Slade se encontraron casi cara a cara, y el militar rugió, mientras su fila retrocedía.

—¡Usted es un miserable, Rockoff! ¡Y me voy a encargar personalmente de que los camboyanos lo pongan en el primer avión que salga de este país!

La ronda seguía sus movimientos ondulantes. Los camboyanos y otros asiáticos hacían lo posible por agregarse.

Una vez más, se encontraron las caras enrojecidas de Slade y Rockoff. El fotógrafo se acomodó los anteojos y chilló hacia Slade:

—¡Que sea en el sector para fumadores! ¡Y, por favor, comida vegetariana!

Se oyó el rugido de una explosión. Todas las luces se apagaron. Las rondas se deshicieron en medio de la confusión. Cada persona, sola en la oscuridad, esperó por un largo instante, hasta que la enorme bola de fuego se elevó lentamente en el cielo, al otro lado del Mekong.

Otra explosión, gritos. Pero ahora las luces se habían encendido y Lincoln pedía calma por el micrófono.

—No hay nada de qué preocuparse, señoras y señores. Este edificio es de hormigón armado. Hasta que vuelva la corriente eléctrica, el generador de emergencia se encargará de proporcionarnos luz... y mantendrá frío el champán para todos ustedes.

Los camboyanos de alta graduación murmuraban entre sí. Los dos *marines,* que se habían acercado rápidamente al anfitrión, lo acompañaron a un pequeño estudio de la planta baja. A los pocos minutos entró un miembro de la CIA, diciendo:

—Señor Best, los insurgentes parecen haber iniciado un ataque importante contra las posiciones del gobierno, al norte, este y oeste de la ciudad.

—¿Están resistiendo?

—Los primeros informes dicen que en el norte están retrocediendo, señor. Se hallan bajo denso fuego por parte de la artillería comunista. Creemos que el gasómetro del otro lado del río puede haber sido volado por alguien desde dentro.

El diplomático le dio débilmente las gracias y volvió a la fiesta. Escuchó un chistecito irónico sobre los fuegos artificiales, pero a sus huéspedes mejor informados no les costó adivinar lo que pensaba. La misión en Phnom Penh tenía instrucciones directas de Kissinger: *¡Negociar desde una posición de fuerza!* Pero las tropas de Lon Nol se estaban debilitando; las comunistas, en cambio, se fortalecían mes a mes. Con la ofensiva de la estación seca, sólo quedaba la esperanza de que al Khmer Rouge se le agotaran las municiones, como había ocurrido en el setenta y tres y el setenta y cuatro.

Casi todos los presentes se habían congregado en la terraza, desde donde se veían mejor las explosiones. En el jardín, McIntyre, borracho como una cuba, había quitado el micrófono a Lincoln para seguir cantando.

En tanto las llamas se alzaban y el bombardeo aumentaba en volumen, McIntyre repitió una y otra vez el estribillo, con voz de gaita. Otra bomba dio contra el gasoducto y, al otro lado del Mekong, un estallido mucho más fuerte y brillante que los anteriores bañó a los invitados en una luz blanquísima.

El doctor Horrle palideció hasta adquirir el color de los globos blancos, de las pecheras blancas, del champán blanco en copas blancas, del pelo blanco de la rubia ante quien Desmond France murmuraba una frase ingeniosa sobre *son et lumière,* y de los dilatados ojos blancos de las camareras chinas que recogían los vasos y platos tirados en el césped.

La explosión ilumina también otras cosas, en las que los asistentes a la fiesta pueden no haber reparado: una joven caída, herida por esquirla de metralla, cuyos ojos buscan desesperadamente al esposo arrodillado a su lado para reconfortarla; un viejo Austin negro, alcanzado por un cohete a tal velocidad que el parabrisas se ha fundido en la cara del conductor; la familia de un panadero, que parece dormir acurrucada en el portal de la panadería, exceptuando el detalle de que al panadero le falta la mitad inferior del cuerpo y sus manos crispadas parecen las patas de un pollo muerto.

La escena también ha cambiado: del canto de McIntyre al aullido de las sirenas. Es Año Nuevo en el mercado Pochentong, al otro lado de Phnom Penh. Un hombre corre calle abajo, tomando fotografías. Normalmente, también se detendría a tomar notas, con su letra pulcra y cautelosa, pero hace pocos minutos ayudó a extraer a una niñita de entre un montón de ladrillos, y las páginas de su libreta están demasiado ensangrentadas como para separarlas.

Dith Pran está preocupado. Mañana, cuando Sydney vuelva de Bangkok, le preguntará dónde está su informe directo del ataque al mercado de Pochentong. Y él no quiere fallarle. En los dos últimos años, Sydney lo ha introducido en un mundo cuya existencia Pran apenas conocía: un mundo de noticias exclusivas y fechas tope, de máquinas de télex que traquetean e interminables viajes en taxi. Ya es víctima de esa letanía que le hace palpitar el corazón, volar la sangre, y que acelera el girar de la tierra bajo sus pies. «¡Levántate y anda!», es la lección que Sydney Schanberg le ha enseñado. «¡No reflexiones, actúa! !Si te detienes a mirar en torno, el mundo te dejará atrás.»

En medio de tanta desolación es fácil no pensar. Hay demasiado sufrimiento. La gente está haciendo lo posible por no pensar en eso: los bomberos, que acarrean mangueras en busca de bocas de incendio que aún proporcionen suficiente presión de agua; las ambulancias, que se encargan de los primeros auxilios y corren de acá para allá con camillas; las víctimas también, aquellas que están muriendo o tratando de sobreponerse al dolor. Las únicas personas que tienen tiempo para reflexionar son los sobrevivientes que han perdido a algún ser querido. Ellos son los únicos que lloran.

Pran se pregunta qué estaría haciendo Sydney. Sydney estaría sereno, impasible, objetivo. No tendría lágrimas en los ojos, como él, porque eso impide lograr una buena foto. En cuanto a ese sonido agudo y estremecedor, lo interpretaría correctamente: no como gritos humanos, sino como chirridos de hierro corrugado que se desliza sobre otro metal. Sydney no dejaría que una libreta ensangrentada le impidiera anotar los hechos.

Dith Pran, de pie en la carnicería del mercado de Pochentong, se limpia los ojos de lágrimas. Ve montones de cajas de cartón entre las ruinas de una zapatería. Corre hacia allí. Saca los zapatos y el papel de seda y, en el interior de las tapas, comienza a escribir su artículo.

Schanberg comenzó a sospechar algo de la ofensiva de Año Nuevo cuando vio el tablero de Partidas de Vuelos en el Aeropuerto Internacional de Don Muang, Bangkok. El avión a Phnom Penh llevaba una hora de retraso, y el aparato de Air France en donde él había reservado pasaje fue reemplazado por un Caravelle de Air Camboge.

Las azafatas camboyanas aseguraron no saber nada, pero sabían lo suficiente como para no servir una copa a nadie y revisar dos veces los cinturones de seguridad antes del aterrizaje. Schanberg vio por la ventanilla los planos arrozales que comenzaban al cruzar las colinas y los valles oscuros, boscosos, de Camboya occidental. Luego vio la ciudad y las espirales de humo blanco. Con una terrible sacudida de sus motores, el avión descendió, en un ángulo de cuarenta grados, hacia Pochentong.

Al principio Schanberg pensó que los había alcanzado algún proyectil. *Corresponsal del New York Times muere al estrellarse su avión.* Y en letras más pequeñas: *Compartió las dos últimas semanas de vida con su esposa e hijas.* Cerró los ojos con fuerza; cuando los abrió otra vez, el Caravelle había aterrizado y avanzaba a saltos por la pista de tierra hacia el edificio del aeropuerto. En la terminal, soldados y obreros estaban amurallando la estación con bolsas de arena. La tripulación que bajó del avión tenía puestos los chalecos antibalas.

El rostro del funcionario de Inmigración era sereno

y sin malicia. Como ocurría con casi todos los camboyanos educados, incluyendo a Pran, su sonrisa era impenetrable.

—Se ha dejado la barba, señor Schanberg —comentó, cortés.

—La foto es vieja.

—¿Periodista? Espero que diga la verdad sobre nosotros.

Afuera el calor era insoportable. No había señales de Pran, de Sarun ni del Mercedes: sólo taxis, *rickshaws* y muchachos descalzos bajo los bananeros marchitos, y una serie de volutas de humo subiendo al cielo azul. Schanberg miró su reloj, impaciente. Olfateaba algo, y quería poner manos a la obra. Un pilluelo sonriente, con una sombrilla de Martini (que le servía de paraguas en la estación de las lluvias) le tironeó de la chaqueta. Él asintió, ceñudo, y subió a un antiguo taxi Peugeot, después de entregar unas monedas al niño.

Cuando pasó por el mercado de Pochentong pudo ver la intensidad del ataque: las casas humeantes, las fachadas destrozadas. Pero la vida ya había vuelto a la normalidad, con esa prontitud que nunca dejaba de sorprenderlo; en Oriente, la piel parecía cicatrizar inmediatamente sobre una herida profunda. En vez de bomberos y ambulancias, unos pocos barrenderos flemáticos recogían los escombros. En los puestos se volvían a vender bananas, melones, mangos, batatas, repollos chinos y cañas de azúcar. Las cabezas de cerdo se vendían al lado de los paquetes de tabaco rubio. Una anciana china estaba sentada sobre un televisor Sanyo, cosiendo el dobladillo de un vestido para niña. Las multitudes se apretaban, tratando de comprar a bajo precio la mercadería dañada por las bombas.

Más hacia el centro, las rebosantes calles de la ciudad hervían de gente. Aparecieron las primeras mansiones francesas, los discretos *bungalows* amarillos que, en otros tiempos, habitaban los ingenieros franceses encargados de construir los amplios bulevares de Phnom

Penh, sus parques, sus jardines y sus plazas, para transformarla en la más bonita de las capitales indochinas.

Todo eso había desaparecido. Poco quedaba ya cuando Schanberg hizo su primer viaje a Camboya, en 1972. Estaban talando los árboles que sombreaban los bulevares para obtener leña. Los jacarandaes, los jazmines, los hibiscos, todo caía a manos de los soldados para que no pudieran ocultar a francotiradores comunistas. Los pocos árboles restantes estaban muriendo por razones diferentes: los refugiados hambrientos les quitaban la corteza para hervirla y comerla.

Phnom Penh ya no era hermosa. Los principales edificios del gobierno tenían bolsas de arena y barricadas que ocultaban la arquitectura francesa neocolonial. En la plaza del Correo, las mesas de café habían sido reemplazadas por rollos de alambre de púas. El aroma de los jazmines y las buganvillas quedaba sofocado por los caños de escape de los camiones que el ejército enviaba a los campos de batalla.

Pero justamente por esas razones, había vuelto Schanberg. Considerando que su mayor proximidad con el peligro, en las dos últimas semanas, había sido un viaje en un sampán para turistas, en Bangkok sentía que la adrenalina le chisporroteaba en las venas. Pagó al taxista ante el Hotel Phnom, lanzó una moneda a un ciego vendedor de fósforos, que la atrapó distraídamente para ponerla en su escudilla, y subió a su cuarto. Estaba oscuro. Abrió las persianas lo suficiente como para dejar entrar un haz de luz. Una figura se estremeció bajo las sábanas.

—Cierra esas malditas persianas, ¿quieres?

Schanberg conocía bien esa voz. Abrió las persianas de par en par. Las sábanas dejaron ver una cara parpadeante, legañosa: una máscara de sufrimiento que intentaba sobreponerse a la resaca. Abriendo un solo ojo, inyectado en sangre, Al Rockoff reconoció a Schanberg.

—Eh, Syd, perdón. Perdón. Creí que eras el botones.

Schanberg no respondió. Levantó su bolso y pasó

al baño. Rockoff hizo lo posible por incorporarse y se apretó con una mano la frente vendada. Con la otra manoteó un calmante sobre la mesa de noche. Schanberg gritó desde el baño:

—¿Qué mierda es todo esto?

—Estuve revelando unas películas. Perdona, Syd. Lo siento. Pero escucha. Me siento muy mal. Si quieres gritar, vuelvo más tarde...

—No quiero gritar —gritó Schanberg—. ¡Quiero estar de buen humor! Pero las cosas no se adaptan a mis deseos. —Salió del baño y vació el bolso en la cama: una muda de ropa, una cámara Nikkon, rollos y un ejemplar de vía aérea del *New York Times.*— Mi avión llegó con atraso... El piloto creía que la mejor manera para evitar los cohetes es volar en sentido vertical... Nadie me esperaba en ese jodido aeropuerto... Llego aquí, dispuesto a retomar mi trabajo, y me encuentro contigo.

—Feliz Año Nuevo —murmuró Rockoff, débilmente.

Schanberg levantó el microteléfono. Echó un vistazo al fotógrafo.

—¿Cómo entraste, si se puede saber?

—Por el balcón.

—¿Hola? ¿Moeun? ¿Está Pran ahí? Sydney Schanberg. No, acabo de llegar del aeropuerto. Claro. Comprendo. Bueno. Bueno, espero.

Sus ojos vagaron por el cuarto. Todo parecía estar tal como él lo había dejado: la maltratada Olivetti portátil sobre la mesa, los lápices afilados junto a ella, el papel de máquina y los sobres, las pulcras pilas de recortes, una fotografía.

Todo estaba en orden, menos el desastre de la cama. Schanberg señaló el turbante blanco que Rockoff sujetaba contra su cabeza.

—¿Y eso qué es?

Rockoff gruñó.

—Una servilleta sanitaria. La conservo en hielo.

Schanberg tuvo que sonreír.

—No sé cómo sigues vivo, Al —comentó, sacudiendo la cabeza.

—¿Señor *Sanber*? —la esposa de Dith Pran había vuelto al teléfono—. Él viniendo. Dice tiene historia ataque de Pochentong. Muchas fotografías.

—Bueno. Muy bien. Escuche. Dígale que lo espero en el Café Central. Dígale que lo espero dentro de cuarenta minutos en el Café Central. Gracias.

Cortó. Rockoff había logrado abrir el otro ojo.

—Me colé en la fiesta de Best —dijo—. Conocí a una muchacha fantástica, que estaba contrabandeando drogas para el Khmer Rouge. O al revés.

—Vamos —dijo Schanberg—. Te invito a desayunar.

Mientras bebía su café, Schanberg cerró los ojos, aspiró hondo y volvió a verse en París, a fines de la década de los cincuenta con una beca de Harvard, gozando de Europa como un niñito en una confitería. Si abría lentamente los ojos, aquello seguiría siendo París: la porcelana cascada, el toldo amarillo sobre la cabeza, los arbustos en las macetas alineadas en la terraza, el susurro de los periódicos, la pareja de oficiales del ejército que jugaba al ajedrez en la mesa vecina.

Pero si se miraba por sobre los arbustos, París desaparecía. Los *rickshaws* y las motocicletas Honda se disputaban el paso en la calle, abajo. Un camión de pescado estaba descargando ostras, cangrejos y anguilas vivas. Dos muchachas, con sombreros de paja y *sarongs* purpúreos, vendían ramilletes de jazmín entre las mesas del café, en la acera. Enfrente, un par de chinos, sentados bajo un paraguas amarillo, vendían rezagos del ejército estadounidense, incluyendo una fila de botas enormes. Un monje budista examinaba críticamente una lata de repelente para mosquitos, fabricada por el ejército. Un vistoso cartel, en la vidriera de una *pâtisserie* cerrada, proclamaba una función nocturna de «*¿Cree usted en el pecado sueco?*»

—Cada vez se parece más a Saigón —dijo Schanberg.

—¿Qué?

—Esta ciudad. Saigón también era francesa, Al.

—¿Sí?

Rockoff estaba mirando las fotografías de Schanberg. Vestía una *remera* blanca y vaqueros; sus infaltables anteojos negros y dos Nikkon colgadas del cuello. Mostró una foto.

—¿Quién es?

—Mi hija menor. Eso es en Chiang-Mai. Me está comprando una rosa de seda amarilla para que me traiga suerte. La traje conmigo.

—Qué bien. Lindos árboles. Parece que tuviste unas hermosas vacaciones. ¿Cómo encontraste Singapur?

—Bangkok.

—Ajá. —Rockoff parecía más interesado en la gente. Estaba observando una instantánea de la señora Schanberg, envuelta en un *sarong* de seda. lentamente, dijo—: ¿Sabes, Syd? Me cuesta imaginarte como padre de familia.

Llegó un camarero. Schanberg dijo:

—¿Quieres alguna otra cosa? ¿Huevos?

—No puedo comer huevos. ¿Alguna vez viste de dónde vienen? Quiero otro café completo. Y una aspirina.

—*Oeufs brouillés avec du jambon et encore un café complet, s'il vous plaît. Et est-ce-que vous avez des aspirines?*

—*Oui, monsieur.*

El camarero se alejó para servir a un camarógrafo, sentado a cierta distancia. Todos los profesionales volvían a Phnom Penh; eso quería decir que olfateaban novedades. En la mesa vecina, uno de los oficiales camboyanos que jugaban al ajedrez volteó a su rey blanco y se levantó para retirarse. Schanberg bostezó. A pesar del toldo, el calor era terrible. Al otro lado de la calle, un hombre de sandalias y anchos pantalones permanecía sentado bajo un tamarindo, aturdido por el calor... o muerto de hambre, como ese niño de trece o catorce años, tal vez, que se aferraba débilmente a la mano de su madre, como si tuviera cuatro. Schanberg recogió un periódico local abandonado en la silla del oficial. *Ex jefe de Casino apuñalado en burdel,* decían los titulares, en francés. Había que ir a las páginas interiores para hallar noticias de la guerra.

Rockoff seguía hablando de los huevos.

—Todo lo que yo como tiene que estar ciento por ciento muerto. Por eso no podría comer nunca una ostra. En alguna parte leí que les echan jugo de limón para aturdirlas, nada más. Por lo que a mí me concierne, una ostra inconsciente es tan horrible como si estuviera bien despierta... ¡Syd! —Rockoff no había levantado la voz, pero Schanberg alzó rápidamente la vista.— Syd, un tipo acaba de arrojar algo desde una motocicleta.

La granada estalló antes de que ellos pudieran moverse. Le siguieron otras dos. Hubo un momento de silencio mortal, que se quebró con el clic de la Nikkon de Rockoff.

Ambos bajaron por las escaleras. La calle era un pandemonio. La bicicleta a motor había desaparecido. Los dos oficiales debieron de haber llegado al camión de pescado al mismo tiempo que las granadas: sus cadáveres yacían entre cristales de hielo ensangrentado, en una roja espuma de peces aleteantes y pedazos de anguila imposibles de reconocer. Lo que estaba inmóvil había muerto. Lo que se movía estaba muriendo.

Rockoff iba y venía a la carrera, tomando fotos. El camarógrafo se había concentrado en la escena de los oficiales. En el edificio vecino, un comercio de bicicletas estaba en llamas. Bajo el telón de espeso humo negro, proveniente de los neumáticos, se agazapaba el niño hambriento que Schanberg había visto desde la terraza. La sangre le cubría la camisa, pero seguía moviendo los brazos hacia su madre, que ya no podía verlo: las esquirlas de metralla le habían abierto la garganta y yacía mirando ciegamente la cara suplicante de su hijo. Schanberg se arrodilló y tomó una fotografía en el momento en que dos auxiliares médicos acudían a llevarse a la criatura.

La calle se había llenado de gente. Relampagueaban las cámaras, las camillas iban y venían. Alguien recogió un mantel que había volado de la terraza del café y cubrió la cara de la madre. Era Pran.

—Llegaste —dijo Schanberg.

—¿Qué pasó?

—Los del Khmer Rouge. Tres granadas desde una motocicleta. Necesito una declaración de algún ministro camboyano importante... comentarios sobre la nueva campaña de terrorismo, y también sobre la ofensiva del Khmer Rouge...

Pran estaba garabateando en su libreta, con los labios fruncidos.

—Lon Nol está en una ceremonia de condecoraciones... —dijo.

—¿Dónde?

—Plaza de la Independencia. Comienza a las once y media. Tenemos unos minutos.

El niño gritaba en la ambulancia. Schanberg trató de recordar lo que estaba por decir. Una anciana, llevada en una camilla, se cubría la cara con las manos para no ver lo que restaba de sus piernas. Rockoff se acercó a ellos.

—Syd, ¿me prestas algunos rollos? Por favor, Syd.

—Oh, mierda.

—Por lo que más quieras, Syd. Es la última vez.

Schanberg le arrojó un par de rollos. Su momentáneo olvido había pasado. Había aprendido a reconocerlo: una reacción tardía al choque. Ya lo tenía reducido a pocos segundos; apenas se daba cuenta. Pran estaba esperando. Le dio una palmada en el hombro.

—Vamos —dijo.

Sarun esperaba con el auto, en una calle lateral. Por sobre el zumbido del ventilador de batería adosado al tablero, se disculpó por algo. Pran explicó:

—La sangre del asiento. Lo siento, Sydney. Llevé a alguien al hospital, desde el mercado de Pochentong. Sarun no tuvo tiempo para limpiar el coche. —Se interrumpió; luego escupió en su pañuelo y comenzó a frotar vigorosamente una mancha de sangre en el pantalón de su jefe.— Lo siento, Sydney —repitió.

A las pocas cuadras, Sarun soltó un gruñido.

Las noticias del ataque terrorista habían llegado a la plaza de la Independencia, y el operativo de seguridad era minucioso. Los transportes blindados traqueteaban por el perímetro, en ostensible desfile; los soldados que los ocupaban llevaban los fusiles al hombro y vigilaban por las ventanillas, observando los edificios cercanos. A Schanberg y a Pran les bastó mostrar sus pases para entrar en la zona cerrada por cuerdas, junto a un estrado, frente al cual había tres filas de soldados camboyanos. Todos estaban en posición de firmes.

El mariscal Lon Nol, sucesor de Sihanouk como gobernante de Camboya, estaba de pie en el estrado. Su uniforme caqui le quedaba algo holgado; sus mejillas regordetas se habían ahuecado, dando una expresión hosca a su cara normalmente redonda y amigable. Rodeado por su acostumbrado séquito de aduladores, estaba estrechando la mano de un hombre corpulento, de uniforme muy condecorado.

—Sek Sam Iet, gobernador de la provincia de Battambang —susurró Pran.

Schanberg sacudió la cabeza, incrédulo. Sek Sam Iet era considerado el más corrupto de los generales del ejército de Lon Nol. Vendía el arroz de sus soldados a los Thais y las cargas de municiones al Khmer Rouge. El embajador norteamericano había exigido su retiro. Lon Nol, que se sabía apoyado por la Casa Blanca hiciera lo que hiciere, se había apresurado a devolverle el poder. Esa decisión era una clara maniobra política dirigida contra la embajada estadounidense. Schanberg reparó en la silueta alta de Lincoln; estaba tan cerca de él que hasta podía oler su pañuelo perfumado. Se volvió a medias en su dirección. Lon Nol, finalmente, había dejado en libertad a su camarada; una trompeta lanzó un sonido inseguro. Sek Sam Iet sonrió apenas:

—No se lo ve muy feliz —comentó Schanberg.

Lincoln asintió.

—Tal vez esperaba que le dieran un pasaje de avión.

El mariscal estaba recibiendo la banda que pondría al cuello de un compinche suyo.

—El que necesita ese pasaje es Lon Nol —murmuró el periodista.

—Coincido con esa opinión.

—¿Se ha hecho algo en ese sentido?

—No.

—Entre tú y yo.

—Entre tú y yo Sydney, todavía no. Lon Nol es la doctrina Nixon personificada, no necesito decírtelo. Representa la decisión de la Casa Blanca de seguir luchando contra el comunismo en el Sudeste de Asia. Como el Congreso no le permite a Ford hacer luchar hasta el último norteamericano, él está haciendo luchar hasta el último camboyano. La incompetencia de Lon Nol es su garantía para seguir en el poder y, al mismo tiempo, desafiar al Congreso.

—¿Motivo por el cual Kissinger se ha negado a hablar con Khieu Samphan?

Resonó otra trompeta. La ceremonia había terminado. Lincoln tomó a Schanberg del brazo y lo condujo fuera del cercado.

—Sydney, quería hablar contigo sobre eso.

—¡No soy el único que lo sabe! —El periodista estaba indignado.— Todos se enteraron de que el embajador envió un telegrama a Kissinger diciendo que Khieu Samphan, líder del Khmer Rouge, estaba de viaje por el extranjero, y preguntando si Kissinger no haría el favor de recibirlo, como última esperanza para Camboya. Y Kissinger respondió negándose...

—Ya sé, ya sé. No lo niego. Pero Kissinger se puso

tan furioso cuando se divulgó la historia que estuvo a punto de cambiar al embajador por cuarta vez en dos años. Así que hazme un gran favor, ¿quieres? No menciones lo de Kissinger por algún tiempo, ¿eh? Si quieres fastidiar a alguien con tu pluma, prueba con el Pentágono. No se irrita tanto.

Lincoln nunca decía algo sin motivos. Schanberg echó un rápido vistazo a los soldados que iban desapareciendo, a los corresponsales de prensa, a la artillería que se alejaba lentamente de la Plaza de la Independencia. Con una breve risa, dijo:

—Dicen los rumores que, aunque todo se vaya al diablo, el Congreso no autorizará más ayuda militar.

Lincoln sonrió, como quien reconoce al profesional.

—Si eso es cierto no me lo dirían a mí, Sydney, ya lo sabes. Pero ya estarás enterado del «error» que el Pentágono acaba de descubrir en su contabilidad. Según ellos, deben al gobierno camboyano algo así como veintiún millones de dólares. —Echó una mirada en derredor, mientras dejaba que sus palabras surtieran efecto. No había nadie más que pudiera oír. El ayudante de Schanberg estaba hablando con un edecán camboyano. Lincoln prosiguió, con aire desenvuelto—: Al parecer, fue una equivocación del departamento de Cuentas de nuestra embajada; de todas maneras el Pentágono pagará la deuda a Lon Nol con armamentos militares. Deberías verificarlo, sobre todo considerando que nuestra embajada en Phnom Penh no tiene departamento de Cuentas Militares. Como de costumbre, Sydney...

—¡Espera, James! —pidió Schanberg. Su cerebro funcionaba a toda velocidad.

Pero Lincoln había desaparecido, como el proverbial gato de Cheshire, dejando en el aire su sonrisa más cínica.

Durante la estación seca, Phnom Penh se fue tornando más débil, como uno de sus hijos hambrientos. Los refugiados presionaban hacia el corazón de la ciudad; instalaban sus casas de cartón tras los arbustos de los parques o tendían láminas de polietileno entre las lápidas de los cementerios, para dormir como podían sobre los muertos.

Los hoteles estaban llenos de periodistas, fotógrafos y equipos de televisión; también de las hienas y los cuervos que se alimentan de cualquier sociedad en estado de podredumbre mortal: especuladores franceses y alemanes, que ofrecían precios deleznables por los tesoros khmer de los camboyanos, obligados al exilio por el pánico; filipinos que vendían drogas de mala calidad; australianos e indonesios que cobraban tarifas exorbitantes por llevar a las familias ricas a Tailandia, donde podrían tomar un avión para reunirse con sus parientes en el sur de Francia. Un antiguo miembro del equipo de rescate militar estadounidense, que se había hecho comerciante en armas, con base en Singapur, ofreció volver a comprar a los oficiales camboyanos los armamentos que les hubieran dado mediante el programa de ayuda norteamericano. Había muchos otros como él: sin ir más lejos, los vendedores chinos que, en las aceras del bulevar, entregaban un M-16 nuevo a cambio de un billete de diez dólares.

—La ayuda norteamericana es como el opio —observó Schanberg. Estaba en un fumadero, a la luz de la antigua lámpara de cobre. Jon Swain se hallaba sentado en el piso de teca, a uno o dos metros de distancia. Frente a él, en la esterilla, se veían dos siluetas recostadas, desconocidos. Sus rostros parecían cambiar cada vez que la lámpara arrojaba sombras sobre ellos.

—Cuanto más tienes, más quieres —prosiguió, como descubriendo una gran verdad—. Cuanto más quieres, más necesitas. Hemos dado a Camboya demasiada ayuda. Los síntomas de la privación serán fatales.

—¿Cree que los norteamericanos tienen la culpa?

No estoy de acuerdo —dijo una culta voz camboyana, desde las sombras. Alguien a quien la muchacha de pechos desnudos que los atendía había llamado Excelencia. Schanberg hubiera deseado reconocerlo—. Peleé contra los franceses en la primera guerra de Indochina. Ahora estoy combatiendo a estos comunistas apoyados por los chinos. La próxima tal vez sea contra los vietnamitas. El problema está en el colonialismo. Los Estados Unidos no tienen intenciones de gobernar al pueblo Khmer. Nos ayudan para que podamos alejar a los colonizadores y gobernarnos por cuenta propia.

Se interrumpió, porque la muchacha se acercó con una bandeja de pipas llenas de opio. Schanberg sintió una punzada de intranquilidad. Todos los políticos camboyanos que había conocido compartían esa serena objetividad. Contempló a la jovencita, que se arrodilló junto a la mesa. Estaba desnuda, salvo por el *sarong* de seda verde que le cubría el vientre. Su pelo, negro como grafito líquido, flotaba suelto a los lados de su cara, cubriendo sus orejas pequeñas y enmarcando su delicada mandíbula.

Encendió el opio en una llama y lo insertó delicadamente en una pipa de platino. Con un gracioso movimiento, la ofreció a Su Excelencia, que sacudió la cabeza, y luego a la otra silueta incorporada sobre los almohadones. Era un hombre mayor, de bigote plateado, que se la agradeció en fluido khmer, antes de pedir otro whisky en francés. Probablemente fuera un francés, un componente de la delegación enviada por las Naciones Unidas, cuyo personal, a diferencia del de la embajada estadounidense, no tenía la prohibición de frecuentar el fumadero de Madame Chantal.

Con tacto típicamente inglés, Swain había cambiado el tema de conversación.

—En Londres hay un obelisco conmemorando la gloria de los marinos británicos —dijo—. La placa muestra a un soldado clavando su bayoneta en el vientre de un chino; de puro espanto, a la víctima se le alza la coleta como un signo de exclamación. Debajo dice: «Campaña de Shanghai, 1898.»

Prosiguió, solemne, en tanto la muchacha se arrodillaba muy cerca de él, sosteniéndole la pipa para que pudiera inhalar.

—¿No les parece totalmente absurdo? Imagínense lo mismo en Pekín. Una placa donde se vea a un chino clavando su bayoneta en el cuerpo de un inglés, que tiene los pelos de punta, en medio de Regent Street. Y debajo: «Campaña de Londres Central, 1898.» —Aspiró profundamente.— No sé qué estábamos haciendo en la China, para empezar.

El diplomático francés rió entre dientes.

—Protegiendo su red de tráfico de opio, amigo mío.

—Al menos era un combate cuerpo a cuerpo —dijo Schanberg—. Los chinos perdonaron a los ingleses. ¿Qué me dices del Khmer Rouge? Cinco años de bombardeos hasta la saturación. Miles de litros de napalm. Todas esas víctimas incineradas. No ha habido modo de tomar represalias; no han tenido contra qué descargar su furia, como no fuera contra su propio pueblo. ¿Creen ustedes que podrán olvidar o perdonar?

No hubo respuesta. Swain miraba a la muchacha a los ojos.

—Gracias —susurró, en khmer.

Ella rió infantilmente, dijo algo y volvió a reír, mostrando una lengua rosada entre los labios enrojecidos por el betel.

—¿De qué te ríes? —preguntó Swain, riendo también, mientras la muchacha lo acariciaba.

—Debería aprender a habla en khmer, amigo mío —murmuró Su Excelencia, con cierta tristeza.

—Odio —dijo el delegado francés. Vació su vaso de whisky y lo apoyó en la esterilla, con un golpe seco—. Para responder a su pregunta sobre el Khmer Rouge. Y cuando ganen, cosa irremediable, será la victoria de unos hombres en quienes el odio ha eliminado cualquier otra emoción.

La muchacha se levantó sin hacer ruido y recogió la copa vacía. Cuando ella salió con la bandeja, Swain se levantó para seguirla. En la habitación se hizo el silencio. El opio recorría el cerebro de Schanberg. Se sentía atraído por el fatalismo de ese antiguo país. El odio pasaría. El amor era más fuerte que el odio. Cuando Su Excelencia habló, el periodista lo escuchó con renovado respeto.

—Negociaremos —dijo la culta voz camboyana—. Al final de la estación seca, cuando el Khmer Rouge esté cansado. Lo invitaremos a compartir el gobierno, dentro de un marco constitucional. Sin represalias.

A Schanberg se le llenaron los ojos de lágrimas. Cuánta magnanimidad. Así deberían librarse las guerras. Pero el mandarín de la ONU pareció no dejarse conmover por esas palabras.

—Creo que fue Byron quien dijo: *El odio es, con ventaja, el placer más prolongado. El hombre ama de prisa, mas detesta tomándose su tiempo.* —Succionó la pipa de opio y exhaló un hondo suspiro.

Era como si los muebles de todas las mansiones de Phnom Penh estuvieran en venta y los vendedores callejeros hubieran enloquecido. Heladeras, televisores, acondicionadores de aire, tocadiscos y rezagos del ejército estadounidense, todavía con sus envolturas del Ministerio de Defensa, se amontonaban en la acera.

La gente pasaba entre las cosas, haciendo ofertas ridículas y riendo a gritos. Sarun, que conducía el Mercedes a paso de hombre, con la camisa empapada de sudor, estaba contando un chiste en khmer. Schanberg iba sentado detrás, junto a Pran, leyendo un periódico.

—Pregúntale por qué bromea siempre cuando estamos apurados —dijo.

Pran tradujo y arrancó de Sarun una risa aguda.

—Porque la risa viaja más rápido que la tristeza, dice.

Schanberg gruñó. Se detuvieron ante un semáforo en rojo y él levantó el periódico. Los niños se juntaron ante las ventanillas, mostrando botellas de vino que contenían nafta conseguida en el mercado negro.

—*Essence? Essence? Voulez-vous acheter d'essence?*

Estaban más cerca de la embajada estadounidense de lo que él había pensado. Pero de pronto los estribillos cambiaron. Sonaban más potentes y furiosos. Además, en inglés.

—¡Basta de ayuda norteamericana! ¡Paz en Camboya!

Schanberg tocó a Sarun en el hombro y bajó del coche, seguido por Pran. Frente a los portones de la embajada, la calle estaba llena de estudiantes camboyanos que gritaban consignas de protesta y agitaban estandartes. *¡Fuera Lon Nol! ¡Paz con honor! Americans go home!*

—¡Los norteamericanos nos han puesto entre la espada y la pared! —gritaba un orador.

—¿Por qué elegir entre Lon Nol o el Khmer Rouge? ¿Acaso no existe otra alternativa que los extremos?

Schanberg y Pran se abrieron paso entre ellos. La policía militar norteamericana permanecía firme tras los portones cerrados, con expresión de indiferencia. Eso no tenía nada que ver con ellos. Nada más ajeno a los Estados Unidos que la idea de interferir en problemas internos de un estado extranjero. Como Schanberg sabía bien, las tropas de Lon Nol estaban ya tan dispersas que el embajador había tratado de convencerlo para que anunciara una movilización general. Pero eso habría requerido reclutar a los estudiantes de clase media, como ésos, quienes habrían destruido la base política del mariscal en cuestión de segundos. Por lo tanto, los camiones de su ejército continuaban asolando las calles más pobres, arriando a los jóvenes campesinos rumbo a la batalla, mientras los ricos compraban documentos adulterados de exención al servicio militar. Y los estudiantes hacían manifestaciones.

Con la libreta en la mano, Schanberg hizo señas a un estudiante de cara redonda, vestido con ropa deportiva y anteojos de carey. El muchacho respondió a las preguntas de Schanberg con otras preguntas:

—¿Por qué apoyan a este gobierno? ¿Por qué apoyan a Lon Nol? ¿Por qué contribuyen a mantener el estado de guerra? Queremos negociar. Los del Khmer Rouge son camboyanos. ¿Por qué no podemos hablar entre camboyanos?

Si había respuesta, Schanberg se salvó de darla. Unos camiones blindados se acercaban por ambos extremos de la calle: la policía militar camboyana avanzaba en un movimiento de pinzas, agitando cachiporras y tumbando a todos los estudiantes que no lograban escapar. Otra hilera, por detrás, levantaba a los manifestantes y los arrojaba dentro de los camiones.

Pran escribía nerviosamente. El estudiante de cara redonda recibió un golpe por detrás y se lo llevaron. Los portones de la embajada se abrieron y Schanberg se vio succionado hacia adentro. Alcanzó a ver que los anteojos de carey quedaban tendidos en la acera.

—¡Sydney!

Pran no tenía pase para entrar en la embajada. Necesitaba de Sydney para pasar. La policía militar se adelantó.

—¡Sydney!

Schanberg no lo oyó. Subió los escalones a la carrera, cruzó las puertas de vaivén. Llevaba ya diez minutos de retraso para la conferencia de prensa.

El *jeep* corría por la autopista Uno, esquivando los agujeros dejados por los bombardeos. Al volante iba Joe Marocco, asesor militar norteamericano. Schanberg iba sentado junto a él. En la parte trasera, Rockoff y Swain se aferraban al asiento para no caer, con Pran incómodamente metido entre ambos.

Marocco estaba hablando de la guerra.

—Tenemos informaciones de que el Vietcong ha proporcionado armas al Khmer —gritó—. ¡El año pasado, a esta altura, se habían quedado sin municiones!

—¿Y las provisiones de Lon Nol? —gritó Schanberg.

—¿Qué?

—¿No es cierto que el Pentágono proporcionará equipos militares por valor de veintiún millones de dólares, a pesar de la voluntad del Congreso?

Marocco le dedicó un signo obsceno. Schanberg sonrió amargamente. En la conferencia de prensa se había dicho a los periodistas reunidos lo que esperaban oír: que si el Khmer Rouge asumía el poder se produciría un baño de sangre; que los Estados Unidos estaban tratando, por todos los medios posibles, de hallar una solución al conflicto, y que el puente aéreo, que traía combustible y municiones de Tailandia, así como arroz desde Saigón, compensaba la toma del Mekong por el Khmer Rouge. Por lo visto, los esfuerzos para que la Casa Blanca apoyara un intento de negociación entre el Khmer Rouge y Lon Nol habían quedado en la nada. Todo el énfasis se concentraba en extraer más ayuda norteamericana para soportar la estación seca.

Un buey muerto yacía junto a la ruta. El *jeep,* al eludirlo, pisó un charco de sangre, que salpicó a los del asiento trasero.

—¡Eh! ¡Con calma, por favor! —chilló Rockoff, protegiendo sus preciosas cámaras—. Después de todo, ¿a qué viene tanto apuro?

—Es que sabe que nadie va a sancionarle por exceso de velocidad —comentó Swain.

—No me preocupa *su* sanción, sino *mi* defunción.

—Ah —exclamó Swain.

Habían cruzado el puente de las Naciones Unidas y el mercado de Chbar Ampou hacía algunos minutos. Estaban a menos de cinco minutos de marcha del frente. Recorrieron una incesante fila de refugiados.

—¡Antes de la contraofensiva, la semana pasada, esto era todo territorio del Khmer Rouge! —gritó Marocco, mirando fijamente hacia adelante—. ¡Tal vez mañana vuelvan a copar la ruta!

No hubo más quejas por la velocidad. Pasaron junto a otros animales muertos y a tres cadáveres, dejados al costado de la ruta, bajo un sudario de plástico transparente. Un camión incendiado, con el frente hundido en un arrozal, conservaba su cargamento de maniquíes para escaparate en la parte trasera; estaban chamuscados y retorcidos, en una obscena parodia de cadáveres humanos.

La ruta se internó entre los árboles. Swain señaló a Schanberg una o dos chozas sobre pilares, con techados de paja. Poco tiempo antes habían sido burdeles de los plantadores franceses, cuyas decadentes mansiones coloniales aún eran visibles entre los árboles. Pero ya nada se movía en el paisaje que no tuviera un arma en la mano.

Desde un puesto militar defendido con sacos de arena, al costado de la autopista, un soldado les hizo señas de detenerse. Marocco sacó su revólver Smith & Wesson y frenó. El soldado se acercó a la carrera.

—¿Tiene cigarrillos? —preguntó, mostrando una hilera de dientes ennegrecidos.

Schanberg le arrojó una cajetilla. En los sacos de arena había tres muchachas sentadas: tres soldados femeninos que reían tontamente. Sostenían con torpeza sus M-16 flamantes, pero era obvio que les interesaba mucho más el lápiz labial que se habían estado probando, así como la grabación de Paul McCartney, que atronaba desde una pequeña radio a transistores. Rockoff fotografió sus caritas pintadas; las tres chillaban de risa, como si la muerte estuviera muy lejos. También Schanberg comenzaba a sonreír cuando notó que Pran, muy quieto en su asiento, tenía lágrimas en los ojos. Swain también había visto a Pran y mencionó la patética tristeza de la escena.

—Hoy estamos, mañana quién sabe —dijo Marocco, sombríamente, en tanto poníe el *jeep* en marcha.

Un kilómetro y medio más allá, Swain rompió el silencio.

—¿Vieron esos M-16? —comentó—. Todavía tenían puesta la funda contra el polvo.

Ya se podía ver el frente, por las feas humaredas negras que teñían el cielo despejado. Provenían de una fábrica incendiada al borde de una de las últimas aldeas, fuera de Phnom Penh, aún defendidas por las fuerzas armadas de la república de Khmer. Una fábrica de Pepsi-Cola, que había sido atacada con morteros esa misma mañana, por obra del Khmer Rouge. La mitad del techo había volado. El resto era una capa de escombros, cajones rotos, latas que estallaban y aceite quemado entre maquinaria retorcida. Un alto poste de aluminio doblado como una ramita quebrada sostenía un letrero de neón que casi tocaba la tierra y, en destellos rojos, rezaba: BUVEZ PEPSI.

Marocco detuvo el *jeep* junto a un camión tumbado, cerca de los portones. En las tenebrosas sombras de la humareda, dos niños llevaban un perro muerto, colgado de una vara, hacia una pobre fogata, esquivando los cráteres de bombas y los escombros. Junto al tronco ennegrecido de un árbol se acurrucaba la familia de un joven soldado que estaba en el frente. La esposa, poco mayor que las muchachitas soldados vistas un rato antes, estaba amamantando a un bebé, bajo una tosca estructura de planchas metálicas que había levantado para protegerse del sol del mediodía. La madre estaba lavando ropa en un recipiente de plástico. Si Schanberg pudo distinguirlos de los refugiados, fue porque la camisa del recipiente era de un viejo uniforme francés.

En fila india, con Joe Marocco delante, pasaron junto a carretas de bueyes, fogatas y siluetas acurrucadas, informes, rumbo al frente.

—Llegaremos antes de que hagan la pausa para almorzar —comentó Marocco.

—¿Qué pausa para almorzar? —Swain parecía estupefacto.

—Los oficiales de artillería de Lon Nol tienen un horario de trabajo estricto: de seis y media a una del mediodía, salvo sábados y domingos, que son días de descanso. Por lo tanto, el ejército ataca las posiciones del Khmer Rouge ya avanzada la mañana y luego, habitualmente, se retira con graves pérdidas al avanzar la tarde, debido a la falta de artillería que lo cubra.

—¿Y por la noche?

—Por la noche sólo los comunistas luchan.

Schanberg había oído todo eso. Uno de los motivos por los que el ejército camboyano provocaba en el enemigo menos bajas que las peores tropas de Vietnam era que iba a la guerra como a sembrar arroz o a trabajar en una oficina. El Khmer Rouge podía poner sus relojes en hora guiándose por sus ataques; tenderle una emboscada era tan fácil como atacar a un cartero en su ronda matutina. Bajo la incompetencia de sus oficiales y la corrupción de sus comandantes, los soldados luchaban mecánicamente; lo extraño era que lucharan, de cualquier modo que fuera. Antes de la década del setenta, la única experiencia que habían tenido de la guerra mecanizada era la de su desempeño como extras en las películas patrióticas caseras del príncipe Sihanouk. Como resultado, en sus primeras batallas contra los vietnamitas se presentaban con cornetas y estandartes, con lo cual fueron masacrados por miles. Armar a ese pueblo hasta los dientes era como soltar un tiburón en una piscina llena de niños asustados.

—¡Por aquí! —chilló Marocco.

Rockoff, que se había detenido para fotografiar a una niñita que sostenía las riendas de un buey, uncido a un carro, al que sus padres refugiados estaban cargando bultos, giró en redondo y corrió tras él.

El tableteo de las ametralladoras los guió hasta una baja pared de ladrillos, reforzada con bolsas de arena. Unos treinta soldados exhaustos, ninguno de los cuales parecía tener más de dieciocho años, estaban tendidos detrás, mirando por encima. Al llegar los periodistas, cuatro de ellos se levantaron y corrieron agachados, más allá de un cañón antitanque inutilizado, hasta las ruinas de una casa, a cien metros de distancia. Hacia adelante había terreno abierto; más allá, una fila de palmeras, apenas visibles entre el humo.

Eso era el frente.

Un par de oficiales, acuclillados en tierra, bebían Coca-Cola mientras escuchaban las órdenes que, en khmer, ladraba el transistor de radio. Ambos clavaron en los periodistas una mirada atónita. Uno de ellos, un enorme monje budista, envuelto en sucio algodón amarillo, sacudió la cabeza, murmurando algo.

Pran tradujo para beneficio del asesor militar.

—Dice que creía que ustedes se habían ido.

—¡No, señor! —Marocco le dedicó una sonrisa. Se adelantó y alargó la mano.

La cara del monje se contorsionó. Tomó la mano que se le ofrecía y luego, antes de que Marocco pudiera sentirse ofendido, sonrió con lágrimas en los ojos, abrazando cálidamente al asesor militar.

—Dice que llega a tiempo para ayudar —tradujo Pran, nuevamente.

Marocco se liberó. Se le habían caído los anteojos ahumados, y Schanberg pudo leer en sus ojos una expresión de bochorno, culpabilidad y pena.

—No puedo ayudarlo —dijo, enojado—. Soy asesor.

Se acercaron hasta un nido de ametralladoras, con Schanberg delante. El sargento a cargo del nido tendría unos veinte años; iba descalzo, como los otros, y llevaba un paraguas verde como señal de autoridad. Alrededor de la cabeza tenía un vendaje ensangrentado; en los vaqueros, una larga mancha de aceite y sangre. Se inclinó cortésmente ante el grupo y regresó a una ametralladora M-60, que disparaba inútilmente hacia la distante fila de palmeras.

—Esta escena es cosa de locos —gruñó Rockoff—. Se había apartado para fotografiar una cabra partida en dos por una ráfaga de ametralladora.

—Nos harán papilla.

Hubo un súbito silbido de morteros. Schanberg y Pran se lanzaron de cabeza al suelo. Unas ametralladoras abrieron fuego desde la línea de árboles, y la M-60 respondió secamente. En el piso, junto a ellos, la radio parloteaba furiosamente. Pran tradujo, por sobre el estruendo:

—Dice que por qué no avanzan.

El sargento manchado de sangre, entumecido por la fatiga, manoteó el teléfono y gritó al invisible coronel, que estaba a cientos de metros hacia atrás:

—¿Por qué no viene usted mismo a averiguarlo?

El fuego de mortero del Khmer Rouge había aumentado. Los proyectiles caían por detrás y por delante. El asesor militar consultó su reloj, desconcertado: aquello no se estaba desarrollando según lo acostumbrado. La radio graznó; en el aire se elevaron grandes trozos de tierra y de un edificio incendiado, que cayeron sobre ellos como una amarilla lluvia de cenizas. Rockoff volvió la cara hacia Schanberg.

—¡Volemos de aquí, qué mierda!

Junto a Schanberg estalló un cajón de Coca-Cola. «¿Por qué no avanzan?», gritó la radio. Al bajar la vista, vio que una línea de sangre comenzaba a avanzar por la palma de su mano. Pran se la tomó y succionó la sangre.

—Peligro de envenenamiento —dijo, mientras sacaba su pañuelo para vendar la herida.

Schanberg miró asombrado a su ayudante. Estaban bajo fuego graneado y Pran se ponía a atenderlo como si fuera un paciente de hospital. Le dedicó su mejor sonrisa, y retiró la mano con suavidad.

—Ya está bien, por el momento —dijo.

Un estallido de mortero, a unos quince metros de distancia, los obligó a arrojarse al suelo. Cuerpos despatarrados y bolsas de arena se elevaron lentamente en el aire y se abrieron, esparciendo polvo e intestinos humanos. Dos soldados jovencitos salieron llorando silenciosamente. Ambos llevaban vinchas en la frente; uno de ellos tenía ojotas en los pies. Ambos a un tiempo, dejaron caer los fusiles y echaron a correr. El joven sargento los llamó a gritos, con voz áspera y desesperanzada, en tanto desaparecían en la niebla.

El tiroteo se intensificaba. El asesor militar estaba a cien metros de distancia, más atrás; entre el humo, señalaba su reloj, gritando. El Khmer Rouge estaba llevando a cabo una verdadera embestida. Schanberg aferró a Pran y corrió para salvar la vida.

Algunos de los proyectiles habían hecho blanco en los refugiados. Corrieron entre niños que gritaban, carretas bamboleantes, animales enloquecidos por el pánico. Rockoff los precedía, Swain iba con él.

Schanberg miró por sobre su hombro y vio formas que se movían cerca del puesto de ametralladoras, ya desierto. Se detuvo y se arrojó hacia otro emplazamiento de artillería, entre dos paredes de cajones. Pran le gritó:

—¡Vamos, Sydney!

—¡Sigue! —chilló Schanberg, señalando el *jeep* con el brazo—. ¡Sigue, que ya te alcanzo!

Miró fijamente la línea distante de las palmeras. Unos insectos negros trajinaban entre ellas, por el verde arrozal. Ahora pululaban por la casa en ruinas, más allá de los sacos de arena, que cinco minutos antes habían sido parte del mundo libre.

—¡Khmer Rouge! —susurró una voz a su lado.

Pran había vuelto.

Miraron juntos, fascinados, temerosos, a las siluetas. Tenían rostros oscuros y cabelleras largas. Tal vez fueran mujeres. Un edificio estalló en llamas y el humo las ocultó. Cuando se dispersó, las siluetas negras habían desaparecido. Sonó una bocina de automóvil; era hora de correr.

Mientras lo hacían, agazapados, se produjo otra explosión. El carro de bueyes que Rockoff fotografió poco antes estaba cubierto de sangre. La niña había dejado caer las riendas. Una de las bestias había muerto. La otra forcejeaba por levantarse, con el cuello cubierto de sangre.

La pequeña no se volvió a ver lo que restaba de sus padres. Con los ojos fuertemente cerrados, las manos sobre las orejas, gritaba a todo pulmón.

Schanberg comía su cóctel de langostinos, sentado a la luz de las velas. Con el corte de electricidad, cosa que ocurría con más y más frecuencia, el comedor del hotel Phnom se parecía más que nunca a un mausoleo. Por sobre su cabeza, una araña barroca tintineaba a causa de la brisa. Las velas arrojaban sombras contra los paneles de las paredes, pero a esa tardía hora Schanberg era el único cliente; no se oía más que el tintinear de la araña y el de su cuchara en el plato de vidrio.

Se estaba acostumbrando a la soledad. Aparte de Pran, ahora vivía enteramente para su trabajo y sus pensamientos. Y sus pensamientos estaban colmados por Camboya: el pueblo y la guerra. En los raros viajes que hacía a Singapur para ver a su familia despertaba todas las mañanas pensando en helicópteros amenazadores. Los gritos de los niños que jugaban en el patio de la escuela le hacían cerrar las ventanas y encender la radio para ahogar el recuerdo de otros gritos, más agudos y dolorosos. Lo único que había traspasado esa coraza fue el gesto de una de sus hijas, que lo despidió con un regalo tradicional, una rosa de seda amarilla, mientras le decía con labios temblorosos: «Te quiero, papito, pero siempre te pierdo. Justo cuando estoy llegando a conocerte otra vez, te pierdo.»

Schanberg se frotó los ojos y apartó la comida. Un camarero se aproximó sin ruido, trayendo pollo frío; también lo descartó con un gesto. En cambio, encendió un cigarrillo. Hacía demasiado calor como para comer. Tabaco, alcohol, píldoras: en esos momentos parecía vivir sólo de eso.

En sus primeros días en Camboya, como novicio en la profesión de reportero de guerra, le había llamado la atención la cantidad de estimulantes que consumían algunos periodistas veteranos, a quienes no molestaban sus preguntas. En un principio había tratado de no imitar esa parte de la experiencia. Desde entonces había experimentado en carne propia la presencia constante y total de la guerra en su sistema nervioso: lo excitaba y endurecía al mismo tiempo. Nada peor que un estómago lleno para soportar algunos de los espectáculos que debía cubrir.

Eso le había ocurrido el sábado anterior, en el departamento de Pran, mientras intentaba tragar la comida que Ser Moeun le ponía delante. Era la segunda vez que aceptaba la invitación a cenar con ellos; la esposa de Pran se había esforzado para comprar exquisiteces en el mercado y disponerlas en escudillas alrededor del *curry*. Y él, en medio de la cena, tuvo que dejar sus palillos y pedir permiso para fumar. Pran, con su extravagante cortesía, también había dejado de comer. Ser Moeun recogió los platos con una sonrisa desilusionada y los llevó a la cocina.

—Mi padre siempre fuma en la mesa —dijo Pran, con una risita—. Mi madre hace un *curry* muy picante y él dice siempre: «Humo después de fuego.»

—¿Cómo están tus padres, Pran?

El ayudante bajó los ojos. De inmediato, Schanberg comprendió que su pregunta carecía de tacto. Los padres de Pran vivían en una zona apartada de la ciudad de Siem Reap, al norte, próxima a los templos de Angkor Wat. Su padre era un funcionario importante en Obras Públicas, responsable de supervisar la construcción de rutas en el distrito de Siem Reap. Toda la zona estaba, a esa altura, sometida a constantes y feroces ataques por parte del Khmer Rouge.

—Mi padre está muy triste. Ha dedicado toda su vida a construir rutas. Él construyó la moderna ruta a Angkor Wat, cuando yo trabajaba en el hotel allí, en

1967, como guía de turismo. Solía decir: «Mis rutas están trayendo el siglo veinte a Siem Reap.» Ahora dice: «Mis rutas han desaparecido. Los aviones norteamericanos las bombardearon. Después, los vietnamitas y el Khmer Rouge las bombardearon. Ahora sólo sirven para carretas.»

Schanberg recordaba al viejo. Habían ido a Angkor Wat tres años antes, cuando aún se podía llegar hasta allí, y Pran le había mostrado el hotel Auberge Royale des Temples, donde trabajó anteriormente, y la pagoda a la que trasladó a su familia en 1970, cuando el combate, alrededor de su propia casa, le hizo temer por sus vidas. Fue entonces cuando Pran se unió a la milicia local. Se puso un uniforme caqui y aprendió a manejar una ametralladora Thompson, antes de decidir que tendría más posibilidades de sobrevivir si bajaba a Phnom Penh en busca de trabajo. Con sus conocimientos de francés e inglés (adquiridos por cuenta propia), no pasó mucho tiempo antes de que todos los periodistas de la capital quisieran contratarlo. Los periodistas japoneses, los equipos de la BBC y la ORTF... Fue una suerte, en realidad, que el corresponsal del *Times* en Saigón, Craig Whitney, lo detectara en una de sus primeras visitas y lo recomendara a Schanberg.

Ser Moeun les trajo el té. Schanberg sintió sobre sí la mirada ansiosa de la mujer, y sospechó que lo habían invitado para averiguar qué planes tenía si los Estados Unidos se retiraban de Camboya. Pero Pran ya sabía que él y su familia contarían con el apoyo de Schanberg. No había nada más que decir, a menos que se tuvieran noticias de la embajada. Mientras tanto, Schanberg no pensaba comportarse como si aquélla fuera una despedida. Vio una pequeña estatua de la libertad de plástico, en el antepecho de la ventana.

—Todavía tienes eso. Te la regaló Craig, ¿no es verdad? —dijo, señalándola con la cabeza. Y alzó su taza de té, riendo—. ¡Brindo por la libertad, la vida y la búsqueda de la felicidad!

—Por la libertad, la vida y la felicidad —dijo Pran, con gesto grave y solemne.

Eso había ocurrido cinco días antes. Desde entonces no habían encontrado motivos para brindar.

El puente aéreo estadounidense no compensaba la pérdida del Mekong. Los humildes morían de hambre. La inflación había llegado a un punto tan alto que los profesores de la universidad fueron a la huelga, pues sus sueldos no alcanzaban para pagar el transporte de regreso a sus casas. Un cohete, que estalló ante el hotel Monorom, hizo volar en pedazos al portero, que aterrizó en el regazo de un periodista televisivo norteamericano. Una escuela, en medio de Phnom Penh, recibió un impacto directo que mató inmediatamente a diez niños e hirió a muchos otros. Él y Pran habían llegado poco después de la explosión, mientras los camarógrafos filmaban primeros planos de los cuerpecitos mutilados que los equipos de salvamento llevaban a la calle. El Khmer Rouge había hecho repetidas declaraciones, por medio de Sihanouk, advirtiendo a todos los extranjeros que debían abandonar inmediatamente la ciudad. Mientras tanto, los mejores restaurantes seguían sirviendo Puligny Montrachet y espárragos a la luz de las velas, y Lon Nol continuaba con sus proyectos de máxima prioridad: la construcción de un nuevo estacionamiento con zoológico incluido, tal vez para albergar a los tres elefantes sagrados que el príncipe Sihanouk había dejado en sus manos.

Schanberg apagó su cigarrillo. Las puertas vaivén se abrieron detrás de él. Se volvió, esperando ver a Pran. Pero era Swain, con el médico de la Cruz Roja, Gordon McIntyre, ambos en zapatillas de tenis y balanceando sus raquetas. McIntyre estaba rojo.

—Perdí el primer set y se apagaron los malditos reflectores —gruñó Swain, acercando una silla—. Y el bar del Cercle Sportif está atestado de franceses ricos, que comparan entre sí los objetos de valor que han logrado arrebatar del país.

—Y dicen que los «rescatan del Khmer Rouge» —agregó McIntyre, secamente—. No hace falta decir que, como inversión, es preferible rescatar un buda de bronce del siglo XVII que a su propio chófer.

Schanberg sonrió sin decir nada. Los dos británicos hablaron un rato más, antes de dejarlo a solas con sus pensamientos. Pran llegó, agitando mensajes de télex.

—¡Sydney! Creo que los comunistas han tomado Neak Luong.

—¿Está verificado?

—No. Es un rumor de la calle.

Schanberg paseó la mirada por la hoja de télex. Informaba sobre otro intento de Kissinger y el presidente Ford para culpar al Congreso de la posible caída de Camboya, por haber retirado la ayuda en ese «momento crítico» de la lucha. «El Presidente planteó la cuestión moral de si los Estados Unidos podían abandonar deliberadamente a un país pequeño, en medio de una lucha crucial», leyó, en voz baja. «Agregó que Norteamérica siempre ha sostenido el fundamento político de ayudar a sus aliados, en caso de que se muestren dispuestos a encargarse de su propia defensa y sean capaces de ello. Camboya, dijo el Presidente, ha sido uno de esos aliados.»

Schanberg dejó la declaración sobre el mantel blanco.

—Nos estamos acercando al fin —murmuró, para sus adentros—. Si tomaron Neak Luong, eso significa que miles de hombres del Khmer Rouge avanzan, con la artillería capturada, directamente hacia nosotros. No habrá nada que los detenga.

Pran no dijo nada. Schanberg levantó los ojos. La cara de su ayudante, a la luz de la vela, parecía ojerosa y distante.

—¿Qué pasa? —preguntó.

—Algo que he oído esta noche, Sydney. El Khmer Rouge atacó Siem Reap. Han tomado la aldea en donde estaban mis padres.

Un camarero iba de mesa en mesa, apagando las velas. Schanberg lo siguió con la mirada.

—Vamos a tomar una copa —dijo.

—El bar está cerrado, Sydney.

—Me importa una mierda que el bar esté cerrado. Lo abriremos.

Repiqueteó una ametralladora. Hugh Elder se arrojó al suelo y rodó de costado hasta un cráter abierto por las bombas. Sarun, que conducía el Mercedes, dio un chillido de espanto y se detuvo con una brusca frenada. Hugh Elder salió del cráter y se sacudió el polvo de su chaqueta de combate.

—Bueno, tomémosla desde arriba —dijo, en voz alta.

Su equipo de televisión, un director y dos técnicos, preparó la toma; a distancia se veía el Mekong. Hugh Elder habló furtivamente ante el micrófono.

—Detrás de mí, a unos seiscientos metros, los comunistas han tomado el Mekong y lo retienen. Desde aquí, con artillería capturada de ciento cinco milímetros, hacen llover la muerte en la ciudad. Pero las fuerzas armadas de la República de Khmer, bajo el liderazgo del mariscal Lon Nol, les ofrecen una tenaz resistencia. Fuentes informadas están de acuerdo en que, si se puede resistir la ofensiva actual hasta que lleguen los monzones, dentro de cuatro semanas, los comunistas no podrán volver a montar un ataque de importancia. Pero tal como me decía anoche un importante funcionario de Estados Unidos: «Sabemos muy poco del Khmer Rouge.»

El director, a su debido tiempo, oprimió un botón del grabador y una ráfaga de ametralladora resonó en la calle. Hugh Elder, seguido por la cámara, volvió a representar su dramático salto hacia la seguridad. Luego, levantando la cabeza, habló ásperamente, micrófono en mano.

—Aquí, Hugh Elder. Atrapado en el combate. En algún punto de un suburbio, al oeste de la sitiada ciudad de Phnom Penh...

Schanberg sonrió, bajó la ventanilla del Mercedes y arrojó su cigarrillo afuera. Sarun prosiguió la marcha hasta la embajada de los Estados Unidos, distante pocos cientos de metros.

La misión parecía una de las grandes tiendas en vísperas de Navidad. Secretarias frenéticas corrían por los pasillos, llevando pilas de carpetas. Los ordenanzas arrastraban escritorios y muebles de archivo por las escaleras. Slade se cruzó con Schanberg en el vestíbulo; iba hablando apresuradamente con un obrero.

Encontró a James Lincoln en su oficina del segundo piso. En la pared se veía un gran mapa de Camboya, lleno de pequeños alfileres negros. Enfrente, el presidente Ford sonreía desde una fotografía apoyada sobre un mueble de archivo. Schanberg recordó el aula de Neak Luong.

Lincoln estaba vaciando sus cajones. Había un enorme montón de recortes periodísticos y fotografías en el piso. En el escritorio, junto a dos grandes bolsas de plástico para residuos, se veía una pila mucho más pequeña.

—¿Qué te parece si haces una subasta? —sugirió el hombre del *New York Times.*

—¿Quién compraría algo de todo esto? Debería dejárselo a los de Inteligencia. Están instalando un centro de operaciones en este piso, por si se produce un ataque con cohetes en la planta de arriba. —Lincoln abrió otro cajón y lanzó un gruñido.— Por Dios, qué modo de juntar mierda aquí, en estos últimos años... Mira esto: 1972. ¿Quieres una foto mía con Kissinger?

Schanberg hizo una mueca. Lincoln dejó caer el recorte en el piso.

—En estos momentos no se le aprecia mucho en esta embajada —comentó el diplomático, con amargura.

—¿Por qué?

—Ha rechazado el pedido del embajador, que solicitaba permiso para evacuar desde Pochentong. Se le hizo notar que, dada la velocidad con que los comunistas se aproximan desde el norte, era nuestra última oportunidad de salir en aviones. Kissinger no quiso saber nada. Eso significa que los últimos de nosotros tendremos que salir en helicóptero desde el centro de Phnom Penh. No va a ser un espectáculo que estimule la confianza del camboyano medio.

—Puede que Kissinger todavía especule con la posibilidad de negociar.

Lincoln vació en el piso el resto de la carpeta con una expresión tan desolada que Schanberg sintió compasión por él. Comprendía bien a qué se debía eso. El plan final, de último momento, concebido por los franceses y apoyado tanto en Camboya como por Graham Martin, embajador de los Estados Unidos en Saigón, consistía en traer de regreso a Sihanouk, para formar un gobierno de coalición en Phnom Penh. Sihanouk estaba dispuesto, pero la mano negra de la doctrina Nixon no podía abandonar a Lon Nol en esos momentos. El plan había fracasado por completo y, con él, cualquier esperanza de lograr una solución controlada en Camboya.

Lincoln tenía en la mano una fotografía de Sihanouk que habían reproducido muchos servicios cablegráficos. Se lo veía sonriendo, abrazado a dos líderes del Khmer Rouge, Ieng Sary y Khieu Samphan.

—Sabes que se puso en contacto con nosotros? —dijo, abruptamente.

—¿Sihanouk?

—Sí. No para negociar. Quiere que le envíen sus viejas películas caseras a Pekín. Dice que constituyen un «documento cultural único» de cómo era la vida en la antigua Camboya.

Schanberg soltó una fuerte carcajada.

—También dijo a nuestro agente en Pekín que el Khmer Rouge quiere modelar este país según la Albania stalinista —agregó Lincoln, sombríamente—. En eso podría tener razón.

Volvió al archivo. Schanberg se acercó al escritorio y echó un vistazo al papel que coronaba la pila. Al levantar los ojos vio que Lincoln lo estaba vigilando.

—Disculpa, James. Me sucede algo inexplicable cuando estás de espaldas. Automáticamente me hace mirar hacia abajo.

—Se llama «fuerza de la costumbre». Pero puedes leerlo, si quieres.

—Ya lo hice.

Lincoln respondió a su sonrisa. Los dos eran expertos en ese juego.

—Lo guardo por motivos históricos —explicó—. Es el primer boletín periodístico en que vi mencionado el nombre del Khmer Rouge. ¿Qué fecha tiene? ¿1969? Por entonces eran cuatro mil. A seis años de eso, hay setenta mil de ellos en las puertas de la ciudad. Este país tenía muchos puntos débiles y muchos puntos fuertes. Lástima que nosotros nos hayamos limitado a jugar con los débiles. —Vació el contenido de otra carpeta en el piso, sin mirarlo siquiera.

Fuera, en el pasillo, dijo una voz:

—Está documentado, Will. Arrojaron a los niños contra los árboles. Las mujeres fueron clavadas vivas a las paredes de sus casas. Los hombres, ahorcados y quemados.

Alguien más dijo una frase en tono conciliador. La primera voz elevó el tono al pasar junto a la oficina de Lincoln.

—Puedes decirles que hicimos todo lo posible. La Casa Blanca bloquea cada movimiento que intentamos. Pero te diré que, cuando estos tipos escriban sus memorias, yo voy a agregar una nota al pie de cada página.

Lincoln y Schanberg se miraron en silencio. El diplomático desenvolvió las bolsas para residuos y entregó una a Schanberg. Juntos metieron dentro seis años de comentarios sobre un país que estaba dejando de existir.

—Te aseguro, Sydney, que me sentiré muy feliz cuando salga de aquí. —Lincoln cerró la bolsa y la ató con fuerza.— Creo que todo esto nos está desquiciando. El jefe del programa de ayuda no ha sido la única víctima fatal. La semana pasada, uno de Inteligencia tuvo un ataque al corazón, aunque sobrevivió. Dean sufre de presión alta. A Tom Bailey, su segundo, hubo que atenderlo de urgencia por un par de úlceras. Por aquí corre mucho whisky para ahogar penas.

—¿Y qué se sabe del puente aéreo? —preguntó Schanberg, mientras cerraba su bolsa.

—Se interrumpe. Según la expresión técnica, lo «retiramos».

Schanberg pensó por un momento.

—Eso significa que morirán de hambre dos mil personas. Como mínimo.

—Lo sé, Sydney. ¿Qué otra cosa podemos hacer? Se trata de quedarse o sobrevivir.

Schanberg cargó la bolsa al hombro y siguió a Lincoln hasta la puerta. El diplomático se agachó a recoger una carta que había escapado al holocausto.

—«Estimado señor —leyó, con una gran sonrisa—: mi familia y yo...» Fíjate en la fecha: es de hace un mes. «Mi familia y yo estamos planeando un viaje de turismo por el sudeste de Asia, y deseamos pasar unas semanas en Camboya...»

—Ah, señor Schanberg... —dijo una voz en el vestíbulo. Era un ayudante de Personal, que llevaba anteojos para leer y un cuaderno. El encabezamiento de la lista decía: «Operación Buen Samaritano.»

—Señor Schanberg, no recibí la lista de las personas que dependen de usted.

—Lo siento. Estuve ocupado. Tome.

Bajaron otro tramo de escaleras, hasta el sót: no. Lincoln continuó:

«Le agradeceríamos cualquier información de excursiones o folletos de turismo. Le saluda cordiamente, Wendell Payne.» Wendell vive en Potlatch, Carolina del Sur.

Ambos se echaron a reír, con alivio, ante la posibilidad de compartir un chiste. No duró mucho. Schanberg echó un vistazo a Lincoln y notó que seguía ceñudo.

—Por aquí —dijo el diplomático.

Abrió una puerta a prueba de ruidos y ambos entraron. Tres grandes máquinas trituradoras de papel funcionaban allí, alimentadas por hombres de *mameluco.* Había un par de carritos de supermercado, llenos de bolsas de plástico. Montaba guardia un hombre corpulento, de pantalones sueltos y anteojos oscuros; Schanberg lo reconoció como uno del contingente que la CIA mantenía en la embajada; frecuentaba el Cercle Sportif. Conque allí era donde iban los secretos: triturados por el metal, convertidos en finas cintas blancas que ni siquiera el Khmer Rouge podría volver a recomponer.

El hombre de la CIA tomó las bolsas y les hizo señas de que se fueran.

—¿Qué se hace con las tiras de papel? —preguntó Schanberg, mientras subían otra vez las escaleras.

—Se las incinera —replicó Lincoln—. Pero todavía no. El argumento oficial es que el humo blanco de nuestra chimenea podría ser interpretado por la ciudad como símbolo de rendición.

Se abrieron paso por entre los cajones y los embalajes que atestaban la zona de recepción. Una gran águila de bronce, hasta ese momento colgada en la pared, había sido cubierta con varias capas de papel de seda antes de ponerla en un cajón. Lincoln entregó a Schanberg un librito de la alta pila que había junto a la puerta de entrada. En la portada se leía, en grandes caracteres: «Instrucciones y consejos para civiles en caso de emergencia.»

Schanberg lo miró. El diplomático enrojeció.

—Ya sabes, Sydney —dijo, incómodo—, que podría haber un baño de sangre. Esto ha durado demasiado como para que se porten con dulzura.

El periodista asintió, pensando en Pran. De pronto sintió deseos de alejarse de ese edificio, de esa gente. Necesitaba estar al aire libre.

—Gracias, James —dijo.

Lincoln lo acompañó hasta la puerta principal. En su rostro entristecido se veía una sospecha de sonrisa.

—Después de lo que han pasado los del Khmer Rouge, no creo que se muestren muy afectuosos para con los occidentales —dijo—. Supongo que ya lo sabes.

—Supongo que sí —dijo Sydney Schanberg.

El Mercedes estaba esperando. Schanberg subió y abrió el folleto de recomendaciones. No había querido mirar a Sarun.

—Al Hotel Phnom —dijo.

El folleto estaba lleno de generalidades. Schanberg leyó las exhortaciones a anotarse para la evacuación, a mantenerse lejos de las multitudes, a sintonizar la Radio de las Fuerzas Norteamericanas. Había una sección sobre lo que se debía llevar al helicóptero designado en el momento de la «partida»: dos mudas de ropa, un impermeable, un costurero dentro de un paraguas, un abrelatas, repelente para insectos, apósitos adhesivos, el certificado de casamiento, un poder general de representación y el testamento.

Schanberg contempló la nuca de Sarun. Arrojó el folleto por la ventanilla, coronando un montón de sobrantes del ejército que se vendían en las aceras.

El vestíbulo del hotel estaba tan lleno de embalajes como la embajada, pero cada uno de ellos tenía una gran cruz roja estampada al costado. Hugh Elder iba abriéndose paso entre los bultos, cargando varios bolsos y dos valijas de cuero florentino. Por lo visto, su informe desde el cráter de las bombas era el último que el público podía esperar de su enviado a Phnom Penh. Tomaría el próximo vuelo a Saigón. Al pasar junto a un grupo de colonos que discutían, excitados, con el gerente del hotel, se abrió uno de los bolsos. De él cayó un exquisito tigre de oro y laca, con rubíes en los ojos.

—¡Maldición! —protestó Hugh Elder.

Schanberg lo esquivó y se dirigió a las escaleras. Una figura desaseada salió del baño de caballeros y corrió tras él.

—¡Syd!

Schanberg apretó el paso.

—Syd, ¿puedes prestarme cinco dólares?

Al Rockoff recibió una mirada fulminante.

—¿Sabes una cosa, Al? Estaba pensando en pasarle al Khmer Rouge las coordenadas de tu cuarto, como servicio a la humanidad.

Se oyeron gritos de indignación entre los franceses del vestíbulo. Schanberg los señaló con el pulgar.

—¿Qué pasa allá?

—Unos cuantos viejos, nerviosos por lo de la Cruz Roja.

Rockoff parecía ansioso. Schanberg sacó un billete de cinco dólares. El fotógrafo lo tomó y volvió a bajar las escaleras como un bólido, mientras él gritaba:

—¡Al! ¿Te quedas o te vas?

No hubo respuesta. Subió a su cuarto.

La cama estaba sin hacer. El ambiente olía a humo rancio de tabaco. Desde la piscina ascendía una serie de ruidos. Schanberg abrió las persianas blancas, que se estaban desportillando y salió al balcón.

El filtro de cloro se había descompuesto varios días antes, sin que apareciera nadie para arreglarlo, pero la gente seguía chapoteando en el agua amarillenta. Una muchacha en bikini rojo se estaba untando con bronceador, junto a un gordo coronel camboyano que bebía una copa de pernod. Las busconas de la guerra habían salido a escena: jóvenes delgadas, bronceadas, que cambiaban suéteres de lana gorda por chaquetas de combate manchadas, y se excitaban luciendo recuerdos de los héroes fallecidos con quienes se habían acostado. Barry Morgan integraba un pequeño grupo de periodistas que rodeaba a una de esas muchachas, junto a la piscina, y trataba de quitarle el corpiño del bikini.

Schanberg pidió una llamada de larga distancia y volvió al balcón. La escena lo fascinaba y lo asqueaba por igual. Había allí una atmósfera de febril alegría. Todo el mundo se había congregado para asistir al orgasmo final de un país condenado.

Lejos de ellos, tras los árboles, los de la Cruz Roja ya habían ocupado las cabañas individuales y estaban trasladando a ellas el equipo de cirugía. Hasta el viejo Desmond France estaba en la piscina, con los pantalones arremangados, chapoteando en el agua y riendo histéricamente con una rubia teñida, salida de alguna valija diplomática.

El día anterior, Schanberg se había encontrado con France en el Correo Central. Estaba leyendo su informe a alguna «fuente bien informada» que le facilitaría algún dato más. Su despacho para los lectores hablaba de «cauteloso optimismo». Al parecer, había esperanza de que los movimientos políticos realizados en Phnom Penh «abrieran el camino a las negociaciones de paz». El retiro de Lon Nol, dos días antes, había «apartado un obstáculo crítico», y el nuevo gabinete ministerial de Long Boret, el primer ministro, incluía a figuras «que podían, en caso necesario, entrar en conversaciones con el Khmer Rouge».

A Schanberg le había gustado eso de «en caso necesario». Le sugería la imagen de un industrial victoriano de monóculo, que se dignaba recibir a una delegación de mineros en huelga, previo retiro de la alfombra para que no se la mancharan de carbón.

Sonó el teléfono. Schanberg corrió al dormitorio. La voz de su hija parecía llegarle del otro lado del mundo.

—Hola, linda. Habla papi. Sí. Sí, estoy bien. De eso quiero hablar con mamita. Está bien, llámala. Sí, tesoro. Espero.

Sacó un cigarrillo y lo encendió con una mano temblorosa. Sabía lo que le diría su esposa. Sabía que él no estaría de acuerdo. Pero debía darle la oportunidad de convencerlo.

—¿Hola? No, todo está bien. ¿Qué? No te oigo. ¿Qué? Por eso quería hablar contigo. ¡Digo que por eso quería hablar contigo! ¿Hola? ¡Hola!

La línea era una tormenta de ráfagas de estática mezclada con voces. Intervino una operadora.

—¡No! —le gritó Schanberg—. Todavía no he terminado. ¡Por Dios, estoy tratando de hablar con Singapur! ¿Quiere desocupar la línea? ¡Hola! Oh, mierda.

Colgó el teléfono en un arrebato de furia. Luego volvió a levantarlo y dio un manotazo al botón.

—¿Hola? Estaba hablando con Singapur y me cortaron. Es una llamada de vida o muerte. ¿Quiere comunicarme otra vez, por favor? Schanberg. Me costó doce horas conseguir línea. Sí. Bueno, espero.

Dejó caer el aparato y fue a tenderse en la cama. Un par de moscas zumbaban alrededor de la rosa amarilla, que había puesto en un vaso, sobre la mesa. Al cabo de un minuto volvió al balcón.

La muchacha del bikini rojo se había acostado boca abajo, para broncearse la espalda al sol. Algunos de los oficiales camboyanos se habían retirado, y habían sido reemplazados por periodistas occidentales y agentes del mercado negro, además de unos cuantos tipos raros que Schanberg no pudo identificar, probablemente atraídos por los carteles que el personal de la embajada había pegado en todos los burdeles y los fumaderos baratos de la ciudad, ofreciendo a los expatriados un pasaje gratuito a Estados Unidos. Una pequeña bandada de periodistas bebía whisky a la sombra de las palmeras, cantando.

¿Habrá un baño de sangre
cuando el Khmer Rouge llegue acá?
¡Sí que habrá un baño de sangre
cuando el Khmer Rouge llegue acá!

Los camareros camboyanos de uniforme blanco, bandejas en mano, los observaban con sonrisas desconcertadas. Schanberg, que podía mirar más allá de las palmeras, notó, con una mueca de desagrado, que el público era más numeroso. Cientos de refugiados habían escalado la muralla que rodeaba los jardines del hotel. Permanecían muy quietos, con sus hatillos, sentados sobre el muro, o miraban con rostros ensombrecidos, escuchando la canción, observando a los nadadores por entre los árboles. Una niña captó la mirada del hombre del *New York Times* y lo saludó con la mano, como al emperador en su balcón.

Schanberg levantó la mano, pero la dejó caer.

Entró para prepararse un baño y cerró las persianas tras de sí.

El calor es sofocante. El ventilador eléctrico del aparador hace ruido, pero apenas parece agitar el aire. Del dormitorio surgen chillidos ahogados: Pran ha enviado allí a los cuatro niños, para que miren los dibujos de Tom y Jerry por televisión. Ahora está sentado a la mesa con Ser Moeun, su esposa, escuchando el ruido del ventilador y el tictac de un despertador con forma de Pato Donald, puesto sobre la heladera, junto al aparador. Ha llegado el fin. No se le ocurre nada más que decir.

Ser Moeun ha dejado de llorar. Se limpia los ojos con su *sarong* y junta las escudillas, como todas las noches. Esta noche tiene el cuerpo agotado; no puede levantarse. Deja las escudillas sobre el mantel rústico y baja la cabeza.

—Depende de Sydney —repite Pran.

—Sí.

—Si él me necesita, tendré que quedarme.

—Sí.

—Tengo un deber que cumplir. Es... —Pran busca una palabra. En khmer existe la palabra «profesional», pero no tiene las resonancias portentosas que despierta en Occidente—. Estoy llamado a ser periodista —finaliza, simplemente.

—¿Por qué no puedes ser periodista en Norteamérica?

Ser Moeun da vueltas al anillo en su dedo. Las lágrimas han vuelto a correr por sus mejillas redondas. Pran frunce el entrecejo. ¿Cómo explicar a su esposa algo que apenas puede explicarse a sí mismo? El periodismo no es una profesión, como enseñar o guiar a los turistas por las ruinas de Angkor Wat. Compromete al espíritu de los hombres. Para revelar la verdad en una guerra hay que ser valiente y pensar rápido, pero también hay que *comprender.* Y como cualquier proceso de comprensión, primero hay que compartir todo lo que se presente, incluso el miedo, el dolor, la pena.

—¡Van a matarte!

Ser Moeun está sollozando. Pran sacude la cabeza. Como tantas mujeres, la suya tiene la costumbre de dejarse llevar por la imaginación, anticipándose a los hechos.

—Yo no he hecho nada contra el Khmer Rouge —le dice—. No tengo nada que temer de ellos. Necesitarán personas como yo, que tengan educación. Ya oíste lo que dijo por radio Khieu Samphan: «todo camboyano tiene un papel en la sociedad nacional, cualquiera que sea el pasado».

Ser Moeun mira al Buda de madera pintada, que yace junto al ventilador. Tiene los ojos entrecerrados y la cabeza levemente inclinada, parece estar haciendo lo posible por mantenerse fuera de esa conversación. Pero esa expresión puede deberse también a que está reflexionando sobre uno de sus Doce Mandamientos, el que prohíbe a sus discípulos utilizar palabras que disfracen la verdad. A pesar de todos los consuelos que prodiga a Ser Moeun, Pran tiene conciencia, por desdicha, de que nadie sabe lo que harán los del Khmer Rouge cuando tomen Phnom Penh.

Algunos de sus amigos prefieren creer en los tranquilizadores discursos de Sihanouk y Samphan. Sarun es uno de ellos. Otros, como Nhiek Sann, que trabaja como intérprete en el ministerio de Industria, Minería y Turismo, está convencido de que el Khmer Rouge victorioso será más brutal que las peores sospechas. Uno de sus amigos, que es ayudante de Long Boret, el primer ministro, compartió un departamento en París con Khieu Samphan, en la década de 1950; asegura conocerlo bien, pero cuando le preguntan cuál es la ideología revolucionaria de Samphan se encoge de hombros, confundido.

Junto al Buda hay una fotografía enmarcada de Pran y Sydney Schanberg junto al mar, en Kompong Som, en el golfo de Siam, tomada a principios de 1973. Ambos llevan pantalón corto holgado y están abrazados. Grandes sonrisas para la cámara. Los ojos de Pran se llenan de lágrimas al pensar en lo que les espera. Parpadea para alejarlas.

—Sydney no querrá que me quede —dice.

Ser Moeun se levanta sin mirarlo y lleva la valija a la diminuta cocina. Abre el grifo por completo, para que Pran no la oiga llorar. En el cuarto hay otras fotografías de Sydney. Una de ellas muestra a Sydney cruzando un río, cerca de Battambang. Lleva la libreta bajo el brazo y fuma con aire desenvuelto. Se parece al explorador francés que, en 1850, redescubrió Angkor Wat y llevó a los franceses a Camboya. La diferencia es que Sydney no tiene tiempo para contemplar las reliquias del pasado. Es un hombre de hoy, un hombre impulsado por una furiosa voluntad, y por eso merece respeto y admiración.

Pran se levanta, cansado. En el sitio de honor, en el

antepecho de la ventana, está la réplica de la estatua de la Libertad, que llamó la atención de Sydney. La recoge y la sostiene cuidadosamente, como hubiera podido hacerlo con la del Buda. Siempre ha creído que ese gesto confiado del brazo con la antorcha señala el futuro de la humanidad. Ahora tiene la certeza de que así es. Sabe, también, lo que ha estado tratando de decir a Ser Moeun: que la libertad es la posibilidad de elegir. Ésa es la libertad que tiene Sydney. Él la quiere, él también la tendrá: la libertad de elegir.

Del dormitorio le llegan arrebatos de risa. Es hora de que los niños se acuesten. Pran entra justo cuando terminan los dibujos animados. Tom ha perseguido a Jerry por toda la buhardilla; el piso se estremece bajo sus pesados trancos. Pero el ratoncito lleva a Tom hasta un rincón en donde cede el suelo, y el gato, grande y poderoso, queda apresado entre las maderas rotas. Tom forcejea y se marcha renqueando, abandona la lucha desigual, lanzando miradas fulminantes por sobre el hombro, mientras Jerry se atusa los bigotes negros: la casa es suya.

Su hija ríe tanto que le saltan las lágrimas. Pran la levanta e indica a los otros que deben acostarse. Acuna a la pequeña, que le echa los brazos al cuello.

—¿Te gustaría hacer un viaje? —le susurra él, al oído.

El alba fue tan pegajosa y asfixiante como la noche previa. Schanberg apenas había podido dormir. Cada vez que cerraba los ojos se veía rodeado por caras oscuras que lo envolvían en las sombras, caras que espiaban con ojos entornados por sobre la muralla de ladrillo que daba vueltas y vueltas, como la rueda de una carreta de bueyes.

Se levantó temprano y desató su frustración contra la máquina de escribir. La llamada a Singapur seguía demorada. Las luces se habían apagado. Trabajó a la luz de una lámpara a pilas, distraído por las polillas que se lanzaban en picado como bombarderos alrededor de su cabeza, cayendo en el cenicero atestado. El acondicionador emitía un zumbido furioso; ése sería el próximo en fallar.

Encendió otro cigarrillo y volvió a la Olivetti. Las palabras no le salían con fluidez. Radio Saigón había transmitido, una hora antes, la noticia de nuevas derrotas espectaculares en Vietnam del Sur. Danang estaba en manos de los comunistas; ahora había caído Nha Trang. Las fuerzas comunistas habían atravesado la nueva línea de defensa gubernamental, trazada al este de Tay Ninh, y se dirigían al Sur, hacia Bien Hea y la capital. Ni una línea, ni una palabra, sobre la situación en Camboya.

Schanberg sabía, por amarga experiencia, que las noticias de Camboya siempre coincidían con alguna otra catástrofe ocurrida en otra parte. Los bombardeos de 1973 habían sido opacados por lo de Watergate. Ahora, en el momento de mayor angustia, una vez más quedaba relegada a un plano secundario por el desastre de Vietnam. Nada de cuanto él escribiera, sentado a esa mesa, lograría sino una columna lateral en la primera plana del *New York Times.* Lo más probable era que lo agregaran a un artículo extenso sobre Vietnam; cuando se vendieran los derechos de reproducción a todo el país, Camboya, como de costumbre, iría al cesto de los papeles. Wendell Payne, de Potlatch, Carolina del Sur, no se diferenciaba de la gran mayoría de ciudadanos norteamericanos, hombres honrados y temerosos de Dios, que hubieran quedado boquiabiertos de saber que había guerra en Camboya y Norteamérica tenía algo que ver con ella. Sacó el papel de la máquina, hizo una bola con él y volvió a empezar. El sudor goteaba sobre las teclas. Si al menos ese rumor distante hubiera sido el de los truenos previos a la lluvia y no el seco disparo de las armas...

«Hanoi está ayudando al Khmer Rouge con más

armas y municiones que nunca», escribió, «pero no con sus armas sofisticadas, como los misiles antiaéreos SAM-7, que podrían cerrar el aeropuerto de Pochentong en pocos minutos y poner a Phnom Penh de rodillas. Se cree aquí que los vietnamitas, enemigos tradicionales de los khmers, quieren que primero caiga Saigón, antes de que triunfe el Khmer Rouge.»

Sonó el teléfono. No era la llamada que Schanberg estaba esperando.

—Está bien. Hágalo subir —dijo, brevemente.

Y se sirvió otro whisky. Una vez terminada la transmisión de télex de la mañana, Pran podría serle útil. Quizás averiguara, por medio de sus vinculaciones camboyanas en la embajada francesa, qué sentimientos despertaba la decisión de Giscard d'Estaing de reconocer la legimidad del Khmer Rouge.

Se oyó un golpe indeciso a la puerta. Pran entró tímidamente. Schanberg, sin mirarlo, frunció el entrecejo ante la máquina de escribir.

—¿Dónde estabas? —preguntó—. Llegas tarde.

—Me detuvieron por el toque de queda.

Schanberg revisó lo que había escrito hasta el momento y se lo pasó a Pran por encima del escritorio.

—Demora los dos últimos párrafos. Iré a la oficina de télex con correcciones dentro de una hora.

Apagó la lámpara y abrió las persianas, entrecerrando los ojos ante la luz del día. Cuando volvió a la mesa vio que Pran lo miraba, con gesto inexpresivo. Schanberg suspiró, señalando lo que hasta ese momento había escrito.

—Comienza a pasarlo en donde dice: «Los franceses han reconocido al gobierno insurgente de Camboya» y termina con: «Preparados para el peor de los casos, el *Hancock* y el *Okinawa* están esperando en el golfo de Siam.»

—Sydney...

—¿Qué?

—Hoy no transmiten, Sydney.

Schanberg miró fijamente a su ayudante. Pran se apresuró a continuar, en tono seco y nervioso:

—El transmisor de Kambol recibió un disparo. Traen aux... equipo auxiliar. Pero hoy, ni teléfono.

El norteamericano seguía con la vista clavada en él, en furiosa estupefacción. Su ayudante enrojeció.

—Yo no podía hacer nada.

—Entonces, ¿para qué diablos estoy haciendo esto? —La frustración, el fracaso y una autocompasión cargada de whisky estallaron en un rugido de cólera.— ¿Crees que quiero pasarme la vida así? ¿Rondando a cualquier diplomático asqueroso que tenga alguna idiotez para decir? ¿Sobornando a los repugnantes politiquillos, besándoles el culo? —Se levantó con una sacudida que estrelló la silla contra el piso, desparramando las páginas mecanografiadas.— A ver, dime. ¿Para qué diablos estoy haciendo esto?

Desgarró la página que tenía puesta en la máquina, la hizo una bola y la arrojó por la ventana. En ese maldito país nada funcionaba. Ni siquiera eran capaces de ganar la guerra. Pran estaba recogiendo las páginas.

—Dicen que tal vez a las seis de la tarde podamos transmitir... —aventuró el camboyano.

—¿A las seis de la tarde? ¿Qué crees que es este diario? ¿Una revista mensual? ¡Yo pensaba que lo nuestro era una sociedad!

Schanberg, furioso, levantó un par de páginas que había debajo de la mesa.

—¿No podríamos probar a actualizarlas mañana? —Pran, asustado, parpadeaba rápidamente.

—No me preguntes a mí. Ya te lo dije: *no me preguntes a mí.* —Se lanzaba contra el blanco más cercano, como un misil teleguiado al que se le hubieran cortado los cables.— Si quieres saber algo, lo averiguas. Aquí tienes las páginas. Aquí tienes un diccionario. Si hay algo que no entiendes, lo buscas. Quieres ser periodista, quieres ser el mejor. Bueno, entonces busca. Escribe. ¡Lee!

Pran seguía allí, sosteniendo las páginas escritas. Schanberg empezó a pasearse, sin mirar al camboyano. Se detuvo junto al balcón. Unos hombres, subidos a escalerillas, estaban pintando una gruesa cruz roja en el techo de chapas de una cabaña correspondiente al hotel. Con voz fría y pareja, dijo:

—Ayer estuve en la embajada. Me dijeron que cuando tomen esta ciudad habrá un baño de sangre.

—Ah.

Schanberg lo miró. Pran tenía el entrecejo fruncido y miraba las páginas, azorado. No era eso lo que él buscaba. Prosiguió con la misma voz formal, como si el problema de comunicaciones hubiera enfriado la amistad, abriendo un abismo entre ambos.

—Dispuse que tú y tu familia sean evacuados. A ti te corresponde decidir si quieres irte o quedarte.

Pran seguía mirando las hojas con gesto ceñudo. Con gran esfuerzo de voluntad, miró a Schanberg a los ojos.

—¿Tú te quedas?

—Eso no es asunto tuyo. ¿Quieres quedarte o quieres irte?

Nada se movía en la habitación. Dith Pran se aferraba a las páginas como si fuera a ahogarse. Tenía un nudo en la garganta. Parpadeó ante el súbito brillo de sus propios ojos y dijo:

—Yo también soy periodista, Sydney.

Se miraron mutuamente. Desde su lado del abismo, Schanberg no pudo interpretar la expresión de su ayudante. Se encogió de hombros, entorpecido.

—Bueno, tómatelo con calma. No tenemos por qué decidirlo ahora mismo. —Vaciló.— Necesitamos algunos datos sobre ese asunto de que Francia haya reconocido al Khmer Rouge.

La sala de desayunos del Hotel Phnom daba a la piscina. El grupo de periodistas se sentó en las sillas de mimbre, de espaldas a la ventana. El sol temprano arrojaba sus sombras sobre las cafeteras y las jarras de leche puestas sobre la mesa.

Al Rockoff masticaba una tostada con manteca y mermelada.

—Muéstranos cómo funciona, Des —pidió.

—Funciona como cualquier otro *walkie-talkie.*

Desmond France miró al fotógrafo con expresión ceñuda. Lincoln le había obligado a llevar esa maldita máquina, el día anterior. En un principio, France la llevó bajo la camisa, pero todo el mundo lo acusó de usar una pistola, como los *marines;* por eso había optado por llevar la camisa dentro del pantalón y dejar que la radio se balanceara allí, esperando transmitir la orden de la embajada.

Un joven camarero camboyano, de sonrisa agradable, les llenó las tazas de café y se marchó deslizándose, como si fuera una mañana cualquiera. Desmond France sorbió su bebida, pero bajó la taza de golpe.

—Está frío —dijo, con violencia—. ¡Es típico!

—¿Típico de qué? —preguntó Barry Morgan.

Todos estaban exhaustos, nerviosos, riñendo entre ellos.

—De este maldito país, de eso. Uno trata de ayudarlos, les da todo lo que necesitan, y miren: lo arruinan todo.

—Es la clásica expresión del que huye —indicó Jon Swain—. Creo que vamos a oír esa frase unas cuantas veces. —Se inclinó hacia adelante.— Desmond, ¿alguna vez oíste el cuento del Buen Samaritano?

—Déjate de joder.

Schanberg sonrió. Las peleas entre Swain y France siempre valían la pena. Swain dijo:

—Un tipo cae en manos de unos ladrones que le roban la billetera y el reloj. Casi todos los tipos cobardes, como yo, pasan por la otra acera, pero en eso aparece el Buen Samaritano, que ha salido a corretear un rato, y ve lo que está pasando. Entonces corre y amenaza violentamente a los ladrones con su gran bastón. Los ladrones ven llegar el bastonazo y se agachan, pero el pobre tipo al que asaltaron lo recibe por casualidad y termina con la cabeza rota. Cae y muere. ¿Y qué hace entonces el Buen Samaritano? ¡Se va a rezar por su alma!

Al Rockoff y Schanberg se unieron a la carcajada. France se permitió una pequeña sonrisa.

—«Los tipos cobardes» como tú, hubieran dejado que los ladrones escaparan, aunque fueran culpables de asesinato —observó France.

La respuesta de Swain se perdió en un rugido atronador: dos bombarderos norteamericanos que volaban a baja altura. La vajilla tintineó. Inmediatamente después, el bolsillo de Desmond comenzó a chillar. Sacó el *walkie-talkie* y lo puso contra la pila de tostadas.

—Cuatro Cero Alfa. Cuatro Cero Alfa. Aquí Tango. Reúna a su grupo en mi locación. Repito. Reúna a su grupo en mi locación.

Se apagó. El silencio se rompió ante una discreta tos, junto al codo de Schanberg.

—¿Más café, señor?

Schanberg levantó los ojos.

—No —dijo, torpemente—. Tengo que irme.

Volvió a su cuarto, como los otros. *Se trata de quedarse o sobrevivir.* Su decisión de los últimos días flaqueaba. Para asegurarse, puso una muda de ropa y algunos papeles personales en su bolso. Radio Saigón estaba informando que Kissinger ofrecía enviar a Sihanouk a Phnom Penh, sin condiciones. Bueno, ya era demasiado tarde. Telefoneó a Pran para darle detalles de la evacuación y bajó la escalera. Salió por la puerta principal, sintiendo en la nuca la mirada de los porteros.

Al pie de la escalinata, un mendigo cegado por esquirlas de metralla estaba tocando una flauta de madera. Un niño pasó con una escudilla. Schanberg, agradecido de no ver señales de Sarun y el Mercedes, arrojó dentro algunas monedas y detuvo un *rickshaw.*

—A la embajada norteamericana —dijo, por última vez.

Las calles estaban llenas de camboyanos y chinos que se ocupaban de sus tareas acostumbradas, plácidos y seguros bajo la protección de su aliado, el Tío Sam. Schanberg se hundió un poco más en el asiento de cuero resquebrajado.

Ante la embajada se había reunido una pequeña multitud, con las caras vueltas al cielo. En la azotea habían hecho una fogata con los archivos y telegramas, y lentos copos de ceniza gris caían sobre la gente. No había estandartes ni piquetes de protesta. La gente se tomaba mutuamente fotografías, posando junto al cerco de cadenas. Un anciano se atusaba los bigotes ante el espejo de una motocicleta flamante. La gente pensaba que los aviones norteamericanos bien podían traer refuerzos: algunos aplaudían, vitoreaban. El pueblo de Phnom Penh, con sonrisas ansiosas, iba a presenciar algo que todavía no terminaba de comprender. Aun cuando hubiera terminado no lo creerían.

La Operación Águila se estaba llevando a cabo silenciosamente desde el comienzo de la ofensiva khmer. El personal de la embajada que no fuera de importancia vital se había retirado en puntillas del país, mediante vuelos regulares, de dos en dos y de tres en tres. Sólo unos pocos, de vista aguda, como Schanberg, repararon en esas ausencias al ver los nombres que eran borrados de los torneos de tenis en el Cercle Sportif y al echar de menos en el bar algunos rostros familiares. Mientras tanto, el embajador y su personal superior recorrían las calles de la capital a toda velocidad, inaugurando una nueva fábrica de municiones aquí, una clínica allá, como si mediante la intensificación de sus actividades pudieran disimular el largo adiós.

La embajada en sí comenzó a echar brotes de alambre tejido y alambre de púas, que se espesaban en setos amenazantes a lo largo de su perímetro, hasta llegar al tejado, donde se entrecruzaban con las antenas, los reflectores y los aparatos de intercomunicación; acabó por ser difícil distinguir los sistemas de seguridad de los de inteligencia, la defensa del ataque.

El portón principal de la embajada estaba cerrado con candado y tranca. Detrás de la alambrada se paseaban los *marines,* con sus M-16 preparados. En el patio delantero había dos camiones con acoplados planos, cargados de gente y equipaje. En tanto Schanberg observaba a la muchedumbre, un rugido le llenó los oídos: cinco helicópteros Jolly Green Giant, de la Armada estadounidense, descendían violentamente del cielo. Después de permanecer suspendidos por un momento a baja altura, por sobre la embajada, aterrizaron entre una nube de polvo, en un campo de fútbol distante unos cuatrocientos metros. Eran las nueve en punto. La evacuación acababa de iniciarse.

Un Sea Stallion apareció de la nada y se inmovilizó, atronador, entre el humo de la fogata, antes de posarse, como un gordo pájaro metálico, entre los nidos de alambre de púas. Saltaron los *marines,* cargados de armas y municiones para ayudar en la defensa de la embajada. Schanberg cruzó el bulevar hacia el portón principal. No había señales de Pran. La atmósfera se estaba tornando tensa. El ayudante de Lincoln estaba en la acera, conversando con una diminuta camboyana que llevaba una gran bolsa de compras.

—El mayor Slade no está aquí. No sé dónde está, querida.

—¡El mayor Slade me envió por sus chuletas! ¡Tengo sus provisiones! —dijo la mujer, mostrando la bolsa como para demostrar que todo aquello debía de ser un error.

—¿Le dio dinero? ¿Tiene algo de dinero?

—Sí, para gastos de la casa.

—Ya no, tesoro. Será mejor que se los quede. El mayor Slade se ha ido. No volverá.

Schanberg se alejó cuando la mujer irrumpía en llanto. Buscaba el viejo Renault verde de Pran; no podría confundirlo. Tenía que estar por alguna parte. Apresuradamente, se abrió paso hasta el portón lateral. Estaba custodiado por *marines* en ropas de civil. Un sargento del cuerpo iba tildando el nombre de cada evacuado, al que se le entregaba una tarjeta identificatoria parda, con su nombre y su prioridad de evacuación, antes de enviarlo a integrar una de las colas formadas ante los camiones.

La muchedumbre fue obligada a retroceder para que pudiera pasar una escolta policial, que acompañaba a una limusina negra. Se abrió una portezuela, por la cual descendió un camboyano de edad madura, con su familia; a todos se les dieron tarjetas identificatorias. Schanberg reconoció a Saukham Khoy, el hombre que ejercía la presidencia. Se adelantó para hacer una pregunta a gritos:

—¿Ha pasado ya Dith Pran? ¿Con esposa y cuatro hijos?

El sargento consultó su lista y negó con la cabeza.

—Números 32 a 37. No, señor. —Se interpuso en el camino de Schanberg, advirtiéndole—: Una vez que entra, señor, no puede volver a salir.

El periodista consultó la hora. La voz descarnada de Slade tronó desde los altavoces.

—¡A partir de las nueve y media en punto no se aceptarán más evacuados!

El anuncio fue recibido por una nueva avalancha sobre el portón lateral. Los *marines* seguían hombro con hombro, aunque la gente circundante demostraba más intriga que ansiedad. Un rico mercader chino, seguido por su familia, puso por la fuerza una bolsa con diamantes en la mano del sargento. Schanberg no esperó ver qué efecto causaba ese soborno. Volvió al portón principal a la carrera. Allí estaba Al Rockoff, fotografiando a un gran *marine* negro, rodeado por una banda de fascinados niños camboyanos. Él tampoco había visto a Pran.

Schanberg miró hacia la ruta, desesperado; después, nuevamente hacia la embajada. A través de una filigrana de cenizas, vio a varias siluetas pequeñas en el techo de la casa. Estaban bajando la bandera norteamericana del alto mástil. Un *marine,* desde el tejado, levantó su M-16 y disparó tres salvas al aire, como junto a una tumba recién abierta.

En lo alto aullaban los reactores norteamericanos, que escoltaban a otros cuatro helicópteros Sea Stallion hasta el campo de fútbol. Lincoln gritó a Schanberg:

—¡Apresúrate, Sydney! ¡Te quedan unos cinco minutos!

—¡Estoy esperando a Pran!

Lincoln se encogió de hombros y desapareció.

La evacuación se iba acabando. Casi todos los camiones habían partido. Pran apareció llevando en brazos a su hijo menor, rumbo a la entrada lateral. Lo seguía Ser Moeun, con los otros tres niños. Llevaban su vida entera en dos bolsas de plástico y una valija.

—Dith Pran y familia.

—¿Quién?

El sargento frunció el entrecejo. Un Sea Stallion que volvía al *Okinawa* había ahogado las palabras del camboyano.

—¡Dith Pran y familia!

Sonó un silbato. El destacamento de *marines* retrocedió hacia el patio de la embajada. El sargento canceló su lista con un trazo de lápiz y despidió a Pran, enviándolo de regreso a Camboya. El portón lateral se cerró.

Desmond France, en el patio, estaba trepando al último camión. Pran gritó su nombre haciendo bocina con las manos, pero el periodista no oyó. Ser Moeun ahogaba los sollozos.

Pran gritó al sargento:

—¡Usted me conoce!

Arriba, las hélices zumbantes batían el viento hacia la libertad. Los *marines* siguieron a France, subiendo al camión, que desapareció por la parte trasera de la embajada.

La multitud se disolvió. El espectáculo había terminado. Pran vio que Rockoff bajaba a saltos por la calle.

—¡Al! ¡Al! ¡Ayúdanos!

Otro Sea Stallion volaba a baja altura, pero Rockoff lo oyó. Y corrió en su ayuda.

El campo era un revuelo de polvo a causa de las hélices. Las formas negras, planas, se iban elevando, una a una, en una cerrada espiral por sobre la ciudad, antes de encaminarse hacia el Oeste, al golfo de Siam. Schanberg corría hacia el polvo y el ruido, llevando en brazos al hijo menor de Pran. El camboyano le seguía pisándole los talones, con otro de sus hijos. Ser Moeun iba detrás, con la cabeza gacha y una bufanda cubriéndole la nariz. Los dos niños mayores llevaban las bolsas y la valija, arrastrándolas por la tierra recocida.

Pran se detuvo en seco ante la amenaza de una ametralladora en manos de un imponente *marine.*

—¡Son evacuados! —chilló Schanberg.

El arma giró hacia él. Otro Sea Stallion se elevó al cielo, bloqueando el sol. Bajo su sombra apareció un Cadillac negro, entre la tormenta de polvo. El *marine* no retiraba el dedo del gatillo. Un chófer abrió la portezuela y del automóvil bajó el embajador, agazapado para resistir el viento. Envuelta en una funda de plástico transparente, llevaba la bandera norteamericana.

Era la actuación correcta: mantener las apariencias, aunque no quedara nadie para presenciar esa orgullosa retirada, aparte de él, Pran y unos pocos *marines,* sin contar a la banda de pequeños camboyanos que brincaban junto a las vallas, gritando alegremente:

—¡Viva Estados Unidos!

Schanberg reparó en un camarógrafo que había bajado por la otra portezuela del Cadillac y estaba registrando los últimos segundos de la presencia norteamericana en la tierra que habían ido a salvar.

El embajador, ojeroso pero con la cabeza en alto,

pasó a grandes zancadas junto a ellos, llevando la bandera en su protectora funda de polietileno. Lincoln se ofreció a hacerlo por él, pero el diplomático se negó, con los labios apretados. Slade, el último del grupo, notó la presencia de Schanberg y se acercó a su viejo enemigo. Por un momento, el periodista pensó que iba a golpearlo. Pero Slade sacó su pistola de la funda.

—¿Se queda? —preguntó.

Schanberg asintió. El polvo le escoció en las mejillas, al elevarse otro Sea Stallion. Slade alargó el arma, con la culata hacia el periodista. Se la veía ridículamente pequeña en ese puño enorme.

—Consérvela, para protegerse —dijo—. Vamos, acéptela.

Schanberg sintió que le faltaban las defensas. Logró sonreír.

—No, gracias —replicó—. Sería capaz de dispararmela en un pie.

La cortina de polvo se despejó súbitamente, justo cuando el Khmer Rouge reanudaba el ataque de su artillería desde la orilla opuesta del Mekong, tras haberlo suspendido para dejar que los norteamericanos se retiraran. Schanberg guardó aquel momento en la memoria. El embajador, inclinado ante la portezuela del helicóptero, agitaba la mano en señal de despedida. El camarógrafo filmaba, despatarrado en el suelo. En el extremo más alejado del terreno, uno de los arcos había sido alcanzado por una granada comunista y estaba ardiendo. Y los niñitos, viendo que el diplomático agitaba la mano, respondían al saludo:

—*Okay, bye-bye. Okay, bye-bye...*

Se cerró la puerta del helicóptero. El *marine* bajó su ametralladora y se alejó a la carrera. Sólo quedaban en tierra dos Sea Stallion, y los hombres convergían hacia uno de ellos, a la defensiva, listos para rechazar cualquier ataque de último momento. Pran y su familia corrieron a toda prisa. Schanberg llegó primero y subió a cada uno de los niños. Unas manos se alargaron para ayudar a Ser Moeun. Las hélices giraban cada vez más rápido; no quedaba tiempo. Pran la ayudó a subir. Ella se aferró a su brazo, gritándole algo.

Schanberg dio un paso atrás. Cuando su ayudante lo miró, él sacudió la cabeza. Se quedaba. Lo que Pran hiciera era cosa suya. No había tiempo para discutirlo; el camboyano era un agente libre y debía decidir por cuenta propia.

Pran miró a su esposa. Pero Ser Moeun desapareció dentro de la cabina y la puerta se cerró en la cara de su esposo. Con un aullido de motores, el Sea Stallion levantó el vuelo.

Los dos hombres quedaron solos en medio del campo de fútbol. Parecía el sitio más desierto del mundo. Un grupo de niños se acercó a Schanberg y formó una ronda a su alrededor, cantándole:

—*¡Bye-bye, bye-bye!*

Schanberg se colgó la cámara del hombro y echó una mirada furtiva a su ayudante. Pran tenía los labios apretados y los brazos rígidos a ambos lados. El polvo rojo le cubría los zapatos, sus mejores zapatos negros. Juntos contemplaron al helicóptero hasta que se convirtió en una mota en el inexorable cielo azul.

Pran mira por el parabrisas del Renault y ve la cara de Ser Moeun. La ruta al Hotel Phnom ruge de *rickshaws* y paseantes dispersos; él apenas los ve. En la cara de Ser Moeun, que lo mira desde el helicóptero, se lee la desolación. Está terriblemente sola y terriblemente asustada, pero en sus ojos él puede ver que no teme por sí misma, sino por él.

Separa una mano del volante, y aprieta el pequeño Buda que le cuelga del cuello, llevándoselo a los labios. Inmediatamente se siente más tranquilo. Ser Moeun y él no se separarán jamás en espíritu, por muchos océanos y continentes que ella cruce. Ése es su consuelo al abandonar a su familia en manos de extranjeros.

Mira a Sydney, que está sentado junto a él, y aparta rápidamente los ojos. Miró también a Sydney cuando Ser Moeun estaba en el helicóptero: lo miró a los ojos y le vio sacudir apenas la cabeza. Entonces, supo lo que, en el fondo, ya sabía: que Sydney se quedaría. Y él no lo dejaría solo. Pero Ser Moeun lo estaba mirando, le gritaba en silencio, entre el rugir de los motores... y su corazón se sentía confundido.

Por eso, cuando la puerta se cerró de golpe y el helicóptero se llevó a su familia, lo que sintió no fue dolor, sino enojo contra sí mismo por su propia debilidad. Sydney tenía decidido lo que iba a hacer. Sydney nunca se dejaba sorprender; tomaba sus propias decisiones; como buen periodista, estaba preparado para cualquier situación que se presentara. ¿Por qué él, en cambio, era tan indeciso? Lo único que le había preocupado había sido sacar a Ser Moeun y a los niños de Phnom Penh.

El Renault gira abruptamente para tomar por el bulevar. Schanberg mira a Pran como si despertara de un trance y estira los brazos por detrás de la cabeza.

—Vamos a estar muy ocupados, de ahora en adelante —dice, en voz baja.

Pran sonríe a medias, con sensación de orgullo; su enojo está olvidado. Tiene una súbita visión de sí mismo con Sydney: los últimos defensores de la ciudad sitiada, solos en la barricada del Correo Central, enviando mensajes por télex al mundo entero, mientras el Khmer Rouge aporrea en vano las puertas. Aminora un poco la marcha para ascender por el camino del Hotel Phnom. En los balcones delanteros, unos hombres de *mameluco* están colgando banderas de la Cruz Roja y colocando fardos de alambre de púas en el patio.

Schanberg baja del coche y da una alegre palmada en el techo del Renault. En medio de la escalinata, bajo un gran estandarte que reza: «Este edificio ha sido designado Zona de Seguridad Internacional», gira en redondo, sosteniendo su Nikkon.

—¡Sonríe! —dice a Pran.

Y le toma una fotografía.

Ahora estamos librados a nuestros propios medios. Eso era lo que Schanberg había estado por decir. Por consideración a Pran, prefirió callar. Pero había cierto vacío en esa ciudad, un vacío que los dos millones y medio de refugiados no podían colmar. El éxodo norteamericano había dejado un hueco. Se sintió como un buceador al que le hubieran cortado el oxígeno.

—*Vous n'êtes pas partis!* —exclamó el portero del hotel, que lo miraba con una enorme sonrisa, como si fuera una prueba de que Norteamérica no lo había abandonado por completo.

Lo primero que vio al entrar en el vestíbulo fueron los tubos de oxígeno. Había varios cilindros acumulados contra el motivo de flores de lis que decoraba las paredes. Un par de mujeres con uniformes de enfermera estaban abriendo una caja grande, rotulada «Cruz Roja». Había varias cajas más, amontonadas junto al guardarropa. El olor a desinfectante de los hospitales había reemplazado al aroma familiar del café rancio. La radio a transistores del recepcionista transmitía los compases de una marcha francesa.

—*Apportez-moi des oeufs brouillés et du jambon auprès de la piscine* —ordenó.

Y cruzó a grandes pasos el salón para desayunos, donde tres horas antes Tango había dicho a Cuatro Cero Alfa que había comenzado el puente aéreo.

Aun allí, en ese último reducto del buen vivir, la guerra comenzaba a filtrarse. En algún lugar piaba un pájaro; los jacarandaes estaban densos de capullos azulados, pero el agua de la piscina había tomado un color avinagrado; en su superficie se veía flotar botellas de cerveza y cajetillas de cigarrillos vacíos. Los refugiados se habían acercado desde la noche anterior. Ahora estaban agrupados dentro del jardín, con sus cacerolas y sus colchones. Las cenizas de las fogatas despedían una niebla de humo gris.

Ajenos a todo, dos ancianos franceses se habían sentado junto a la piscina para jugar al ajedrez. Más allá, una figura larguirucha permanecía recostada en una desteñida hamaca verde, oculta tras un ejemplar de vía aérea del *London Times.*

—¿Jon? —arriesgó Schanberg.

—La princesa Ana y el capitán Mark Phillips deben de haber pasado un mal fin de semana —dijo Jon Swain, sin dejar el periódico—. Hubo que suspender las carreras de caballos en Badminton debido a las fuertes lluvias.

—Qué mundo de mierda —se solidarizó Schanberg, tomando asiento junto a él, mientras recogía otro periódico para defender sus ojos del sol—. ¿Qué otra novedad hay?

—En Londres ha hecho veintitrés grados y está algo nublado. —Swain hizo una pausa.— Estás muerto de miedo, ¿no?

—¿Qué te parece? —repuso Schanberg, con una sonrisa.

Sacó un cigarrillo y lo encendió; la mano le temblaba un poco. Un puñado de periodistas franceses y suecos salió del salón de desayunos y se quedó mirando a los refugiados. Detrás de ellos pasaron las dos enfermeras de la Cruz Roja, llevando un carrito con instrumentos quirúrgicos hasta la cabaña confiscada.

—Si hay que huir —dijo Swain, tranquilamente—, me dijeron que lo mejor será ir a la embajada francesa.

—¿Quién te lo dijo?

—La embajada británica.

—Muy lógico.

Schanberg bostezó. Sus ojos se posaron en una caricatura de trazos audaces: un personaje satánico y ceñudo, de pijama negro, rotulado «El peligroso Khmer», estaba junto a una bañera llena de niños camboyanos, enjabonándolos con un mortero que decía *Made in*

USA. Docenas de granadas yacían desperdigadas en el suelo del baño. En el fondo se veía un Tío Sam con sombrero de copa, sentado en un inodoro. Una grotesca caricatura del presidente Ford, vestido como llorosa niñera, traía nuevas bombas para el baño de sangre. El epígrafe, en francés, decía: *Savon pour le Bain.*

Unos pasos suaves se aproximaron por el pavimento.

—*Sur la table, s'il vous plaît* —ordenó Schanberg, sin levantar los ojos.

Pero no era el camarero.

—El Khmer Rouge ha tomado Samrong Teav —anunció Pran, echando un vistazo a su libreta, llena de pulcras anotaciones—. Eso queda muy cerca del aeropuerto Pochentong. Tres kilómetros.

—Bueno —dijo Schanberg.

—Bien por ti —interrumpió Swain. Había apartado el *London Times* y miraba a Dith Pran con franca admiración—. Por Dios, Pran, podrías estar a medio camino hacia Norteamérica, a estas alturas.

—Sigue —masculló Schanberg a Pran.

—No hay contacto de radio con Arey Khsat, que es posición del gobierno, sobre el Mekong, también a tres kilómetros de aquí. Creen que el Khmer ha tomado Arey Khsat. Y los comunistas han atacado las zonas a lo largo del río Bassac, a siete kilómetros de Phnom Penh.

—¿Qué dice Radio Saigón de la evacuación norteamericana?

Pran sacudió la cabeza. Swain intervino:

—Escuché el informativo de las diez. La noticia principal es que murió Josephine Baker. Hija de una lavandera de St. Louis, se convirtió en la leyenda del *music hall* parisino y, por ende, en la estrella más cotizada de Europa. Si los norteamericanos han evacuado Phnom Penh, la noticia aún no ha llegado a los informativos.

—Long Boret habló por radio —dijo Pran.

—¿Qué dijo?

—Que Saukham Khoy es un cobarde por haberse ido con los norteamericanos. Ahora el poder está en manos de una comisión de ministros y generales, que quieren hablar con los del Khmer Rouge.

Schanberg estaba tomando nota, apresuradamente, en los márgenes de su diario.

—Pobres tipos —dijo—. No les queda gobierno ni para disponer una rendición decente.

Mientras hablaba se oyó un sonido agudo en el cielo. Schanberg, Swain y Pran se lanzaron de cabeza al piso; tazas y platos se hicieron trizas alrededor. Desde el norte llegaba un caza-bombardero T-28. Pasó tan bajo que Schanberg pudo ver las bombas. Un momento después se vieron sacudidos por dos explosiones, apenas a doscientos metros de distancia. Una columna de humo pardo se elevó perezosamente en el aire.

Los periodistas franceses y suecos corrieron en busca de sus cámaras. Schanberg y Pran los siguieron. El norteamericano notó que los refugiados permanecían impasibles, inmóviles como las piezas en el tablero de ajedrez. Ellos ya habían pasado por todo eso. Ahora les tocaba el turno a los demás habitantes de la capital.

PRO: NOR SQUARE: 05120: STOP: POCOS MINUTOS DESPUÉS DE LAS DIEZ REPITO DIEZ A.M. FUERTE EXPLOSIÓN NO LEJOS. PILOTO DEL GOBIERNO DESERTOR HA BOMBARDEADO CUARTEL DEL COMANDO MILITAR ANTES DE HUIR A TERRITORIO INSURRECTO: LAS DOS REPITO DOS BOMBAS CAYERON SOBRE OFICINA TRANSPORTE MILITAR MATANDO A SIETE PERSONAS E HIRIENDO MUCHAS OTRAS: STOP: SIGUE MÁS: SCHANBERG.

Los trabajadores de la Cruz Roja llevan el cadáver de un niño de siete años en una lámina de polietileno; dejan un reguero de sangre mientras lo llevan a la ambulancia. Un gran edificio blanco de hormigón se ha derrumbado como las capas de una tarta; las llamas ascienden desde cada una de ellas. Un anciano funcionario de traje oscuro hecho jirones se pasea como aturdido, apartando a quienes tratan de ayudarlo; por debajo de su chaqueta brotan hilos de sangre, que le gotean por las piernas desnudas. Una periodista norteamericana interroga a un trabajador de la Cruz Roja, quien sostiene el otro extremo de la camilla que ella ayuda a llevar a la ambulancia. Un equipo de la televisión alemana avanza entre la gente: el camarógrafo empuja para llegar a la ambulancia y, de pronto, enciende un poderoso reflector, que ilumina una cámara de horrores. Una gorra de oficial del ejército yace en medio de la calle; los conductores de *rickshaws* tocan las campanillas y se desvían; nadie la recoge por miedo a lo que pueda haber dentro.

PRO: NOR SQUARE: 05136: STOP: HOY EL ATAQUE DE LOS INSURGENTES PARECE PROVENIR PRINCIPALMENTE DEL NORTE Y EL NOROESTE: INFORMES DE QUE LOS INSURRECTOS SE HAN DEJADO VER EN UN VECINDARIO CONOCIDO COMO TUOL KORK REPITO TUOL KORK: PERO DIFÍCIL HACERSE IMAGEN COHERENTE AUNQUE LOS REBELDES RODEAN P.P. ESTRECHAMENTE Y TODOS LOS FRENTES MUY PRÓXIMOS: PRAN Y YO CORREMOS DE FRENTE A FRENTE: TRATAMOS DE HABLAR CON REFUGIADOS: TRATAMOS DE VISITAR HOSPITALES PERO NADIE PARECE PODER CUBRIRLO TODO: STOP: SIGUE MÁS: SCHANBERG.

Algodón y hedor de antisépticos en la cabaña de la Cruz Roja. Siete hombres y una mujer en sus sillas, frente a una mesa de madera; la jeringa entra en el antebrazo y extrae un cuarto de litro de sangre oscura. Enfermeras con tareas urgentes abren y cierran la cortina de *batik* que separa el corredor iluminado por velas. Pran, con los ojos dilatados por el susto, aprieta el puño; le están sacando el torniquete de goma. Schanberg, con un cuarto de kilo de menos, sigue a una enfermera inglesa hasta una habitación llena de niños; algunos están heridos, otros muertos de hambre, casi todos enfermos de disentería. Ojos enormes en caras estrechas, sumidas. Algunos ansiosos y confiados, otros remotos y serios, como si se aproximaran a un misterio, demasiado grave como para demostrar confianza o desconfianza. Una niñita con moño sonríe al ver a Schanberg, quizá reconociéndolo: «Viva Estados Unidos.» Un médico francés de la Cruz Roja se agacha y marca una cruz sobre su frente con una fibra roja, para indicar a una posible sobreviviente. Schanberg ve sólo un bulto bajo la frazada, donde deberían estar sus piernas, y sigue caminando. En el rincón, un bebé con el vientre hinchado por el hambre; tiene la piel cubierta de llagas; descansa en el regazo de su abuela, chupando su pecho seco y arrugado. Ella permanece muy quieta, con los ojos cerrados. Schanberg les vuelve la espalda; le arden los ojos. No puede escribir eso. Debería mirar a los niños, calcular cuántos tienen posibilidades de sobrevivir, pero la Cruz Roja está en la frente: se vería obligado a mirarlos a los ojos. Pran está de pie ante la puerta, observándolo. Como algunos de los niños, tiene una expresión confiada. Allí todos piensan que él puede hacer algo...

PRO: NOR SQUARE: 05142: A.M.: STOP: LLEGA TELEGRAMA PARA JEFES MILITARES CAMBOYANOS: FIRMA EL TENIENTE CORONEL JACK DERING REPITO JACK DERING EX AYUDANTE AGREGADO AVIADOR EN EMBAJADA NORTEAMERICANA: DICE: COMILLAS PIDO DISCULPAS POR LA TOTAL FALTA DE CONSIDERACIÓN DE MI PAÍS HACIA EL PUEBLO KHMER QUE LUCHA TAN VALEROSAMENTE POR SU LIBERTAD: MI VERGÜENZA ES PROFUNDA: CIERRO COMILLAS: STOP: SIGUE MÁS: SCHANBERG.

Luz ultravioleta y una muralla de sonido. Un generador del ejército estadounidense proporciona energía para la música y una máquina de *pin-ball* Golden Bonanza, tal vez la última en funcionamiento. Ese sucio bar en un sótano, donde perduran, desportillados, los letreros de la evacuación, se ha convertido súbitamente en el sitio de moda desde el comienzo de los bombardeos. Gordon McIntyre está ante el largo mostrador cromado, combatiendo el cansancio con whisky. El camarero sirve un vaso largo con una bebida purpúrea para Schanberg, que está sentado junto a McIntyre.

—¿Qué es eso?

—El último invento del camarero, amigo mío. Lo ha bautizado «Adiós Tío Sam».

A través del humo de tabaco, Schanberg ve que el camarero le sonríe mostrando sus dientes de oro.

—¿De qué está hecho?

De licores amargos, en su mayor parte. Ni falta hace decirlo.

La música se interrumpe de pronto. Alguien ha sintonizado Radio Saigón.

«*...impecable operación. A las once horas, doscientas setenta y seis personas, incluidos ciento cincuenta y nueve camboyanos y ciudadanos de otros países, habían sido llevados a lugar seguro, mediante puente aéreo, desde la ciudad sitiada. James R. Schlesinger, secretario de Defensa, no perdió tiempo en enviar un mensaje de felicitación a Noel Gayler, comandante del Pacífico en Honolulú, elogiando a sus fuerzas por esa operación serena y sin peligros. Replicó el almirante Gayler: "Se hizo siguiendo la tradición norteamericana, según la cual los norteamericanos cuidan de los suyos." Un observador comentó que los camboyanos presentes permanecieron, hasta el final, tal como muchos estadounidenses los recordarán siempre: gentiles y sonrientes...*».

Vuelve la música. Unos adolescentes camboyanos, con cara de niño, están jugando en la máquina Golden Bonanza. *Siguiendo la tradición norteamericana...*

McIntyre le cuenta al oído todos sus problemas. Tal intimidad es fruto del whisky y el cansancio.

—No queda sangre. Los once hospitales están sin una gota de sangre. He salido a ofrecer cosas por la calle para conseguirla. Tal como lo oye. Un plato de arroz aquí, un poco de pescado allá, ¿no me daría un cuarto de litro de sangre, por favor? Y me sonríen. Un pueblo sonriente. Pero cuando vuelvo a las salas de guardia, oh, Dios, les doy sangre y me miran, y me odian por conservarlos con vida. Al menos eso pienso algunas veces. ¿No es ésa su experiencia como periodista, Schanberg? Uno los mira a la cara y no sabe exactamente lo que están pensando; podría ser odio, ¿no?

Schanberg está pensando en Pran. Se da cuenta de que lo conoce. Conoce a Pran, y eso vale más que cien libros sobre Camboya, más que mil artículos, más que toda una vida de especulaciones.

—No es odio, no —dice—. Es dolor. No les dura en la cara, pero anida en su interior y se queda allí por mucho tiempo...

Se interrumpe. McIntyre ha apoyado la cabeza en los brazos. Después de cuarenta y ocho horas de mantener los ojos abiertos, se ha dormido de pie, en la barra del bar.

PRO: NOR SQUARE: 05150: STOP: A SIETE VEINTE REPITO SIETE VEINTE A.M. LA RADIO CLANDESTINA DE LOS REBELDES ANUNCIA COMILLAS EL RÉGIMEN DE LOS TRAIDORES ESTÁ CAYENDO CIERRO COMILLAS: LÍNEAS DEFENSIVAS DEL GOBIERNO CONTINÚAN DERRUMBÁNDOSE SEGÚN LOS INSURRECTOS SE CIERRAN SOBRE LA CAPITAL: RUTA AL AEROPUERTO CORTADA Y BAJO CONSTANTE ATAQUE DE ARTILLERÍA: AYER ATAQUE PROVENÍA DEL NOROESTE HOY VIENE DE TODAS DIRECCIONES: STOP: SIGUE MÁS: SCHANBERG.

¿Cuáles son los refugiados, cuáles los habitantes de la ciudad? Ya nadie puede distinguirlos.

Phnom Penh se divide en quienes luchan y quienes se protegen de la lucha. Sin organizaciones de socorro efectivas, ahora que se han ido los norteamericanos, la desnutrición está presente por doquier. Han devorado los animales del zoológico, en la colina de Phnom, exceptuando los dos tigres venerados, que desaparecieron misteriosamente. Un adolescente, junto al Correo Central, mendiga monedas mientras su madre revisa los desechos en busca de bolsas de plaśtico para vender. Esa mañana, al dirigirse hacia allí, Schanberg y Pran se cruzan con una extraña procesión de hombres, mujeres y niños camboyanos que marchan hombro con hombro, cantando un himno norteamericano: *Nos encontraremos en el río.* Un misionero bautista de origen sureño va a la vanguardia; les ofrece comida y albergue a cambio de la vida eterna.

Pasaporte, dinero, cámara, película, libretas en blanco, muda de camisa y ropa interior, jabón, cepillo de dientes. Schanberg lleva su equipo de supervivencia al hombro en un bolso azul de PanAm. Pran, en una mochila. *Sauve qui peut.* La universidad se está convirtiendo en una fortaleza; soldados y carros blindados se preparan para una última defensa. Los estudiantes hacen barricadas en las escaleras que llevan a las aulas y los laboratorios, o suben al tejado para contemplar la batalla circundante. En el prado frontal, dos estudiantes de primer año se acarician entre risitas y susurros cariñosos; las armas yacen a un lado. El muchacho pide a Pran que les tome una instantánea tomados de la mano; él anota su nombre y su dirección. «Guárdenos la fotografía hasta que termine la guerra», dice, riendo.

PRO: NOR SQUARE: 05154: STOP: TELEGRAMA TRAÍDO PARA SU TANSMISIÓN A EE.UU. DE MAYÚSCULAS NATIONAL BANK OF CAMBODIA A MAYÚSCULAS THE IRVING TRUST COMPANY DE NUEVA YORK PIDIENDO AL BANCO NORTEAMERICANO CONFIRMAR SI CUMPLE CON ANTERIOR ORDEN DE PAGAR DÓLARES UN MILLÓN REPITO UN MILLÓN A MARISCAL LON NOL: ORDEN ANTERIOR FUE ENVIADA PRIMERO DE ABRIL FECHA EN QUE MARISCAL SE EXILIÓ: STOP: SIGUE MÁS: SCHANBERG.

Entre los alambres de púas hay brotes de hierbas silvestres. Schanberg empuja el portón, que está sin candado. Gira el picaporte de una puerta lateral y entra en la embajada, del mismo modo en que salió el embajador. Varios rostros lo miran fijamente, entre los cajones de embalaje. Las puertas se abren un poquito y vuelven a cerrarse apresuradamente. Los refugiados han llegado hasta allí. Yacen tendidos en los escritorios y en los sofás, o sentados en cuclillas en el suelo, bajo la gran araña. Se ven pequeños charcos en el piso, allí donde se pusieron, bien custodiadas y para que se descongelaran, tortas de pescado o chuletas asadas traídas de la cocina.

Schanberg sube la escalera, cruza corredores alfombrados, empuja puertas. Allí todo está en silencio. El despacho del embajador está tal como él debió de dejarlo; hasta se huele el insecticida con que su secretaria rociaba el ambiente todas las mañanas, para matar cualquier cuerpo extraño que se moviera. En la pared, una marca denuncia el sitio de donde pendía el águila.

En el cuero reluciente del escritorio se ve una nota dactilografiada, que debió de llegar en el momento en que el embajador se retiraba. Schanberg la examina. Está dirigida al presidente Ford y firmada por el príncipe Sirik Matak, uno de los líderes originales que derrocó a Sihanouk, y primer ministro durante casi toda la presidencia de Lon Nol.

Estimada Excelencia y amigo: Le agradezco muy sinceramente su carta y su ofrecimiento de transportarme hacia la libertad. No puedo partir de un modo tan cobarde. En cuanto a usted y, en especial, a su gran país, ni por un momento creí que albergarían este sentimiento de abandonar a un pueblo que ha elegido la libertad. Ustedes nos han negado la protección y nosotros no podemos hacer nada. Se retiran, y es mi deseo que usted y su pueblo encuentren felicidad bajo el cielo. Pero recuerde bien que, si yo muero aquí, en el país que amo, no es tan malo, porque todos nacemos y todos debemos morir un día. Sólo he cometido el error de creer en ustedes, los norteamericanos. Por favor, acepte, Excelencia, mi querido amigo, mis fieles y amistosos sentimientos. Sirik Matak.

Al pie, el príncipe ha escrito, con su propia mano: «Ésta es una carta abierta al presidente Ford y al pueblo de Norteamérica.»

Schanberg la dobla cuidadosamente y la guarda en su bolsillo. Las ventanas del embajador están abiertas; cierra las persianas para que desvíen un poco los fragmentos de metralla. Luego deja el cuarto a oscuras y vuelve a bajar la escalera, poniendo cuidado en no pisar a ninguno de los refugiados.

PRO: NOR SQUARE: 05160: STOP: HACIA MEDIANOCHE REPITO MEDIANOCHE LOS INSURRECTOS LLEGAN EXTREMO SUR DE PHNOM PENH Y ESTALLA FEROZ BATALLA EN LOS ACCESOS DEL PUENTE NACIONES UNIDAS EN UN VECINDARIO LLAMADO CHBAR AMOU REPITO CHBAR AMOU: GENTE HUIDA DE ESCENARIO DICE FUERZAS DEL GOBIERNO USAN A.P.C. EQUIPADOS CON MORTEROS Y AMETRALLADORAS PESADAS PARA TRATAR DE BLOQUEAR A LOS INSURRECTOS EL CRUCE DEL PUENTE: STOP: SIGUE MÁS: SCHANBERG.

Llamas, humo, edificios caídos. Pran y Schanberg avanzan en el Mercedes que conduce Sarun, intentando cruzar la ciudad entre el aullar de las sirenas, estremeciéndose ante los escombros, sorteando las bocas de incendio que despiden agua lodosa. Sarun retrocede por una calle estrecha, bajo un dosel de humo. El auto se estrella contra la columna de un acueducto. Ven varias siluetas que corren para salvar la vida. El siseo que oyen puede ser una pérdida de vapor... o puede ser un cohete. Se acurrucan, protegiéndose la cabeza con los brazos; en ese momento, un negocio de ropa masculina, frente a ellos, se derrumba lentamente, como un elefante, en una tormenta de polvo y vidrios. Una chaqueta vuela por el aire, agitando las mangas vacías. Los maniquíes desnudos yacen entre los maderos humeantes; algunos cuerpos caídos tratan de levantarse. Mientras Pran, Schanberg y Sarun se sacuden, dos bueyes blancos cruzan la calle en estampida. Se acercan al

Mercedes, pero se acabó todo. Sarun no puede hacer milagros. El coche no puede seguir. Y ellos tampoco.

PRO: NOR SQUARE: 15161: STOP:

El parloteo del teletipo resonaba en la cabeza de Schanberg, que se había tendido sin desvestirse en la cama revuelta, soplando el humo de un cigarrillo a través del mosquitero. Le palpitaba el ojo izquierdo. Estaba demasiado cansado como para dormir. Cuando cerraba los ojos, las imágenes de la ciudad agonizante se acumulaban en su cabeza: el dolor y la desesperanza, los refugiados en la muralla del jardín, la pesadilla. Decidió bajar y tratar de comer algo.

Ahora que el Hotel Phnom había sido oficialmente declarado zona neutral, la Cruz Roja se había hecho cargo del restaurante para convertirlo en Centro de Atención de Víctimas; por lo tanto, las mesas del salón para desayunos habían sido puestas a lo largo de la piscina.

Mientras tanto, los refugiados habían avanzado por el prado. Ahora estaban congregados en pequeños grupos, al otro lado de la piscina. Algunos dormían en sus esterillas; otros permanecían sentados, en perfecta inmovilidad, con sus cacerolas y sus bultos, mirando al otro lado del cordón de plástico verde que los separaba de aquellos occidentales, dedicados a cenar opíparamente al otro lado del agua. McIntyre estaba allí, devorando un pollo frío. Schanberg se reunió con él y pidió un plato de tallarines.

—Una clásica demostración de lo que es el *apartheid,* ¿no le parece?

McIntyre señaló a los refugiados con el tenedor. Schanberg asintió con la cabeza, demasiado cansado como para contestar.

Barry Morgan pasó caminando tranquilamente, con las manos en los bolsillos; tenía la cara y el traje de safari muy sucios de polvo; obviamente, volvía de alguno de sus informes exclusivos, presenciados personalmente, al estilo de «Yo salvé a un huérfano del Khmer Rouge.» Schanberg sintió una punzada de irritación. A pesar de su aire antipático, Morgan era muy buen periodista, uno de los mejores. Lástima que le gustara exhibirse así.

Morgan se detuvo junto a su mesa.

—Los comunistas están arremetiendo hacia el puente Monivong —les dijo—. Han incendiado casi todas las casas en derredor. Si suben al techo podrán verlo.

Schanberg esperó a que Morgan se retirara. Luego se disculpó. En el vestíbulo se encontró con Pran, que traía las últimas fotografías. Subieron juntos al último piso, ya desierto, y tomaron por el estrecho pasadizo que conducía al techo, hasta entonces no dañado por los bombardeos.

El espectáculo que vieron desde allí tenía cierta grandeza terrible, como los murales victorianos que representaban el infierno. Estaban en medio de un círculo de llamas, que lamía los bordes mismos de Phnom Penh y teñía de anaranjado el cielo nocturno. Al norte y al oeste ardían vecindarios enteros. Desde allí se oía la implacable percusión de la batalla, los ruidos de los morteros, las ametralladoras, los cohetes que dejaban surcos de humo en el cielo.

Allá abajo, en la oscuridad, los camboyanos peleaban contra otros camboyanos, en un desesperado frenesí. El Khmer Rouge vencía porque sus líderes sabían por qué luchaban. El ejército de la República, abandonado por sus aliados, abandonado por sus jefes, abandonado hasta por algunos de sus oficiales superiores, seguía luchando como un pollo degollado, porque sólo eso le quedaba por hacer. De todos los soldados que Schanberg había conocido, ninguno peleaba por amor a la República o por el odio ferviente a la amenaza comunista. Combatían por sí mismos y por lo que aún restaba de sus familias, y porque no tenían otro sitio adonde ir. Combatían por temor y porque se les había ordenado así.

Los dos periodistas miraron hacia el sur, hacia el

río Bassac, donde las llamas eran más altas; los diminutos parpadeos de luz, en el río, eran los reflectores de las cañoneras, que serpenteaban entre los cadáveres del río, en busca de sobrevivientes. Las armas destellaban como lámparas de código Morse. Pran se aferró a la barandilla con ambas manos.

—Se acabó —dijo, con voz serena—. Se acabó. La guerra ha terminado.

—Sí. —Schanberg se cruzó de brazos.— Ahora sólo falta la matanza.

PRO: NOR SQUARE: 15162: STOP: POR TERCER DÍA CONSECUTIVO LOS REFUGIADOS CONFLUYEN HACIA EL CENTRO DE LA CIUDAD: BAJAS HORRENDAS EL MAYOR NÚMERO DE MUERTOS Y HERIDOS EN LOS CINCO AÑOS DE ESTA GUERRA: STOP: ESTA NOCHE LA RADIO OFICIAL ANUNCIÓ EL NOMBRAMIENTO DE UN NUEVO MINISTRO DE ESTADO DE INDUSTRIA MINERÍA Y TURISMO REPITO TURISMO: STOP: SIGUE MÁS: SCHANBERG.

Faltaba una hora aún para el amanecer. La oficina de telégrafos hedía de sudor y humo de cigarrillos. Un operador de télex, ojeroso de fatiga, operaba uno de los tres últimos teletipos de Phnom Penh, a través de un antiguo transmisor de fabricación china (la torre principal de transmisión, en el suburbio de Kambol, estaba tomada por el Khmer Rouge). Jon Swain y Al Rockoff dormían a pesar del estruendo, acurrucados en esterillas de paja tendidas en el suelo polvoriento.

Schanberg, sentado ante una mesa cercana, aporreaba una máquina de escribir, aunque el cansancio le impedía concentrarse. Tenía una toalla mojada alrededor de la cabeza. Sarun le trajo otra taza de té liviano. La cara del chófer lucía tan redonda y alegre como siempre, aunque ahora usaba tirantes para impedir que se le cayeran los pantalones de franela gris. Cuando el norteamericano comenzó a cabecear, él dejó la taza para frotarle vigorosamente los hombros y tirarle de las orejas; Schanberg ya se había acostumbrado a ese masaje camboyano.

Dos periodistas franceses escribían a cierta distancia, sentados a la misma mesa. Barry Morgan había llevado un largo artículo a la oficina, poco después de medianoche.

Los operadores de télex estaban aún más exhaustos que Schanberg. Dos de ellos habían renunciado y trataban de descansar un poco en el cuarto vecino. El tercero continuaba sólo por estímulo de Pran, el indómito Pran, quien bromeaba con él, instándolo a seguir. Era Pran quien los mantenía allí, quien los convencía para que repararan las líneas cuando fallaban, quien les rogaba, cuando los transmisores se recalentaban, que no se retiraran a sus casas.

A través de las persianas llegaban los silbidos de los proyectiles y el tronar de las explosiones.

«Amanecer, cinco y cincuenta de la mañana. Después de rechazar las negociaciones de último momento, los comunistas se reúnen para un ataque definitivo a Phnom Penh. Ahora es sólo cuestión de que las fuerzas del gobierno se rindan antes o después de que esta bella ciudad sea reducida a escombros y mueran miles de hombres, mujeres y niños en los combates cuerpo a cuerpo. Long Boret, el primer ministro, entrevistado hace pocas horas por este corresponsal, declaró: "La situación militar se ha tornado imposible. No tenemos más medios materiales. Nos sentimos completamente abandonados."»

Schanberg arrancó la página de la máquina y la entregó a Sarun, quien la dejó sobre el tablero. Pran la tomó para marcarla, mientras el operador de télex completaba una transmisión para el corresponsal de *Le Monde.* Schanberg se levantó y comenzó a pasearse por el cuarto; encendió otro cigarrillo para calmar los nervios. El sonido mecánico se interrumpió cuando el operador camboyano tomó la copia para el *New York Times* e inició la transmisión al otro lado del mundo:

PRO: NOR SQUARE: 15164: STOP...

El teletipo se apagó. Todo había terminado.

En la oficina de telégrafos, el silencio fue tan súbito que despertó a Swain, quien estiró las piernas y se incorporó, parpadeando, soñoliento. Esta vez Schanberg no gritó a Pran ni Pran renovó sus negociaciones con el operador. En cambio, el periodista del *New York Times* tomó asiento y consultó la hora, antes de teclear las últimas palabras en la Olivetti.

A las cinco cincuenta y siete de la mañana, el teletipo deja de funcionar. Fin de la copia. Schanberg, Phnom Penh, 17 de abril de 1975.

Luego se acercó a las persianas y las abrió. El ruido de los disparos y las bombas había cesado. La aurora rompía apaciblemente, en una gama de gris y azul con trazos de rosado, como las truchas arco iris que había en el St. Regis, en los Adirondacks, donde él solía ir a pescar. Los árboles del patio del Correo Central tenían flores blancas.

Schanberg notó, sobresaltado, que se oía cantar a los pájaros.

El teletipo había sido el vínculo de todos ellos con la cordura, era lo único que justificaba su trabajo cotidiano. Ahora ese vínculo no existía; no tenían nada que hacer, salvo observar y sobrevivir, cosa que podía no ser tan fácil. Cuando la mirada de Schanberg se cruzó con la de Pran, comprendieron que ambos estaban pensando lo mismo. Todos los días surgían nuevos relatos sobre la barbarie y la brutalidad del Khmer Rouge. Ahora eran los vencedores, ¿cambiarían en algo las cosas?

—Voy a bañarme —dijo a Pran—. ¿Vienes?

Schanberg pasó largo rato bajo la ducha. El agua le golpeaba en los hombros, suavizando los furiosos nudos de la tensión. Goteaba por su barba, corría por su torso pálido, que no veía el sol desde hacía días, tal vez semanas. Limpió el espejo empañado para estudiar su rostro. La tensión que lo había mantenido en pie, incansablemente, iba desapareciendo. Jamás había experimentado tal peso de responsabilidad. Ahora sólo era responsable de sí mismo. Y de Pran, por supuesto.

Mientras se afeitaba, alguien llamó a la puerta. Pran entró con una camisa blanca, limpia.

—Ya vienen, Sydney.

—Bueno. —Si Pran podía permanecer tranquilo, él también. Terminó de afeitarse.— ¿Por dónde?

—Por Monivong. Tomaron el puente Chrouy Changvar, hace diez minutos.

Pran llevaba un bolso colgado del hombro. Schanberg tomó el suyo, que no había vaciado desde la evacuación norteamericana. En algún lugar, una radio seguía atronando el aire con música marcial. El vestíbulo era un torbellino de refugiados, muchos de ellos soldados del gobierno. En un desesperado intento por mantener la condición de zona neutral que había adquirido el hotel, los trabajadores de la Cruz Roja y el personal del hotel habían formado una fila ante la entrada y revisaban a todo el mundo antes de permitir la entrada, confiscando armas. Junto a la puerta había un enorme cajón de embalaje, lleno a reventar de fusiles, pistolas, cuchillos y cadenas.

Schanberg y Pran avanzaron a empujones hasta la parte superior de la escalinata, desde donde contemplaron el bulevar Monivong. Un sinfín de banderas blancas cegaba la vista bajo el sol. Cientos de banderas, hechas con camisas y sábanas, flameaban en los tejados, los postes de alumbrado y los escaparates. De las barandillas del hotel pendían tiras de tela blanca. Los *jeeps* y los carros de asalto, atestados de soldados del gobierno, subían lentamente por el bulevar, con trozos de paño blanco colgados de las antenas de radio y ramilletes de flores amarillas frente a los reflectores. Otros cientos de soldados vagabundeaban por la ruta. En el patio delantero del hotel, un soldado se estaba quitando apresuradamente el uniforme. Su esposa esperaba ansiosa a su lado, con un bulto de ropas civiles recién lavadas.

Pran codeó a Schanberg y señaló algo. Por la ancha calle, a unos ciento cincuenta metros de distancia, caminaban seis hombres, vestidos con pijamas negros y pañuelos a cuadros rojos. Detrás de ellos avanzaba un solo tanque, con la torreta girando lentamente de un lado a otro. Eran la avanzada de la procesión de camiones, *jeeps* y carros de asalto del Khmer Rouge. Delante de ellos la multitud vacilaba entre el miedo y la curiosidad. Algunos de los más valientes se adelantaron a la carrera. Los hombres del Khmer Rouge devolvieron los abrazos y comenzaron a saludar con la mano.

Todo iba a salir bien.

La multitud irrumpió en un gran grito de alegría y alivio. Vítores y exclamaciones de «¡Paz!» ahogaron el sonido distante de las armas ligeras. La gente salía corriendo de las casas, llevando a los niños sobre los hombros, y se inclinaba desde las ventanas y los balcones, agitando estandartes blancos, al grito de: *¡Cheyo Yotheas! ¡Cheyo Yotheas!* (¡Vivan las tropas de liberación!). Schanberg tomó la mano de Pran y la estrechó con fuerza. Tenía los ojos llenos de lágrimas. Tal vez todo fuera para mejor, al fin y al cabo.

Haciendo señas a Pran para que lo siguiera, bajó a mezclarse con la multitud. Deseaba entrevistar a esos insurrectos. El Khmer Rouge no era como el Vietcong, que buscaba la publicidad occidental. Veinte periodistas internacionales habían cometido el error de cruzar al territorio ocupado por ellos, sin retornar jamás. Ahora tenía delante a ese ejército desconocido, que sonreía y agitaba las manos, ayudando a sus enemigos a subir a los camiones. De pronto, el gentío había perdido el miedo; los soldados arrancaban los cargadores de sus fusiles y los arrojaban al aire.

—*C'est la paix! C'est la paix!*

El tanque aplastaba las flores que sembraban el bulevar. Un monje budista tenía un pañuelo del Khmer Rouge atado al cuello; riendo, sollozando, lo arrastraron hasta un camión lleno de soldados. Los *jeeps* pasaban sobrecargados de estudiantes, que tocaban las bocinas y agitaban cintas blancas. Un hombre vestido con un pijama negro bien planchado y gorra de general subió al tope de un carro de asalto. La multitud lo vitoreó agitando pañuelos blancos.

—*La guerre est finie! Nous sommes frères, tout le monde!*

La gente que rodeaba a Schanberg enloquecía de alegría. Tal vez sólo él y Pran vieron que un brazo pardo salía de la escotilla y tiraba del «oficial», arrancándolo de su puesto. Compartieron un momento de intranquilidad. Todo eso era demasiado bello para ser verdad. Algo andaba mal... Esos hombres de esponjosos pañuelos a cuadros rojos, de pijamas negros que parecían haber sido guardados sólo para esa ocasión... Pran echó a correr junto a uno de los camiones, tratando de averiguar qué pasaba. Schanberg llegó al medio de la calle, agitando la mano, gritando. Al Rockoff, que estaba tomando fotografías desde un *jeep* colmado de soldados del Khmer Rouge, bajó para reunírsele. Tenía la ropa mugrienta y se estaba chupando un tajo abierto en la muñeca.

—¿Qué problema hay, Al?

—No lo sé, pero esto no me gusta.

—Escúchalos.

—Sí, ya sé. Pero parte de esta gente no es real.

Pran volvió corriendo, sin aliento, excitado.

—¡Sydney! ¡Ofrecen una conferencia de prensa al mediodía!

—Esta mañana, temprano —continuó Rockoff—, me di una vuelta por Ken Lang. Casi me cagan a balazos.

Pétalos de flores, arrojados desde un balcón, cayeron sobre el hombro de Schanberg como papel picado. El cansancio hacía que su mente funcionara con lentitud. Tenía que haber un modo de comprobar sus sospechas. Miró alrededor. Un soldado caminaba hacia ellos, sosteniendo una bicicleta, con un AK-47 en el cesto delantero. Llevaba uniforme de fajina verde sobre el pijama negro del Khmer Rouge. Schanberg hizo una seña a Pran, que se inclinó en saludo ante el hombre. El soldado se detuvo, sin sonreír. La gorra Mao que llevaba puesta tenía una quemadura. Del cuello le colgaba un par de prismáticos baratos.

Pran tradujo sus respuestas. Tenía veinticinco años. Había recibido educación. Estaba en el «movimiento» desde hacía cinco años. Respondía con monosílabos, sin expresión, como recitando una cantinela.

—Pregúntale cómo se llama y qué rango tiene dentro del movimiento —pidió Schanberg.

Ante ambas preguntas, el del Khmer Rouge sacudió la cabeza.

—Pregúntale si el Khmer matará a mucha gente.

Los ojos del soldado se clavaron en la costosa cámara de Rockoff.

—Dice que todos cuantos hayan hecho cosas corruptas serán definitivamente castigados.

Antes de que Pran pudiera terminar la traducción de su respuesta, el muchacho siguió su camino.

Jon Swain se les acercó, sin aliento y sin película.

—Esto sí que es una recepción triunfal —jadeó—. Es increíble.

Rockoff sacudió la cabeza, sacó un pañuelo y se lo ató alrededor del tajo que tenía en la muñeca.

—El Khmer Rouge apresó a un pobre viejo francés en Keng Kang —comentó—. Le gritaban: «¿Tú americano, tú americano?» Esto es una operación de relaciones públicas.

—Vamos a buscar el auto —dijo Schanberg a Pran—. Voy al hospital. Quiero verificar todo esto.

Cruzó con los otros el hotel hasta la entrada lateral. A pocas manzanas de distancia se oía el repiqueteo de una ametralladora. Lejos del desfile del bulevar Monivong, el ambiente estaba tenso. En las calles se respiraba tal inquietud que parecía dejar el aire sin oxígeno. Schanberg estaba respirando aceleradamente.

Sarun había «tomado a préstamo» el Renault de un empleado público que había huido de la ciudad la semana anterior. Encendió la radio. Algo había ocurrido; habían cambiado los locutores oficiales. Una nueva voz, áspera y aguda, leía un mensaje grabado.

—Estamos dispuestos a darles la bienvenida —tradujo Pran—. Entramos en Phnom Penh como conquistadores. No hemos venido a hablar de paz con los traidores. Los criminales políticos que no hayan huido del país serán juzgados y ahorcados por sus delitos. Sin embargo, Angka necesita gobernantes en este período de transición. Los funcionarios gubernamentales de alto rango, civiles y militares, deben presentarse de inmediato en el Ministerio de Información, llevando una bandera blanca. ¡Viva la Revolución!

Sarun apagó la radio al repetirse el mensaje. Pran movía la boca en un gesto nervioso.

—¿Qué es Angka? —preguntó Swain.

—Angka es la Organización —replicó Pran—. Ahora es quien gobierna.

—Creo que Long Boret huyó en helicóptero desde el estadio —dijo Swain, después de una pausa—. Pero vi al príncipe Sirik Matak en el hotel. Dijo que no sabía qué sería de él y de su familia, pero que era su deber quedarse junto a su pueblo. Dijo que había sido invitado a huir y que se había negado.

Schanberg recordó la carta dejada sobre el escritorio del embajador y guardó silencio.

El hospital de Preah Keth Mealea, el mayor y más moderno entre los nosocomios civiles de Phnom Penh, era un horrible grupo de edificios parecidos a barracas, pintados de color crema, en las riberas del Mekong. El Khmer Rouge no lo había bombardeado, aunque llevaba cuarenta y ocho horas al alcance de sus armas. El primer pensamiento de Schanberg, cuando entraron, fue que hubiera sido más magnánimo bombardearlo.

El hospital tenía camas disponibles para seiscientos pacientes. Pero más de dos mil heridos y moribundos, camboyanos y chinos, colmaban el lugar. Yacían en camas o camillas, cuando no en esterillas malolientes tendidas en el suelo. Ocupaban todas las salas, todos los corredores. Los enfermeros secaban los charcos de sangre y derramaban desinfectante alrededor de los cadáveres.

La zona principal de recepción estaba llena de camillas de heridos, dejadas ante la puerta principal por los equipos de ambulancias, que trabajaban las veinticuatro horas del día. Largas hileras de pacientes, muchos con horribles heridas y quemaduras, esperaban mirando a los periodistas que caminaban entre los charcos de sangre y desinfectante. Algunos estaban acompañados por algún familiar que, silenciosamente arrodillado junto a ellos, les limpiaba la frente y les espantaba las moscas de las heridas abiertas. Un médico chino, cuyos movimientos se habían tornado mecánicos después de dos días y dos noches de guardia, avanzaba por entre las hileras, marcando los heridos recuperables (tal como Schanberg había visto hacer al médico de la Cruz Roja en la cabaña del hotel) y abandonando el resto a su suerte. Una enfermera lo seguía con un anotador, tildando los casos con esperanzas y anotando una cruz junto al resto.

—¿Dónde están los médicos? —le preguntó Swain.

—No hay médicos.

—¿Cómo que no hay médicos?

—Los hemos llamado por teléfono. Dicen que vienen, pero no vienen. No hay médicos aquí desde hace dos días. Sólo la Cruz Roja.

—¿Está el doctor McIntyre? —preguntó Schanberg.

Acababa de llegar otra ambulancia. La enfermera señaló hacia arriba con el lápiz y continuó apresuradamente con su horrible tarea, como el Ángel Registrador de las atrocidades.

—Es como Crimea, maldita sea —dijo Swain, mientras Schanberg encabezaba la marcha por la escalera. Un viejo sentado en un escalón les dedicó una sonrisa desdentada, agitando el muñón de un brazo envuelto en vendajes ensangrentados. Schanberg no quiso mirar a Pran. Esa gente era el pueblo de su ayudante. Nunca había visto tanto sufrimiento y tanta paciencia. Esa mansedumbre era lo que le dolía más. El dolor iba hacia adentro, amansando el espíritu.

En el primer piso, el ruido y el hedor eran casi insoportables. No estaban en la sala de la Cruz Roja, sino en el corredor que conducía a ella, y aun así debieron andar con cuidado entre los cadáveres y los amputados que iban de una pared a la otra, con sus muletas y las perneras de los pantalones ensangrentados recogidas con alfileres. Al entrar en la sala oyeron, por sobre los gemidos de las víctimas, un cántico alto y persistente. Una anciana marchita yacía en una cama ensangrentada, cantando en medio de su delirio. Le habían amputado las piernas. Los cobertores de la cama estaban saturados de un líquido gelatinoso. Con los brazos espantaba moscas reales e imaginarias mientras cantaba, agonizando. A su alrededor, los heridos dejados por el Khmer Rouge en su última embestida por la victoria yacían cubiertos de tablillas y vendajes. Una enfermera estaba aplicando plasma a un soldado del Khmer Rouge, cuyo cuerpo estaba cubierto de sangre. Sólo los labios del muchacho se movían, susurrando:

—Agua. Agua.

Schanberg sintió una impotencia horrible. Se obligó a mirar a Pran. El camboyano tenía el entrecejo fruncido y escribía febrilmente en su libreta, como si aquélla fuera una mañana normal y luego acompañara a su jefe a la oficina de télex. Schanberg reconoció su expresión y la comprendió con un arrebato de simpatía. Era bochornoso. A Pran lo abochornaba profundamente que esos occidentales estuvieran allí, presenciando el íntimo espectáculo de su propio pueblo despojado de dignidad.

Con una rodilla apoyada en el suelo, Rockoff mostraba su cámara a un niñito al que le faltaba el brazo izquierdo; el padre también tenía un brazo amputado y un alambre impidiendo que se abriera una profunda sutura en el muslo; ambos compartían la misma cama. La enfermera que había estado aplicándoles plasma se acercó a él.

—*Vous êtes la TV suédoise?*

Rockoff miró a Schanberg, que sacudió la cabeza.

—*Non. Nous voulons trouver le docteur McIntyre.*

—*Mais oui. Par ici.*

La mujer los guió, pasando junto a una fila de camas plegables alineadas como carritos de supermercado, hasta un cuarto grande, recubierto de azulejos blancos. El quirófano estaba provisto de los últimos adelantos de la tecnología quirúrgica, pero el Preah Keth Mealea se había convertido en un hospital de campaña: no había tiempo para lujos tales como electrocardiógrafos y respiradores. Ante la mesa de operaciones estaba Gordon McIntyre, en pantalón corto y con mascarilla de cirugía. Las enfermeras no habían podido conseguirle bata ni guantes. Con las manos descubiertas, estaba suturando los músculos y los sobrantes de piel sobre un muñón que, hasta el día anterior, había sido la pierna de un hombre.

Dos de los enfermeros se llevaron al hombre. McIntyre apenas tuvo tiempo de hundir los brazos ensangrentados y los instrumentos de acero en una vasija con alcohol antes de que pusieran otro cuerpo encogido sobre la mesa de operaciones. Era una niñita de unos seis años, vestida de celeste, que gritaba de dolor. Rockoff y Pran se cubrieron los oídos con las manos.

—Ketamina, cincuenta miligramos —ladró McIntyre, alargando la mano para recibir la jeringa. No recibió nada. La enfermera murmuró algo. McIntyre se giró hacia ella—. ¡Y qué supone que debo hacer yo! ¿Cantarle una canción de cuna? Déme ciento cincuenta miligramos de Pentotal. ¡Rápido!

Mientras la enfermera inyectaba a la niña, McIntyre le desgarró el vestido con un escalpelo. Su entrecejo se frunció más aún.

—Por todos los santos, tiene un pedazo de metralla en la columna. ¿Terminó, mujer?

Al hacer efecto la droga cesaron los gritos. Un momento antes de que le aplicaran la máscara de oxígeno, la pequeña abrió los ojos, enormes, y gritó dos veces, en khmer. El periodista consultó a su ayudante con la mirada.

—Dijo: «No dispare. Por favor, no dispare» —explicó Pran, con voz áspera.

McIntyre estaba leyendo un rótulo que la niña llevaba atado a la muñeca.

—RH. Necesito un poco de plasma RH, enfermera, por favor.

—*Il n'y en a plus.*

—¿Cómo es posible que no haya nada? ¡Usted! —indicó McIntyre, señalando a la enfermera que había acompañado a los periodistas—. Consígame un poco de sustituto de plasma. *Et vite!* —De pronto pareció reparar por primera vez en la presencia de Schanberg y sus compañeros, entonces agregó con tono burlón—: Henos aquí, caballeros. ¡Sobra la sangre en derredor, como ustedes ven! El problema es que no está donde corresponde, carajo.

Schanberg sintió que le escocían los ojos. Era insoportable; le dolía todo el cuerpo. Dante había descrito escenas como ésa, pero había olvidado mencionar el horrible olor. Pran se había retirado, incapaz de soportarlo. También Rockoff. Schanberg los siguió por las escaleras. Al descender se cruzaron con la enfermera, que subía apresuradamente, con envases del plasma que quizá salvara la vida a la niña.

Fuera, lejos del ruido y el hedor, de la sangre y el excremento, aspiraron el sofocantre calor de mediodía como si fuera una brisa primaveral. Por un momento pensaron que lo peor había pasado, pero aún se oía el repiqueteo mortífero de las armas ligeras, no muy lejos. Por un momento Schanberg creyó que provenían del hospital y miró a Swain, pero él parecía no haber oído nada; obviamente, los otros tampoco. Sarun tenía abiertas las portezuelas del Renault; fue un alivio acomodarse dentro.

—¿Vieron esos alambres? —inquirió Swain—. Le pregunté a la enfermera. Dijo que los médicos camboyanos han estado suturando las heridas tan de prisa que estallarán; por eso tienen que sujetarlas con alambre.

—Basta ya, por favor —rogó Rockoff.

Quedaba una sola foto en el rollo que había usado en el Preah Keth Mealea. Desde la ventanilla, fotografió a un águila contra el cielo azul. El chasquido hizo saltar a Pran, y todos sonrieron. Cualquier cosa era bienvenida con tal de aliviar la opresión de cuanto acababan de ver.

Iban cruzando un puente estrecho sobre un canal cuando el tanque apareció ante ellos. Sarun clavó los frenos y dio marcha atrás. El tanque los persiguió calle abajo. Por la torreta asomó un soldado de pañuelo a cuadros rojos, que agitaba la mano y gritaba algo en khmer. Sarun se detuvo; le temblaban las manos en el volante.

Antes de que pudieran bajar, el Khmer Rouge los tenía rodeados. Schanberg vio primero las armas: granadas, fusiles, pistolas. Después, las caras; parecían campesinos, casi niños, pero eran caras deformadas por la furia.

Se abrieron las portezuelas de par en par. Los periodistas fueron sacados a rastras y estrellados contra los flancos del coche. Un oficial del Khmer Rouge, de unos treinta años, movía horizontalmente su automática de calibre 38, insultándolos a gritos. Swain y Rockoff tenían las manos en alto. Schanberg también. Pero los gritos seguían.

Un soldado hundió su fusil en el estómago de Swain, haciéndolo gruñir de dolor. El oficial se acercó a Schanberg y lo golpeó con la 38 en la sien. Luego amartilló el arma. Schanberg sintió que se le aflojaban las piernas, pero la bala no llegó. En cambio, el oficial, con los ojos como brasas, le arrancó la cámara y la arrojó a la acera. Las cámaras de Rockoff, las libretas de Swain y una máquina de escribir que había en el auto, también fueron arrojadas al suelo y apartadas a puntapiés.

Todo ocurrió tan de prisa que no pudieron reaccionar. Schanberg había visto ya esa ira y ese odio, pero aquella violencia ciega, animal, era algo nuevo. Era la brutalidad nacida de la ignorancia, y eso lo aterrorizó. Giró la cabeza en busca de Pran. Él sabría cómo arreglar todo. Pero Pran tenía en el rostro una expresión de crudo terror: Schanberg nunca lo había visto así hasta entonces, a pesar de los momentos difíciles por los que habían pasado juntos. Estaba susurrando algo por sobre el techo del auto.

—Haz todo lo que te digan, Sydney. ¡Todo lo que te digan!

La calle comenzaba a colmarse de gente. Parecían refugiados, pero Schanberg no tuvo tiempo de preguntarse quiénes eran ni qué estaban haciendo allí. Con una AK-47 en las costillas, lo guiaban hacia un transporte blindado de tropas, estacionado ante el hospital. Tenía la puerta trasera completamente abierta; el interior, como una tumba oscura, estaba desierto. Por la mente le cruzaron pensamientos confusos. Podían matarlos a disparos impunemente. Podían cerrar la puerta y arrojar una granada. *Somos periodistas...* No, eso no tendría ningún sentido para esos muchachitos llenos de odio. Ellos eran occidentales, y con eso bastaba.

Los fusiles los instaron a entrar en el transporte

blindado. También a Sarun. Sólo Pran permanecía fuera. Estaba suplicando algo al oficial del Khmer Rouge. Schanberg percibió el pánico en su voz. El oficial le hablaba a gritos; Pran seguía rogando. Podía ver la sombra de sus manos alzadas, como si Pran pendiera de un cable.

Dentro del transporte todos estaban sudando. Rockoff susurró, entre dientes:

—¿Por qué no sube, por el amor de Dios?

Schanberg sacudió la cabeza, incrédulo. En cualquier momento dispararían contra Pran. Sarun explicó, en voz baja:

—Trata de subir. Le dicen que se vaya. Sólo quieren gente importante.

Esas palabras los dejaron atónitos. En vez de aprovechar para huir, Pran suplicaba para que no lo separaran de ellos. En realidad, estaba arriesgando su propia vida para tratar de salvarlos. Eso hizo comprender a Schanberg, probablemente a todos, el extremo peligro en que se encontraban. Pran no hubiera arriesgado la vida porque sí. Debía de saber que, sin él, sus compañeros no tenían ninguna oportunidad de sobrevivir.

La discusión terminó abruptamente. Pran, temblando, subió al transporte de tropas. La puerta trasera se cerró violentamente, el oficial y dos de sus soldados subieron a la parte delantera y el vehículo se puso en marcha con una sacudida.

Estaban en total oscuridad, exceptuando un rayo de sol que entraba por la escotilla; uno de los adolescentes estaba sentado con ellos y les apuntaba con su arma. El calor era asfixiante. Se sentaron en cajas de municiones vacías; en el suelo había un charco de agua y aceite.

Era imposible saber adónde los llevaban. Por el modo en que se alzaba el volumen de los gritos en la calle, Schanberg supuso que habían vuelto al bulevar Monivong. Probablemente, el hombre de la escotilla iba saludando con la mano y sonriendo a las multitudes, frente al hotel Phnom. Barry Morgan y los otros estarían respondiendo al saludo, sin saber que... Buscó consuelo en Pran, que se había sentado enfrente. Pero el camboyano le pidió por señas un cigarrillo. Schanbert sacó una cajetilla de Pall Mall. Veloz como un rayo, Pran se lo quitó para hundirlo en el charco de agua aceitosa.

—*Français!* —siseó—. *J'ai dit que vous êtes français!*

Swain sacó una cajetilla de cigarrillos camboyanos. Pran tomó uno con mano temblorosa. Tendría que reunir valor para otra violenta discusión con el Khmer Rouge. Mientras encendía, una marea del líquido aceitoso corrió hacia adelante. El vehículo se estaba deteniendo.

Sonaron los cerrojos. La puerta trasera se abrió con estruendo, llenando el interior de cegadora luz. Antes de que los periodistas pudieran adaptarse a ella, dos siluetas habían sido arrojadas al transporte y la puerta trasera se volvió a cerrar. El vehículo siguió su marcha a tumbos, con otras dos víctimas en su vientre.

Mientras cruzaban la ciudad, la temperatura interior ascendió hasta convertirse en un horno. El sudor corría por la cara de Schanberg humedeciéndole la barba. Los dos camboyanos maduros que acababan de reunírseles estaban rezando monótonamente. Schanberg reconoció el rito budista para momentos de peligro. Permanecían sentados, con los ojos muy cerrados, recitando un mantra. Uno de ellos tenía un diminuto Buda de oro en la boca. Pran murmuró a Schanberg:

—*Ils sont officiers.*

—¿Qué dice? —preguntó Rockoff.

Los otros guardaban silencio. Ninguno se atrevió a mirar al Khmer Rouge. Schanberg se pasó una mano por los labios, haciendo señas de mantenerlos sellados. No debía hablar sino en francés. De eso dependía la vida de todos. La sombra del fusil cortaba el rectángulo de luz proveniente de la escotilla. La autocompasión le formó un nudo en la garganta. ¿Qué había hecho él, Sydney Schanberg, para merecer ese odio? No había hecho mal a nadie. No había matado a nadie. Era inofensivo: un periodista.

El sonido de las plegarias era contagioso. Schanberg buscó en sus bolsillos y sacó una pequeña bola amarilla y arrugada, húmeda de sudor. Era cuanto restaba de su amuleto para la buena suerte, la rosa de seda amarilla que su hija le había dado en Bangkok. La apretó en su puño; era lo más cercano a una plegaria que podía brotar de él. Al levantar la cabeza se cruzó con la mirada de Jon Swain y leyó en ella la misma y horrible certidumbre: iban a ejecutarlos. Abrió la mano y mostró la rosa.

—*Voici la bonne chance* —murmuró.

Swain logró esbozar una sonrisa. El transporte blindado, después de zarandearse sobre las piedras del pavimento, se detuvo con una sacudida. Se abrió la puerta trasera, comenzaron los gritos, y los fusiles volvieron a clavarse en ellos para sacarlos al sol. Habían llegado al fin del trayecto.

Hombres poseídos por el demonio. Hombres roídos por el odio desde dentro, de modo tal que en ellos no quedan emociones, calidez, sentimientos humanos. Los soldados del Khmer Rouge son como máquinas. Muertos que caminan.

Pero al bajar del blindado, cuando Pran ve la ribera arenosa que desciende hacia el río Tonle Sap, sabe que son sus amigos occidentales los muertos que caminan. Esa ribera, esos depósitos vacíos son un lugar de ejecución. El Khmer Rouge está por disparar una bala en la nuca de Sydney y de los otros; arrojarán sus cuerpos al río, para que se reúnan con los demás cadáveres que flotan lentamente, como troncos, corriente abajo, hacia el Mekong.

Sydney ha sido muy valiente. No ha llorado, no grita de miedo. Hasta pudo bromear con Swain sobre su rosa de la buena suerte. Es un misterio que Sidney pueda ser tan valiente sin contar con la fe en Buda o en su propio Dios para que le dé fuerzas. Debe de ser porque Sydney, tal como Pran siempre ha sospechado, *comprende.* Su idea de sí mismo es clara y concreta. No necesita de dioses que lo ayuden a hallar su lugar en el esquema de las cosas. La muerte es como otra misión.

Ahora también la vida de Pran está en peligro. Pero no debe dejarse ganar por el pánico. Debe mantenerse calmo, frío, como Sydney le ha dicho siempre. En el terreno que media entre los depósitos hay una mesa y un toldo. Nueve o diez soldados del Khmer Rouge, con pañuelos y sucios pijamas negros, conversan sentados a la sombra o se pasean junto a la mesa. Hay seis prisioneros camboyanos, acuclillados en fila contra un muro bajo de madera, con las manos atadas a la espalda. Reconoce a uno de ellos: un brigadier de la Séptima División, que dirigió la defensa del aeropuerto Pochentong. Igual que los otros, está concentrado en sus plegarias a Buda. Los tres occidentales, con las manos sobre la cabeza, esperan que se los conduzca junto a ellos. También Sarun y los dos oficiales del transporte blindado.

Pran mira a su alrededor, con desesperación creciente. Hay un hombre sentado a la mesa, bajo el toldo: un hombrecito de labios fofos y ojitos de cerdo. Tiene las mismas manos callosas y las mismas ropas mugrientas que los otros, pero ha estado dando órdenes. En tanto Pran reza a Buda pidiendo fuerza y coraje, Ojos de Cerdo interroga al conductor del transporte blindado.

—¿Quiénes son?

—Espías. Los atrapamos. —El oficial que los arrestó señala el montón de cámaras, la máquina de escribir y las libretas que ha traído como prueba.

—Entonces Angka va a sentenciarlos. Déjanos.

—¡Por favor! —Pran da un paso hacia adelante. El corazón le palpita con fuerza.— Por favor, ¿quiere informar a sus autoridades máximas? Sus autoridades máximas me dijeron que podía circular. Hablé con ellas. Volveré a hablar esta tarde. ¡Es fundamental que usted informe a las autoridades máximas!

Ojos de Cerdo desvía sus pálidos ojos pardos y estudia a Pran. Éste tiembla, aguardando los alaridos de rabia. Pero Ojos de Cerdo, al parecer, es de carácter más tranquilo. Se limita a despedir al oficial del coche blindado con un gesto de la mano y da a sus hombres una orden seca. Sus armas azuzan nuevamente a los tres periodistas occidentales en dirección al muro de madera. Ojos de Cerdo se levanta y marcha tras ellos, tamborileando con los dedos sobre la pistola que lleva enfundada.

Pran queda solo. Podría alejarse de allí y seguir viviendo. O podría seguir a ese oficial y seguir rogando. Sabe cómo trata el Khmer Rouge a quienquiera se interpone en su camino. Asesina con indiferencia. Nhiek Sann, su amigo del ministerio, tenía razón cuando decía que los rebeldes eran más que brutales. Pran debe pensar en Ser Moeun y en los niños. No puede malgastar su vida.

Con paso vacilante, avanza hacia Ojos de Cerdo. Dirige su ruego a la nuca del oficial:

—Estos hombres son periodistas internacionales. Son todos franceses. Tienen permiso de la máxima autoridad. ¡Por favor, informe a su máxima autoridad!

Ojos de Cerdo saca su pistola y se vuelve. Pran se obliga a sonreír.

—Estos hombres no son norteamericanos, sino franceses. Estos hombres no son espías, sino periodistas. Están aquí para contar al mundo la victoria del Khmer Rouge. Todo el mundo está muy feliz por la victoria del Khmer Rouge.

El fusil AK parece surgir de la nada. Su boca embiste el estómago de Pran y lo deja sin aliento. Ojos de Cerdo ordena al soldado que lleve a Pran hacia la pared del depósito; luego mira los demonios occidentales, que están de pie en una jaula de armas. Elige para su escrutinio a Rockoff y lo mira muy de frente. Rockoff le sostiene la mirada, con el sudor corriéndole por la cara. Pran reza porque no abra la boca.

Ojos de Cerdo desanda el trayecto. Sus ojos pálidos se han fijado ahora en Pran. La cabeza se le bambolea un poco, como si no tuviera cráneo ni cerebro, sino estopa.

Ojos de Cerdo habla.

—Me estás diciendo mentiras.

—Por favor. Estos hombres no apoyan a Lon Nol. Apoyan a Angka. Por eso están aquí, para presenciar la victoria de Angka. ¡Ellos se lo dirán al mundo!

—Son espías. Todos ustedes son espías. Todos ustedes serán ejecutados.

Gira en redondo y grita una orden. Ante los ojos horrorizados de Pran, dos soldados del Khmer Rouge marchan hasta el brigadier camboyano de la Séptima División. Uno lo sujeta por el pelo y le empuja la cabeza hacia abajo; el otro le dispara en la nuca. Luego recorren la hilera de prisioneros camboyanos, ejecutándolos uno a uno. Los cadáveres caen hacia adelante; la sangre salpica el muro de madera. Un alboroto de pájaros selváticos se eleva en el cielo vespertino, como si llevaran las almas de los muertos. Schanberg, el siguiente en la fila, sepulta la cara entre las rodillas.

Una motocicleta con sidecar se aproxima a tumbos por el sendero. Ojos de Cerdo le sale al encuentro; Pran lo sigue, con los brazos todavía sobre la cabeza. El recién llegado también parece oficial. Ojos de Cerdo está dando explicaciones por la demora. Ambos lo miran con una mezcla de suspicacia y desprecio.

—Sé que ustedes odian a los imperialistas —explica Pran, tratando de que no le tiemble la voz—. Si fuéramos imperialistas, no estaríamos ahora en Phnom Penh. Somos periodistas. Somos escritores. Queremos contar al mundo la verdad de esta victoria.

Los hombres miran más allá de Pran. Él sigue la

dirección de su mirada. Schanberg, Rockoff y Swain están en cuclillas ante las armas del Khmer Rouge, con la mirada fija en ellos. Aun desde allí Pran adivina la desesperada súplica de los tres. Lo necesitan; sólo él puede salvarles la vida. Y él necesita de ellos. Ha unido su destino a Sydney y a los otros. Ellos representan los únicos valores por los que puede vivir desde ahora en adelante. El Khmer Rouge ha destruido el resto.

Debe suplicar, y sigue suplicando.

—¡Son periodistas franceses! Los franceses apoyan a Angka. Estos hombres dirán a todos los demás que apoyen a Angka. Si se los deja en libertad se causará una buena impresión.

Ha bajado las manos y las utiliza para acentuar sus argumentos. Pasan veinte minutos discutiendo. Los oficiales no están convencidos. De pronto, Pran tiene un golpe de buena suerte. El hombre de la motocicleta viene del noroeste; puede notarlo por su acento. Pran le dice que él ha nacido también en Siem Reap. Recuerdan algunos nombres, algunas personas a las que ambos conocieron en la década de 1960. Si Pran dice la verdad en este aspecto, tal vez también la diga con respecto a los espías occidentales. El oficial de Siem Reap enfila su motocicleta en sentido contrario y parte hacia el centro de la ciudad, dejando una estela de polvo: consultará a las autoridades superiores.

Ojos de Cerdo no está convencido en absoluto. En Angka no hay lugar para los recuerdos del pasado. Manda a Pran de regreso, bajo custodia, a la pared del depósito, donde esperará el regreso del otro oficial.

Pasa una hora más. Los soldados del Khmer Rouge fuman y conversan. Han despojado de relojes y cadenas de oro a los cadáveres y trituran bajo el pie las pequeñas imágenes de Buda. Luego, puesto que los cadáveres tienen muy poca utilidad, los han arrastrado hasta el Tonle Sap para arrojarlos al agua, junto con los otros desperdicios que pasan flotando. Ojos de Cerdo, sentado bajo el toldo, bebe naranjada y juega con una radio a transistores que forma parte de su botín. Capta Radio Saigón y una sonrisa astuta se extiende por sus facciones de melón.

—¡Americano! —grita a los periodistas, subiendo el volumen de la radio—. Americano, ¿sí?

Nadie lo mira. Schanberg se encoge de hombros. Pran se pregunta qué estará pensando. Tal vez piensa en su mujer y en sus hijas, aunque nunca habla mucho de ellas. En cambio ha contado a Pran varias cosas acerca de su padre, que vive en Nueva York, y de la lucha que debió librar para instalar su almacén y ganar lo suficiente, a fin de mandar a sus hijos a la escuela decentemente calzados. Tal vez esté pensando en el golpe terrible que recibiría su padre si algo le pasara a él...

Pero no. Pran frunce el entrecejo. A esta altura debería conocer mejor a Sydney. Él nunca se amarga por lo que no puede solucionar. Lo más probable es que esté furioso por todos los buenos artículos que podría estar escribiendo sobre la entrada del Khmer Rouge en Phnom Penh.

En cuanto a Sarun... eso es fácil. Sarun ha de estar frenético pensando en su esposa, preguntándose si está a salvo y si ha podido llegar a los comercios para comprar comida suficiente. Sarun siempre piensa en su estómago cuando está inquieto. El peligro le despierta el apetito. En cuanto a los otros dos, Pran no los conoce mucho. Monsieur Swain es un hombre muy simpático, pero desconcertante. Su carácter es muy diferente del de Sydney, tanto como la luz lo es de la oscuridad. Parece conseguir buenos artículos sin esforzarse mucho. Si Sydney es feroz, monsieur Swain es desenvuelto, relajado. Trabajar con él no ha de ser muy difícil. Aun ahora está sentado, con las manos en la cabeza y las largas piernas extendidas, como disfrutando del sol.

Antes de que Pran pueda siquiera pensar en Al Rockoff, lo distrae una carcajada de los soldados. Unas barcazas bajan a la deriva por el río, girando lentamente por efecto de la corriente. Pran siente que se le erizan los cabellos de la nuca. Están llenas de muertos, camboyanos y chinos. Algunos cuelgan de la borda, como si estuvieran probando la frescura del agua. Pero sólo las aves de rapiña se están dando un banquete.

Se oyen más gritos y el ruido de una motocicleta. El oficial de Siem Reap está de regreso. Con una helada sensación de miedo, Pran apoya la cabeza contra la pared del depósito y reza. Ha llegado para todos el momento de la verdad. Al abrir los ojos, ve que Sydney lo está observando, con una expresión que Pran nunca le ha visto antes: una expresión de terror absoluto. Comprende que el periodista no sabe, siquiera, lo que él ha dicho a los oficiales antes de que la motocicleta fuera a la ciudad.

—¡Tráiganlo!

La orden ha sido pronunciada en khmer. Pran avanza a tropezones hacia los oficiales, azuzado por el fusil ruso de su custodio. El hombre de Siem Reap lo interroga con voz áspera.

—Dijiste que estos hombres eran periodistas franceses. ¿Para qué periódicos trabajan?

—Para *Le Monde.* El alto, para *L'Humanité.* El fotógrafo trabaja para una agencia informativa, la *France-Presse.*

—¿Qué misión traen?

—Han venido a informar sobre la caída del régimen capitalista de Lon Nol, apoyado por los yanquis, y sobre la llegada del victorioso Khmer Rouge a Phnom Penh.

—¿Qué estaban haciendo en el hospital?

Por cinco o diez minutos, se lo acribilla a preguntas. Pran responde con creciente confianza. ¿Cuál es la expresión que usa Sydney? Si hubiera saltado la perdiz, no le harían tantas preguntas; a esta altura estarían todos muertos. Y la tensión se está reduciendo. Ojos de Cerdo parece aburrido. El hombre de la motocicleta ha vuelto a ponerse los guantes.

Pran lo ha conseguido. ¡Lo ha conseguido! Los occidentales serán puestos en libertad. Ha logrado salvar la vida de Sydney, de Sarun y de los otros. Y ha salvado la suya propia. Piensa en algo que le dijo a Ser Moeun, aquella noche, mientras los niños miraban televisión en el otro cuarto... O tal vez lo calló, para que ella no se sintiera cruelmente excluida. *Para formar parte de algo, primero hay que compartir, por mucho que sea el miedo, el dolor, la pena.* Cuando Ojos de Cerdo dice algo al motociclista, Pran busca un momento para volverse discretamente, sonreír discretamente y morderse el labio. La expresión de Sydney lo dice todo.

Ahora, él también forma parte de aquello.

Estaba cayendo el sol; el río Tonle Sap iba cubriendo sus secretos en oro. Si el amanecer, a los ojos de Schanberg, había parecido una trucha arco iris, el crepúsculo le hizo pensar en incendios, tal vez porque el fuego se olía en el aire. Después de las horas terribles de la media tarde, les habían permitido sentarse a la sombra de los depósitos. El guardia estaba menos tenso; hasta les dieron naranjada, aunque el psicópata adolescente encargado de Schanberg convirtió ese simple gesto en un feo juego, pues le ofrecía la botella para quitársela en cuanto él alargaba la mano, hasta obligarlo a suplicar. En la ciudad de Nueva York, los muchachos como él ataban a los gatos y les prendían fuego con el mismo deleite cruel.

Habían llegado nuevos prisioneros, que ocuparon el lugar de los periodistas frente al muro de madera. Al menos, ellos morirían en la oscuridad. Sarun, después de lloriquear un rato por lo bajo, parecía dormido. Al parecer, Pran estaba negociando la devolución de sus pertenencias, esparcidas por donde las había dejado el conductor del camión blindado. Debía de estar muy cansado. Había rogado durante horas enteras por la vida de ellos; al parecer debió de hacerlo con elocuencia y habilidad increíbles, además de su enorme coraje.

No era la primera vez que Schanberg observaba los poderes de persuasión de Pran; lo había visto obtener cosas impensables con todo el mundo, desde el primer ministro Long Boret hasta los operadores de teletipo, en la oficina de telégrafos: primero causaba vacilación; poco a poco se iba ganando la confianza y luego hacía un par de chistes entre sonrisas. Eso era todo. Así habían conseguido algunas exclusivas de primera en los últimos años; esta vez había servido para salvarles la vida. Sin duda hacían falta nervios de acero.

Uno de los oficiales del Khmer Rouge gritó una orden. El adolescente psicópata se puso el fusil al hombro y les indicó la motocicleta con un gesto. Pran tenía la cara tensa de ansiedad. Estaban en libertad. Los tres periodistas sintieron deseos de abrazarlo... pero eso podía ser fatal. Schanberg lo comprendió así y miró torvamente a Rockoff, a manera de advertencia.

—*S'il vous plaît, enlevez vos bagages* —dijo Pran.

El psicópata adolescente les hizo señas de que volvieran y distribuyó personalmente sus pertenencias, con sarcásticas reverencias. Rockoff recibió sus cámaras y las abrazó sin decir palabra, como si fueran sus hijos. Swain tomó su cámara y su bolso de bandolera. Faltaban sus preciosas libretas, pero no era cuestión de quejarse. El bolso de Schanberg se había abierto y el contenido estaba desparramado en el polvo. Le entregaron, sin interés alguno, un cinturón-billetera lleno de dólares; también sus libretas habían sobrevivido, de algún modo. Un par de calzoncillos despertó la codicia del guardia, que los estiró contra su cintura, riendo, antes de guardárselos en el bolsillo. A los pies del guardia estaba el pasaporte de Schanberg, el pasaporte estadounidense. El guardia lo levantó.

Schanberg lo miraba fijamente, incapaz del menor movimiento. Nadie se movía ni hablaba. El guardia le echó un vistazo. Apenas a dos metros de allí, los oficiales seguían conversando. El muchacho, obviamente analfabeto, se divirtió mucho con la fotografía de Schanberg. Levantó el pasaporte en alto, comparándolo con el personaje real. Por fin lo devolvió a su dueño. Justo cuando Schanberg lo tomaba, uno de los oficiales giró en redondo y dijo, en khmer, una frase que Schanberg entendió:

—Que se vayan.

La caminata de regreso al centro de la ciudad fue muy larga. Viajaban contra una marea humana, un éxodo masivo de camboyanos. Estaban evacuando a los refugiados; ésa fue la primera impresión. Cientos de camboyanos caminaban por la autopista, hombres y mujeres con sombreros de paja, llevando bultos, valijas, niños que lloraban. Algunos caminaban sin llevar nada, deteniéndose con frecuencia para mirar hacia atrás, como si los hubieran sacado de la ciudad sin esperar a sus familiares.

¿Era posible que se tratara sólo de los refugiados? Había entre ellos muchas personas prósperas, habitantes de la ciudad. Pran reconoció a uno de sus vecinos y le gritó a través del río de gente. El hombre no se volvió a mirarlo. Se limitó a levantar el brazo izquierdo con un gesto de saludo o despedida y siguió su marcha. Pran tironeó de la manga a Schanberg.

—Se están yendo todos.

—Eso es imposible.

Pero las multitudes seguían fluyendo de las calles laterales hacia la autopista, convirtiendo el río en un torrente y el torrente en una inundación. Los ciudadanos de Phnom Penh habían sido obligados a abandonar sus casas y sus departamentos, sus negocios y sus oficinas, para salir a la ruta, sin más que una bolsa de comida. Unos pocos habían cargado sus automóviles con provisiones y efectos valiosos; como se les prohibía poner en marcha los motores, los empujaban por la autopista. La mayoría llevaba a la espalda lo que podía: en algunos casos, padres envejecidos o inválidos, que, de otro modo, hubieran muerto de hambre o cansancio a la vera del camino.

Los soldados del Khmer Rouge montaban guardia a los lados del camino. Obligaban a los rezagados a seguir, entre amenazas y golpes de culata; de vez en cuando disparaban las armas al aire. Rockoff comenzó a tomar fotografías de uno que tenía varios relojes a lo largo del brazo, pero lo pensó mejor. Varias veces oyeron, a distancia, los altavoces de los camiones; en una oportunidad, en una calle lateral, vieron uno de ellos, escoltado por siluetas de negro, chillando su mensaje: Pran tradujo:

—Dice que los norteamericanos van a bombardear Phnom Penh. Todo el mundo debe irse ahora, antes del ataque. Podrán volver dentro de algunos días, cuando Angka haya restaurado el orden. Nadie puede esperar a su familia, no deben cerrar las puertas. Angka se encargará de todo. Deberán caminar quince o veinte kilómetros y volver dentro de unos días, cuando la ciudad vuelva a estar bien. Ahora es preciso irse.

La marea se volcaba hacia los principales ramales del ferrocarril, en dirección norte y sur. Los periodistas, que se encaminaban hacia el centro de la ciudad, se hallaron en medio de la aglomeración. Efectuaron un desvío y cruzaron un puente a pocos cientos de metros. El espectáculo que se extendió ante ellos era tan desquiciante que apenas pudieron creerlo. Para Swain fue una visión horrorosa; su experiencia en Vietnam no lo había preparado para eso. Para Schanberg fue como estar en el borde del infierno, contemplando a los condenados camino al castigo.

El Khmer Rouge no había exceptuado a nadie. Toda la población evacuaba la ciudad en una procesión tan apretada que apenas podía avanzar en pequeños movimientos. Hombres vestidos al modo occidental caminaban junto a monjes budistas, los carros de bueyes crujían junto a las bicicletas, cargados hasta los topes de bultos coloridos. Motocicletas y *rickshaws,* coches de bebés y taxis a pedal circulaban juntos, aumentando la confusión. Un ciego avanzaba a tropezones, adelantando las manos, sujetando hombro tras hombro, sólo para ser repetidamente rechazado.

Lo peor era que el Khmer Rouge había vaciado los hospitales. Los heridos que podían tenerse en pie fueron obligados a caminar. Los moribundos viajaban en sus camas, a empujones. Los vendajes se desprendían y eran pisoteado en el polvo. Schanberg vio desde el puente a un hombre al que faltaba un pie caminar a saltos, apoyándose en un bastón. Una víctima de esquirlas de metralla, amputado de ambas piernas, se arrastraba con las manos, golpeando el vientre contra el camino. Las camas de hospital eran empujadas, junto con los frascos de suero y plasma. Los amputados iban en carretillas. Un padre llevaba a su bebé herido sobre el hombro, en una bolsa de plástico empapada de sangre. Otro había envuelto a su criatura en una sábana, para atársela al cuello en una especie de hamaca. Schanberg vio que una pareja, probablemente de chinos, llevaba a sus dos hijos en una camilla; uno de ellos todavía estaba con vida; el otro pequeño, envuelto en papel madera, había sido puesto a los pies.

Unos pocos elevaron los ojos al puente, con un destello de esperanza que murió enseguida. Lo que más llamó la atención de los periodistas fue el silencio de esa vasta caravana de miseria y el persistente llanto de los niños, como ruido de lluvia.

—Esos hijos de puta me robaron el gran angular —dijo Rockoff.

Desde abajo, un soldado del Khmer Rouge lanzó un grito de furia. Estaban demasiado a la vista y Pran les hizo señas para que bajaran cuanto antes. Al acercarse al distrito comercial, las calles parecían más desiertas, exceptuando a los victoriosos miembros del Khmer Rouge. Ebrios y jubilosos, pasaban a toda carrera en coches y *jeeps* robados que no sabían manejar, haciendo chirriar las marchas con gritos de regocijo. Pasaban camiones colmados de mercadería robada, licores y piezas de tela. Tendidos en las aceras, yacían cadáveres de quienes no habían podido unirse a la gran procesión.

Un grupo de soldados se apiñaban como insectos negros en torno de un Buick amarillo; estaban disparando contra el vehículo porque no podían hacerlo arrancar. Para esquivarlos, Schanberg y sus compañeros se desviaron por el Ministerio de Información. Frente al edificio había unos cincuenta prisioneros, a los que arengaba un oficial de alta graduación del Khmer Rouge. Schanberg reconoció a algunos de ellos: eran los altos funcionarios a los que se había convocado por radio, algo antes, para que se presentaran a cumplir con sus funciones. Sus rostros tensos y los guardias que los custodiaban eran prueba suficiente de que su única función sería morir por la nueva República.

Mientras observaban la escena, otro oficial de alta graduación (como los demás, no llevaba insignia alguna que indicara su rango) se acercó a los periodistas, para sugerirles cortésmente, en idioma khmer, que se registrasen en el Ministerio de Información como periodistas extranjeros. Con igual cortesía, Pran rechazó el ofrecimiento.

—Acabamos de recordar que teníamos un compromiso previo —anunció Schanberg.

Con grandes sonrisas, los cuatro hombres escaparon de allí.

En el hotel Phnom reinaba un silencio ominoso. El letrero que lo declaraba zona neutral había sido arrancado. En la acera montaban guardia unos soldados, en un camión del ejército, con los lanzacohetes apuntando hacia el hotel. Una figura solitaria estaba de pie en la escalinata de entrada, serena, con el bigote de plata bien recortado. Schanberg lo reconoció inmediatamente; lo había visto aquella tarde en el fumadero de Madame Chantal; era Henri Davarin, el delegado de la ONU.

—¿Qué pasa? —preguntó Schanberg, cuando recobró el aliento.

—Me dieron media hora para desocupar el hotel —replicó Savarin, con las manos cruzadas a la espalda.

—¿Cuándo fue eso?

—Hace veinticinco minutos.

Echaron un vistazo a los lanzacohetes y entraron a la carrera. El vestíbulo estaba desierto. Subieron raudamente las escaleras, cruzaron los pasillos. Todo estaba desierto. Swain había perdido la llave de su cuarto junto con sus libretas; mientras él y Pran trataban de derribar la puerta a puntapiés, Schanberg irrumpió en sus habitaciones, seguido por Rockoff.

—Voy a buscar ropa —gritó Schanberg—. ¡Tú encárgate de la comida! ¡Está en el armario!

Apresuradamente, arrojó el contenido de varios cajones en las bolsas de plástico que tenía preparadas para una emergencia semejante. Mientras tanto, Rockoff revisaba las raciones con aire de desagrado. Hizo a un lado un pedazo de torta y una lata abierta de sardinas; recogió una de carne guisada, un frasco de té helado en polvo, varias latas de naranjada y duraznos y una de galletitas.

—Manteca de maní —leyó, levantando otro frasco—. Sydney, ¿viste esa película sobre dos hombres que se perdían en un sitio donde se estaban haciendo pruebas nucleares y se salvaban de la radiación sólo por haber estado comiendo manteca de maní?

Pran entró bruscamente.

—¡Sydney! Tenemos que irnos, Sydney. ¡Ya se cumplió la media hora!

Corrieron abajo, con bolsas y valijas. Del puesto de revistas del hotel, incongruentemente lleno de ejemplares de *Newsweek* y *L'Express,* salió un empleado del hotel que, de algún modo, había escapado.

—*Aidez-moi!* —gritó, en tono patético— *Aidez-moi!*

Corrió tras ellos y trató de tomar las bolsas. Dejaron que los siguiera, en tanto corrían por los oscurecidos jardines. Fueron los últimos en salir.

La Cruz Roja había abandonado algunos de sus vehículos en el patio del hotel, después de quitarles las llaves de contacto. Los periodistas arrojaron todos los bultos en un Toyota, luego lo pusieron en punto muerto y lo fueron empujando lo más rápido posible hasta el bulevar Monivong. La embajada francesa era el único sitio al que podían ir.

El bulevar estaba sembrado de zapatos y sandalias perdidos en la aglomeración de refugiados. Una mujer madura, con un vestido floreado, estaba sentada en la acera, bajo un árbol, probándose zapatos abandonados, uno a uno. Pasó una fila de confusos refugiados, bajo las armas de los soldados de negro. Un hombre de gruesos anteojos, que tendría aproximadamente la edad de Pran, les pareció vagamente conocido.

—*Où vas-tu?* —gritó Pran, con un nudo en la garganta.

—*À mourir!* —respondió, sonriente. Nhiek Sann, su amigo del Ministerio.

Tal vez por la camioneta de la Cruz Roja que iban empujando, nadie molestó a los periodistas. Cuando llegaron a la embajada, había caído la noche. Los portones estaban cerrados con candados y trancas para protegerlos de la muchedumbre. Afuera reinaba el caos. Camboyanos y extranjeros asediaban las rejas de hierro. Primero pasaban a sus niños; luego arrojaban sus pertenencias y, finalmente, trepaban ellos. Un alemán se había subido a los hombros de un sueco. Un japonés, ayudado por un indio, estuvo a punto de estrangularse con el cordón de su cámara, al descender. De las picas pendían, enganchados, un sari purpúreo, una media de nailon y la pernera de un pantalón. Un regordete diplomático paquistaní se quebró una pierna en el descenso; estaba aullando de dolor cuando Rockoff cayó sobre él.

Schanberg fue el último en pasar por sobre la valla para volver a la civilización. Se encontró frente a unos gendarmes, acompañados de ovejeros alemanes.

—*Par ici! Par ici!* —le gritaron, ásperamente.

Los estaban separando. Caucasianos y japoneses fueron enviados al edificio de la embajada. Los asiáticos, entre los cuales quedó Pran, permanecieron en los jardines. Cansado, en el límite de sus fuerzas, Schanberg se negó a comprender. Pran formaba parte de su grupo; era uno de ellos.

—¡Viene conmigo! —Chilló a los gendarmes, señalando a Pran.— ¡Ese hombre viene conmigo!

El periodista camboyano vaciló. Estaba acompañado por Sarun y otro de los conductores. Schanberg comprendió que no le estaba facilitando las cosas a su amigo. El gendarme, con rudeza, empujó al norteamericano hacia las filas de los privilegiados. Al mirar hacia atrás, vio que Pran levantaba un brazo en señal de despedida y desaparecía entre la muchedumbre.

Había cuerpos por doquier, tendidos sobre las bellas alfombras del siglo XIX, despatarrados en los sofás y sillas de estilo Luis XVI. Dos miembros de la ONU se habían acostado debajo del piano de cola; un tercero sobre él, en un saco de dormir. En total, había veintidós personas disputándose espacio vital en el salón del embajador francés, designado con el título de *Salle de Réception:* había personal de la Cruz Roja y de las Naciones Unidas, periodistas y médicos franceses, del vecino Hospital Calmette. Ése era el grupo internacional. Los colonos habían sido albergados en el ala central. El personal de la embajada que aún restaba en el país había permanecido en el consulado.

Para Schanberg, aquello parecía la isla tropical de *El señor de las moscas.* En aquella puja por comida, almohadones y lugares cómodos para dormir, todos parecían estar volviendo a la niñez, se mostraban belicosos, competitivos, codiciosos. Pronto comenzarían a arruinar las pinturas y a tallar sus iniciales en los muebles antiguos. Schanberg pasó por sobre piernas y barrigas para acercarse a los ventanales, desde donde pudo contemplar los enormes jardines, salpicados de palmeras y tamarindos, que rodeaban el edificio de la embajada.

De inmediato recordó el sueño en que cientos de refugiados lo espiaban oscuramente desde la muralla del jardín. Cientos de camboyanos, más unos cuantos vietnamitas y chinos, habían acampado como vagabundos en el césped. Cada centímetro de prado estaba negro de siluetas hambrientas y asustadas cuyos rostros eran visibles a la luz de las fogatas. Por doquier se estaban levantando carpas improvisadas con ayuda de cañas cortadas de los macizos de bambúes. Las familias más afortunadas habían acampado dentro de los cincuenta o sesenta vehículos abandonados por el personal de la embajada. Una mujer ya había comenzado a cortar una rama de un árbol, para utilizarla como leña.

Necesitaba hallar a Pran para hablar con él. Tenían mucho que decirse. No habían tenido oportunidad de conversar mientras regresaban del campo de ejecuciones. Bajó a los jardines y comenzó la búsqueda.

Casi todos los asiáticos pertenecían a los sectores más adinerados de la ciudad. Un comerciante en piedras preciosas, a quien Schanberg había comprado algunas cosas antes de su última visita a Singapur, mostraba su opulenta miseria, rodeado de un fino equipaje Gucci. Una rica vietnamita de elegante peinado había llevado su caniche y trataba de hacerle comer trozos de pescado seco que había cortado con cuchillo y tenedor. También estaban allí algunas de las muchachas del prostíbulo de Madame Butterfly, casi irreconocibles por la falta de maquillaje. Schanberg tomó nota, mentalmente, para luego informar a Rockoff.

Por fin halló a Pran durmiendo en una esterilla, bajo un tamarindo. Sarun estaba junto a él, encaramado en la horqueta de un árbol. Su rostro era la viva imagen de la depresión. Schanberg se sentó en cuclillas en el pasto para mirar a su ayudante. El sueño le había borrado las arrugas de la preocupación, sus facciones tenían la suavidad oscura y juvenil que caracteriza a casi todos los rostros camboyanos, al menos a los ojos de los occidentales. Sólo un incansable espasmo del brazo indicaba las tensiones por las que había pasado o lo que temía para el futuro. Mientras contemplaba a Pran, Schanberg recordó lo que le dijo el camboyano en el trayecto de regreso, con su suave voz: «Tú no hablas khmer; no podía dejarte solo. Te habrían matado. Alguien debía hablar con ellos y hacerles entender. Aun cuando me mataran, primero debía decirles algo. Porque tú y yo estamos juntos. Tenía mucho miedo, sí. Al principio pensé que iban a matarnos, pero mi corazón me decía que debía intentarlo. Yo te comprendo y conozco bien tu corazón. Tú harías lo mismo por mí.»

Sarun levantó lentamente la cabeza. Schanberg trató de sonreírle, pero tenía el rostro demasiado tenso. Susurró:

—¿Todo bien?

Las mejillas redondas del chófer parecían haberse ahuecado. Miró a Schanberg meneando la cabeza.

—Pran ver murciélagos —dijo, en voz alta.

—¿Murciélagos?

—Muy malo. —Meneó otra vez la cabeza.— Ahora dormir, Sydney.

Con la camisa enrollada para formar una almohada, Sarun apoyó la cabeza contra el árbol y cerró los ojos. Pran se movió un poco, pero sin despertar. Schanberg se quitó la camisa para cubrirlo con ella; en esa época del año solía refrescar antes del amanecer. Con el torso desnudo, volvió a la *Salle de Réception* y trató de conciliar el sueño.

Despertó, sobresaltado, oyendo el sonido lejano de las alarmas contra incendio: los rebeldes estaban saqueando la ciudad. Después, de madrugada, un verdadero oso humano entró ruidosamente en el salón. Schanberg oyó gemidos de protesta emitidos desde el suelo; luego, una potente voz australiana tronó:

—¡Bueno, malditos dormilones! ¿Dónde quieren que me acueste?

Una linterna enfocó al intruso. Schanberg sonrió. Era Óscar, el capitán del carguero que los había llevado, a él y a Pran, hasta Neak Luong; estaba descargando una enorme mochila sobre el pobre tipo que tenía la mala suerte de estar ante sus pies. Hubo más gruñidos de protesta; la linterna se apagó y Óscar se acomodó en la alfombra china del embajador.

Schanberg se levantó al amanecer. Un funcionario francés había abierto las puertas dobles que daban al comedor. Ayudó a Óscar a juntar sillas para el desayuno. Al Rockoff y Gordon McIntyre ya se habían sentado ante la pulida mesa de caoba, tratando de sintonizar una pequeña radio a transistores, para captar el Servicio Mundial de la BBC. Jon Swain apareció desde la cocina, con una pila de magníficos platos de porcelana, seguido de cerca por un periodista francés al que Schanberg reconoció vagamente, que cargaba una bandeja con cuchillos y tenedores. Mientras preparaban la mesa, de la radio surgió un débil parloteo. McIntyre pidió silencio con una seña.

—...y la resistencia continúa en la provincia de Battambang, al noroeste. Fuentes dignas de confianza, según se dice, han manifestado que el príncipe Sirik Matak, uno de los llamados Siete Traidores por la lista de muerte del Khmer Rouge, voló a Tailandia en uno de los últimos helicópteros que partió de Phnom Penh...

—Eso va a alegrarlo mucho —graznó Rockoff—. Iré a decírselo. Está aquí al lado.

McIntyre chistó pidiendo silencio. La voz inglesa se apagó bajo una oleada de música marcial. Cambió de emisora. En la puerta de la cocina apareció un caldero humeante, sostenido por un carnoso par de brazos.

—¡Bueno! —anunció Óscar—. Esto va a sacarles pelos en el pecho. —Y plantó el caldero caliente sobre la mesa lustrada.— Jon, comienza a servir, ¿quieres? Voy a despertar a esos piojosos.

Swain quitó la tapa al caldero. Una pasta chirle de arroz y salsa dejaba escapar desagradables vapores.

—¿Qué es esto? —preguntó.

—*Risotto.*

Óscar desapareció. Un momento más tarde, Schanberg oyó un grito que hizo vibrar los cristales:

—¡El desayuno!

Intercambió con Swain una mirada divertida y fue en busca de Pran.

Cuando volvió, la mesa estaba casi completa. Henri Savarin ocupaba la cabecera. A su lado estaba la enfermera inglesa a quien Schanberg vio por última vez atendiendo a niños heridos, en la cabaña de la Cruz Roja. Pran vacilaba a su lado. Schanberg le apartó una silla y llenó un plato con engrudo de arroz. Barry Morgan, que estaba sentado enfrente, gruñó.

—Esta mesa es para los periodistas —dijo, dirigiéndose a Schanberg, pero con la vista clavada en Pran.

—Pran es periodista —replicó Schanberg, frío de enojo—. Y se sentará aquí. Y comerá en esta mesa.

Pran mantenía la cabeza gacha.

—Si quieres iniciar una olla popular, primero consíguete la comida —murmuró el periodista inglés.

—¿Cómo dices?

La respuesta de Morgan se perdió ante un grito de Óscar, que ocupaba el otro extremo de la mesa.

—¡Nada de discusiones, caballeros! —Agitaba el cucharón como si fuera un bastón de policía.— Quienquiera que empiece una discusión por aquí estará discutiendo conmigo, automáticamente. ¿Está claro?

Morgan lo miró con fijeza.

—Usted mismo tiene mucho que aclarar...

—Se le eligió democráticamente como jefe de grupo, Morgan —intervino Jon Swain, guiñando un ojo a Schanberg.

—¿Desde cuándo?

—Votamos anoche —explicó Schanberg, mientras tomaba asiento junto a Pran—. Mientras dormías.

Se hizo un tenso silencio. Al Rockoff echó una mirada perezosa a lo largo de la mesa.

—¿Quién se comió mis medialunas? —preguntó.

—Seguramente las dejaste en la cama, Al —replicó Swain, sin vacilar un segundo.

Hasta Pran sonrió ante el comentario.

Terminado el desayuno, Óscar organizó un equipo de lavaplatos, otro para tender las camas y otro de limpieza. En ese momento llegaron los del Khmer Rouge. Los periodistas se enteraron al cesar bruscamente el murmullo de voces y el ruido de cacerolas en los jardines. Se hizo un silencio mortal. Schanberg y Pran salieron corriendo del albergue del embajador y vieron que los portones principales estaban sin trancas; se había permitido la entrada a un oficial insurrecto y a seis de sus hombres. Pran se detuvo en seco.

—Han venido a buscarnos —dijo, con voz áspera.

Schanberg sacudió la cabeza.

—Es imposible. Estamos en territorio francés; es un acuerdo internacional. Mientras te quedes aquí dentro, estás a salvo.

Hablaba con más convicción de la que sentía. Pran retrocedió. Schanberg siguió caminando hasta el consulado, donde Jean Dyrac, el vicecónsul, esperaba al oficial del Khmer Rouge en lo alto de la escalinata.

—Es un general —dijo Henri Savarin, que lo había seguido.

—¿Cómo lo sabes? —preguntó Schanberg.

—Tiene cuatro lapiceros en el bolsillo de la pechera. Cuantos más bolígrafos llevan, mayor es su rango.

Desde donde estaban pudieron escuchar el diálogo, en francés, entre Jean Dyrac y el Khmer Rouge: el primer contacto diplomático efectuado hasta entonces por el gobierno revolucionario. Dyrac debía de haber reclamado el derecho de ofrecer asilo político, pues el camboyano elevó la voz:

—¡En una guerra revolucionaria no hay tales privilegios! Ahora somos los amos; esta tierra nos pertenece. Si expulsa a los traidores, analizaremos el asunto de los extranjeros. De lo contrario, vendremos a buscarlos y no responderemos por las consecuencias.

Dyrac levantó las manos, en evidente aflicción. Parecía a punto de seguir discutiendo, y Schanberg sintió que Savarin se ponía tenso a su lado. Pero un hombre de sencilla camisa blanca y pantalones de algodón salió del consulado y dijo algo al oído de Dyrac. Era el príncipe Sirik Matak.

A los pocos minutos todo había terminado. Los gendarmes escoltaron hasta la calle a los tres personajes restantes del antiguo régimen, buscados por el Khmer Rouge: Luong Nal, ministro de Salud; Hong Buon Hor, presidente de la Asamblea Nacional, y Sirik Matak en persona, junto con su esposa e hijos. En tanto contemplaba al viejo príncipe, que caminaba tieso como una vara hacia una ejecución segura, Schanberg recordó la carta que había encontrado en el escritorio del embajador. *Sólo he cometido un error: creer en ustedes, los norteamericanos...* Había cometido otro al buscar amparo en los franceses.

Ante el portón, Sirik Matak se volvió a estrechar la mano a Jean Dyrac. Cuando un gendarme le deseó buena suerte, replicó:

—No tengo miedo. Estoy dispuesto a rendir cuenta por mis actos.

El Khmer Rouge había traído un camión de desperdicios para llevárselos. Hicieron pasar al príncipe por la parte trasera, seguido por Luong Nal. Fue la última vez que se le vio. Hong Buon Hor tuvo más dificultad para dominarse. Con los ojos fijos, enloquecidos, iba palmeando la mano de su hija, que se aferraba a él. Una mujer vietnamita, provista de una Instamatic, le tomó una fotografía con flash. Por un momento Hong Buon Hor quedó paralizado. Y luego echó a correr sin sentido, se mezcló entre la multitud y volvió a salir. Uno de los escoltas del Khmer Rouge quitó el seguro de su AK-47. Hubo un remolino de pánico.

—*Non!* —gritó Dyrac.

Los hombres del Khmer Rouge vacilaron. El vicecónsul aprovechó la oportunidad para enviar a tres gendarmes a que trajeran al presidente de la Asamblea Nacional. Los soldados del Khmer Rouge estaban indecisos. Dyrac disponía de segundos para dominar la situación.

Hong Buon Hor se había encerrado en un Citroën y estaba acurrucado bajo el asiento. Las culatas de los fusiles rompieron las ventanillas. Rogando por su vida, aferrándose al tapizado, a las ventanillas rotas, a los picaportes, el desdichado personaje fue sacado del coche a rastras y llevado, casi en vilo, hasta el portón.

Schanberg no tenía ganas de seguir mirando. Tampoco Savarin. Ambos regresaron al edificio, mientras el periodista norteamericano le mencionaba la carta de Sirik Matak. El delegado de la ONU escuchaba en silencio.

—El príncipe no merece mi estima —dijo, cuando Schanberg hubo terminado—. Fue el hombre que derrocó a Sihanouk. Desde ese momento el destino de Camboya quedó totalmente determinado. No olvides que fueron Lon Nol y Sirik Matak quienes declararon inmediatamente la guerra al Vietcong.

—Por entonces no tenían mucha alternativa —replicó Schanberg.

—¿Debido a los bombardeos de ustedes? Lon Nol y Sirik Matak hubieran podido iniciar conversaciones, ganar tiempo. Eso habría hecho Sihanouk. Él siempre fue... ¿cómo dicen ustedes? Un eximio equilibrista, eso. Pero prefirieron dar a los comunistas vietnamitas setenta y dos horas para sacar a sus soldados de Camboya, una exigencia imposible. Después pidieron armas a los norteamericanos. Ya comprende por qué no me inspira lástima Sirik Matak. Está cosechando lo que sembró.

Habían vuelto a la sala. Barry Morgan, sentado al piano, estaba tocando *Para Elisa,* de Beethoven; sus dedos manchados de nicotina corrían sobre el teclado. Pran estaba sentado en el rincón más alejado, de espaldas a la ventana. Schanberg acercó una silla, encendió un par de cigarrillos y entregó uno al camboyano.

—¿Dónde está Sarun? —preguntó Schanberg.

—No quiere venir, Sydney. Tiene miedo de que lo vean con los norteamericanos. Y tal vez sea mejor para los dos que yo también vaya afuera.

—¿Por qué? ¿Por lo que dijo Morgan? No dejes que ese idiota te moleste. ¿Sabes qué pasa? ¡Le fastidia que trabajes para mí!

Pran sacudió la cabeza, con gesto preocupado.

—No, Sydney. No es por él.

—Sarun me dijo que habías tenido unas pesadillas. ¿Es eso lo que pasa? Vamos, es eso. Yo siempre sé lo que te pasa.

Pran suspiró.

—Vi murciélagos, volando hacia el este, a la luz del día. Muy mal presagio. Todos dicen que expulsarán a los camboyanos de aquí.

—Yo también oí eso y otro montón de rumores. Pero son sólo rumores, Pran. Supersticiones. Igual que lo de esos murciélagos.

Pran le echó un vistazo y desvió la mirada.

—Igual que lo de esa rosa amarilla, Sydney.

Schanberg asintió con cierta violencia. No se le ocurría ninguna respuesta adecuada. Miró en derredor. Rockoff formaba parte del grupo de limpieza. En ese momento apuntaba el insecticida a la ventana que estaba a espaldas de Pran y oprimía el aerosol. Una mosca cayó muerta al suelo.

—Otra atrocidad norteamericana en Camboya —anunció Rockoff—. El *New York Times* denuncia la Doctrina Nixon.

Y se alejó, con una risita. Schanberg se volvió hacia Pran.

—Quédate —dijo, suavemente—. Estás a salvo... hasta donde puede estarlo cualquiera de nosotros.

Pran contempla las nubes, sentado en una silla de mimbre del jardín del embajador, separado de los otros. No sólo los murciélagos significan calamidades. Pran es demasiado creyente como para negar los signos, aun cuando comprenda el escepticismo de Sydney ante ellos. Sabe que la ley budista del *Karma* se aplica tanto a las naciones como a los individuos, que los actos malos de una época pueden recibir su castigo en otra, del mismo modo que los copos de nieve caídos generaciones atrás en la ladera de una montaña pueden provocar la avalancha que sepulta una aldea.

No sólo los murciélagos. Por ejemplo: la espada sagrada. Tras el golpe de Lon Nol contra Sihanouk hacía cinco años, se pidió a la reina madre que retirara la espada sagrada de su vaina, para saber si su hijo volvería. La hoja no salió reluciente y lustrosa, sino sucia. La reina madre se desmayó. No mucho después, cuando Pran trabajaba aún como recepcionista en el Auberge Royale des Temples, frente a Angkor Wat, una de las cabezas de piedra del Buda en reposo, obra khmer noble y antigua, fue robada y vendida en Occidente. También Sarun sabe estas cosas. Y por eso se lamenta.

Pran aparta la mirada del cielo para observar a Schanberg y a monsieur Savarin, que caminan hacia él por el césped. El humo de las fogatas le irrita los ojos. Sydney siempre es muy optimista, muy positivo. Pran tiene un gran respeto por el francés. Pero ambos hablan de la historia como si fuera un proceso meramente lógico, como si una acción ejecutada de modo diferente hubiera podido cambiar su curso. Si el príncipe Sihanouk hubiera retornado antes de que Lon Nol y Sirik Matak cerraran los aeropuertos, en 1970, si los norteamericanos no hubieran prestado a Lon Nol apoyo tan generoso... Si el Gran Doctor (como Sydney llama siempre al señor Kissinger) se hubiera deshecho del mariscal para traer de nuevo a Sihanouk, uno, dos años antes... ¿De quién es la culpa?, se preguntan. No comprenden que la culpa es de todos.

Sydney deja a monsieur Savarin y cruza el prado hacia él, con paso elástico. Pran comienza a levantarse de la silla, pero Sydney le hace señas de que no se mueva y toma asiento junto a él. En su rostro tiene una expresión grave.

—Las cosas no pintan tan mal —comienza—. Dyrac ha mantenido dos reuniones con las autoridades del Khmer Rouge; al parecer, se hacen llamar *Comité de la Ville.* Asegura que ha logrado progresos importantes. No, no hay necesidad de que tomes notas. Dyrac dice que las personas del Khmer Rouge con quienes ha hablado son muy inteligentes, responsables y serias; es alentador que se hayan tomado tiempo para venir a verlo.

—Qué bien.

Pran trata de mostrarse entusiasta para complacer al norteamericano, pero Sydney lo conoce demasiado bien.

—Nada de esto te convence, ¿verdad? —dice.

En su voz hay mucha ternura. Pran tiene un nudo en la garganta. Sacude la cabeza sin hablar. Se avergüenza de ser objeto de un esfuerzo simpático tan grande por parte del hombre al que admira como a nadie. Guardan silencio por dos o tres minutos, separados del resto del mundo.

Sydney carraspea.

—No te estoy mintiendo, Pran. De veras, no creo que se interesen por nosotros. Somos una molestia, nada más. Por esa reja entra gente las veinticuatro horas del día. ¿Por qué no disparan? Porque no les interesa. Quieren a los personajes importantes. Si odian a alguien, si buscan a alguien, es a los norteamericanos. Y yo no estoy preocupado. ¡Bueno, un poquito, apenas!

Sydney ríe. Pran lo imita, aunque lo suyo es una risita silenciosa entre dientes, como siempre.

—¿Así me recibirá Norteamérica? —pregunta.

—Espero que no. Primero te instalaremos con Ser Moeun. Buscaremos una buena escuela para los niños, donde les enseñen historia e inglés. Después será cuestión de que el *Times* te dé trabajo. No te preocupes.

Se oye una gran explosión en el distrito comercial, que sacude las ventanas de la embajada y hace tintinear la araña del salón. Los soldados del Khmer Rouge, frente a la embajada, están haciendo sonar bocinas de automóvil. Se han pasado el día tratando de poner en marcha los coches abandonados y haciéndolos volar cuando fracasan. Pran levanta la cabeza y olfatea. Viene el monzón; se lo puede oler en la brisa.

—¿Qué te decía monsieur Savarin de las matanzas? —pregunta.

Sydney vacila.

—Según él, lo que está haciendo el Khmer Rouge es un genocidio.

—¿Sí?

—Envían a todo el mundo al campo, porque creen que así morirá más gente que si la guerra hubiera seguido, porque allá no hay alimentos. Estamos en abril. No se recogerá la próxima cosecha de arroz hasta diciembre. Savarin piensa que, sin ayuda exterior, el Khmer Rouge sólo puede cultivar lo suficiente como para alimentar al treinta por ciento de la población.

—Pero dijeron que la gente volverá cuando los problemas estén resueltos.

Sydney guarda silencio. Pran comprende que no cree en eso. Khieu Samphan ha dicho por radio: «Todo camboyano tiene un papel que desempeñar en la nueva sociedad nacional.» Pero Nhiek Sann no le creía. Y vio a Nhiek Sann, el día anterior, marchando bajo custodia por el bulevar Monivong, seguro de ir a la muerte. Una vez más, Pran mira hacia el futuro y los agoreros presagios le pueblan la mente. Sydney se pone de pie, palmeándole el hombro.

—Vamos, amigo mío —dice—. Lo mejor es que hagamos lo nuestro y sigamos teniendo esperanzas.

Pasó otro día, el segundo día completo en la embajada francesa. Barry Morgan, con un cigarillo en los labios, tocaba al piano *Para Elisa,* una y otra vez, hasta que una delegación internacional lo convenció para que cambiara el repertorio. Las enfermeras de la Cruz Roja, sentadas en cuclillas en la alfombra china, jugaban al bridge, sin prestar atención a Rockoff, que trataba de enseñarles el póquer. Óscar organizó equipos de trabajo; seguía sirviendo arroz, casi lo único disponible en cuestión de comida ahora que ya se habían consumido las raciones de emergencia, como la de Schanberg. El champán abundaba en el sótano del embajador, así como una buena provisión de whisky escocés, vinos franceses y cigarros cubanos.

—Si esos malditos B-52 hubieran dejado caer estas cosas sobre el enemigo, en vez de napalm, a estas horas todos estaríamos en casa —murmuró Rockoff, bizqueando tras sus anteojos oscuros.

Los periodistas del Grupo Internacional habían requisado un cuarto del piso alto, con un balcón, y allí estaban sentados casi todos. McIntyre maniobraba con la radio, sintonizando con tanta paciencia como si buscara el latido de un corazón. Swain, las largas piernas apoyadas en un taburete tapizado, leía *El americano impasible.* Schanberg, estirado al sol con un cigarro, volvió la cabeza para mirar a Rockoff, que sorbía champán.

—A ti te parecerá todo muy bonito —le dijo—. ¿Pero dónde está mi torta de frutas? Sales del hotel como un espástico idiota, con un par de latas de duraznos, y te dejas una torta de frutas casi enterita. Y aquí me tienes, alimentado miserablemente con unos pocos granos de arroz por día, mientras pienso en mi torta de frutas. Para no mencionar mi manteca de maní. Y tú, muy suelto de cuerpo... Estúpido.

Rockoff puso cara de ofendido.

—Eran duraznos de primera calidad —adujo—. Además, ¿de qué tamaño crees que tengo los bolsillos?

—¡Callen!

McIntyre pedía silencio. Estaba captando la BBC, débilmente, con malas noticias de Vietnam. Los comunistas habían avanzado y bombardeaban el aeropuerto de Bien Hoa. Kissinger había atacado a la Unión Soviética en una conferencia de prensa. Había informes no confirmados en cuanto a que Hanoi tenía intenciones de seguir adelante hasta lograr una victoria militar absoluta... La señal se borró. McIntyre manipuló el dial y la débil voz siguió diciendo:

—...y la situación en la embajada francesa es cada vez más precaria. Ciertos informes sin confirmar sostienen que los representantes de las Naciones Unidas confinados en la embajada están llevando a cabo negociaciones con el gobierno insurrecto. El representante de la UNICEF en Bangkok dijo, supuestamente, que se debe hacer algo en cuestión de horas si se quiere evitar una tragedia...

La emisora se borró en un cloqueo de idioma birmano. Swain levantó la cabeza.

—¿De dónde sacan todas esas idioteces?

Rockoff bajó sus anteojos oscuros y asumió aire de conspiración.

—¿Ven a ese tipejo menudo que hay junto al portón?

Todos los periodistas miraron desde el balcón. Un diminuto soldado del Khmer Rouge montaba guardia ante el portón principal. Rockoff continuó:

—¡No miren todos al mismo tiempo! Sé de muy buena fuente que ese hombre es nada menos que *Hugh Elder.*

Schanberg sonrió. Swain siguió con el juego.

—¡Estás bromeando!

—Hablo muy en serio. Está disfrazado, por supuesto, porque las putas de Madame Butterfly parecían reconocerlo.

Le tocaba el turno a Schanberg.

—Pero ¿cómo transmite la información?

—Por medio de unas gallinas especialmente adiestradas —respondió Rockoff, muy serio, aunque Swain ya reía entre dientes—. La NBC le envió esas aves para que pasen ante el Khmer Rouge como si fueran pollos comunes. Están cruzando la frontera con Tailandia...

Todos rieron con ganas. Era la única manera de liberar parte de la tensión acumulada en los últimos días. Barry Morgan, que se acercaba a compartir el chiste, fue el primero en ver acercarse el camión ruso a las puertas de la embajada.

Cuando los periodistas llegaron al portón principal, la disputa se había tornado acalorada. Los diplomáticos soviéticos y de Alemania Oriental, tres hombres y tres mujeres, permanecieron en sus respectivas embajadas, y habían puesto un gran cartel dirigido al Khmer Rouge: «somos comunistas, somos hermanos, envíen un intérprete que hable francés». El Khmer Rouge envió un emisario, pero sólo para rechazar intempestivamente el pedido. Además habían incautado los huevos que tenían los rusos en el frigorífico, acusándolos de acaparadores capitalistas: un verdadero comunista khmer no cometía el acto egoísta de comer un huevo: lo dejaba incubar para que se convirtiera en un pollo, a fin de compartirlo con sus camaradas. Luego los enviaron a la embajada francesa.

La nueva discusión se libraba con los funcionarios franceses, que estaban dispuestos a permitir la entrada a los comunistas, pero no con todo el equipaje que traían en un camión: dos lavarropas, un televisor y un frigorífico de fabricación norteamericana. El *chargé d'affaires* soviético, que lucía una venda blanca en la muñeca, allí donde le había arrebatado el reloj un soldado del Khmer, agitaba el puño:

—*Nous demandons les avantages diplomatiques!*

Detrás de él, los soldados khmer que rodeaban el camión ya habían roto la pantalla del televisor y una fotografía de Brezhnev; ahora estaban ocupados en destrozar el frigorífico.

Por fin, rusos y alemanes entraron sólo con sus valijas. Una de ellas se abrió, esparciendo en el pasto cientos de salchichas ahumadas. En los jardines estalló un grito de codicia, en tanto un ruso rubio, de contextura similar a la de las salchichas, se arrojaba al piso para juntarlas.

—Es un campesino de mi país, por supuesto —dijo el *chargé d'affaires* soviético a Jean Dyrac.

Como burlona respuesta se produjo una enorme explosión, a poca distancia. En el súbito silencio que le siguió, algunos trozos de papel comenzaron a bajar en el aire. Schanberg levantó uno: era un billete de diez mil riels. Los insurrectos debían haber hecho volar el Banque Khmer de Commerce. La idea lo dejó desconcertado. ¿Qué clase de régimen proponía el Khmer Rouge, si en él no había lugar para el dinero?

Pran se materializó a su lado, tan subrepticio como de costumbre. Para alivio de Schanberg, estaba sonriendo y entusiasmado; iba recobrando la antigua energía. El norteamericano le rodeó los hombros con un brazo.

—¿Qué hay de nuevo?

—Logré hablar con un oficial Khmer Rouge. Dice que la ciudad está vacía, todos se han ido. Revisan todos los edificios y queman los que no pueden revisar. Tiran granadas y cohetes B-40 cuando piensan que hay francotiradores.

—Oh.

—Me dijo que el Khmer Rouge no es comunista. Son... —consultó su libreta— tropas de liberación. Nacionalistas. Pero ahora son todos hermanos-camaradas. Basta de grandes ciudades que explotan a los cultivadores de arroz. Todo el mundo debe ser granjero. Eso es todo lo que conseguí.

—Muy bueno. Es muy bueno. Y yo tengo noticias para ti. Dyrac está negociando una evacuación aérea. De veras. Mantén los dedos cruzados. Quizá dentro de un par de días estemos en Tailandia. ¿Qué te parece?

Se sonrieron mutuamente, como dos escolares. Pran dijo, tímidamente:

—Me parece... que podríamos tomar un poco de champán.

El calor se tornaba cada vez más sofocante y pegajoso. En las últimas horas, antes de que estallaran las lluvias del monzón, las paredes, los pisos y los muebles se habían humedecido. Los insurrectos, ya vaciada Phnom Penh, no tenían ningún interés en la ciudad. Por tanto, cortaron la electricidad y los suministros de agua. La embajada, que albergaba a quinientas personas, comenzó a parecer una cloaca. Cualquier enfermedad contagiosa se hubiera convertido en una plaga.

El grupo internacional, empujado al interior de la casa por el olor y el calor, pululaba por habitaciones en donde ya no había aire acondicionado, abanicándose las mejillas barbudas con trozos de cartón, pensando en sus esposas, en el sexo, en la evacuación y, sobre todo, en la comida.

—El gato de anoche estaba muy sabroso —reflexionó Schanberg. Con la ayuda de dos mercenarios franceses, la noche anterior habían estrangulado y desollado al gato de la embajada—. A los gatos es mejor prepararlos con *curry;* quedan tan tiernos como un pollo. —Y agregó en voz más alta, para que lo oyera Rockoff—: Lo que me gustaría comer ahora sería un buen *sandwich* de manteca de maní. Manteca de maní sobre rodajas de pan de centeno...

—No se oye nada —dijo el fotógrafo. Tendido sobre su mantel, en el piso, leía concienzudamente un viejo ejemplar de *Playboy.*

—O una buena chuleta con patatas fritas y una buena ensalada de...

—¡Ya basta! —gruñó Rockoff—. Cuando salga de aquí me sentaré delante de un frigorífico durante quince días. Y contrataré a un tipo para que me lo abra.

En el vano de la puerta apareció un funcionario francés del consulado, de mejillas rojas y mandíbula ancha.

—*Il y a quelqu'un qui parle français?*

Varios de ellos hablaban francés, pero nadie quiso contestar. Schanberg negó con la cabeza, mirando a Pran. Al fin, Jon Swain se levantó.

—*Si vous voulez, monsieur.*

Salieron. Óscar volvió a su tarea de tallar un tenedor de una caña de bambú. Rockoff silbó.

—Apúrate —le instó el australiano—. Lees muy despacio.

—Quiero desvestir lentamente esta revista —dijo Rockoff.

Las enfermeras de la Cruz Roja, sentadas en el rincón ocultaron un poco más sus rostros detrás de los naipes.

Swain volvió solo. En su rostro había una expresión tensa cuando se acercó a Schanberg.

—Quieren que traduzcamos algunas instrucciones de la Cruz Roja. Les dije que me darías una mano.

—Pran lee francés mejor que yo.

Pran se levantó, listo para ofrecer sus servicios, pero Swain empujó su silla hacia atrás y dijo, azorado:

—Creo que me sería más fácil hacerlo contigo, Syd.

Pran volvió a sentarse, mientras Schanberg, frunciendo el entrecejo, seguía a Swain hasta el vestíbulo de entrada.

—¿Por qué hiciste eso? —preguntó, cuando Swain cerró la puerta—. El pobre tipo ya se siente bastante inseguro.

Swain miró en derredor. El opulento vestíbulo, como casi todas las habitaciones del albergue del embajador, estaba ocupado por asiáticos y europeos. Llevó al norteamericano aparte.

—Los camboyanos tendrán que irse, Sydney.

Schanberg lo miró fijamente.

—El Khmer Rouge se opone a la evacuación. Dijeron a Dyrac que para ellos esto ya no es una embajada, sino un centro internacional de reagrupamiento para todos los extranjeros. Los camboyanos tienen que salir ahora mismo. Los franceses están pidiendo el pasaporte de todo el mundo, para verificar.

—Oh, Dios, no.

Schanberg cerró los ojos; la cabeza le daba vueltas. Tenía que haber una solución. Por Dios, tenía que haber alguna. La noticia ya se estaba esparciendo. Una belga, próxima a la histeria, cruzó el vestíbulo a la carrera, gritando el nombre de su esposo. Un oficial camboyano bajó la escalera, y ella sepultó la cara en su pecho, abrazándolo entre sollozos:

—*C'est pas vrai! C'est pas vrai!*

Schanberg volvió al salón, tratando de pensar qué diría. Pran no estaba. Salió a los jardines, apresuradamente.

Aquello era un caos. Los gendarmes iban de grupo en grupo, dando la noticia. En todos los rostros había desesperación y miedo. La gente cargaba los automóviles con sus pertenencias para empujarlos hacia el portón principal. Un camión había sido llevado hasta una fogata y yacía de costado, con las cuatro cubiertas incendiadas. Una vietnamita, la misma a la que había visto alimentar a su caniche con pescado crudo, corrió hacia Schanberg y trató de obligarlo a aceptar unos aros de oro y un collar de esmeraldas, rogándole que le diera amparo. Mientras ella suplicaba, alguien cargó al caniche en su automóvil, como futuro alimento.

Schanberg la apartó de sí y continuó caminando, por entre el hedor y la angustia, llamando a Pran a gritos. Una mujer camboyana permanecía inmóvil, sentada sobre un viejo arcón, abrazada a sus dos hijos, enfundados en impermeables con capucha; los niños miraron a Schanberg como dos duendecillos tristes. Un oficial de las tribus montañesas (que habían luchado tanto contra Vietnam como contra el Khmer Rouge para proteger su identidad) se le cruzó en el camino.

Con la mano sana abrió su camisa, descubriendo una red de terribles cicatrices sobre el pecho y el estómago.

—Luché cinco años —dijo, dignamente—. Creí en los norteamericanos. Tengo estas heridas. Usted es norteamericano. Por favor, ayúdenos. Haga que comprendan...

—*Rien.* No puedo hacer nada —dijo Schanberg, encogiéndose de hombros.

¿Cuándo comprendería esa gente que Norteamérica era tan poco digna de confianza como sus dioses nativos? Schanberg no podía ofrecerles milagros. Era tan impotente como cualquiera de ellos.

Encontró a Pran con Sarun, ayudándolo a cargar sus escasas pertenencias en la parte trasera de una camioneta Toyota. Cuando vieron a Schanberg se detuvieron por un instante, casi a la expectativa. Por primera vez desde que iniciaron aquella relación, el hombre que daba las órdenes no tenía instrucciones que dar. Si Schanberg había pensado decir algo en el trayecto, en ese momento no pudo abrir la boca. Sólo notó en los ojos de Pran aquello que tanto temía ver: esa expresión de fatalismo que equivalía a la desesperanza. Pero Pran contaba con su fortaleza interior. Se le veía bastante tranquilo. Tomó la mano de Schanberg con una sonrisa.

—Trataré de llegar a Tailandia, Sydney. Tal vez llegue en dos, tres semanas, tal vez un poco más. Si tú llegas primero, deja un mensaje para mí en Reuters.

Schanberg respiraba con esfuerzo.

—Dame una hora. Sólo una hora, ¿quieres? Necesito un poco de tiempo para pensar.

Pran miró su alrededor. Sarun había terminado de cargar sus cosas en el Toyota. En un momento se iría, para salir antes que la fila de personas. El conductor apareció detrás de Pran y dedicó a Schanberg el saludo tradicional:

—Adiós, míster *Saahnba,* señor —dijo, con las lágrimas rodándole por las mejillas.

—Sarun... —Schanberg revolvió sus bolsillos y sacó un rollo de billetes de veinte dólares.— Toma. Con esto podrás comprar una lata de habichuelas en alguna parte. Espera un momento, Pran, tiene que haber...

Se le cortó la voz; no sabía lo que estaba diciendo. El Toyota había comenzado a alejarse. Miró a Pran con los ojos llenos de lágrimas.

—No tengo tiempo, Sydney —dijo el camboyano—. Sydney, tengo que irme.

—¡Syd! —Rockoff iba corriendo hacia ellos. Llegó sin aliento; apenas pudo pronunciar las palabras—: Syd, Swain tiene una idea.

Pran vaciló. Schanberg le clavó la mirada, sin poder hablar. Sarun y la camioneta estaban casi ante los portones. Si Pran se quedaba, se vería librado a sus propios medios. Miró en derredor y otra vez a Schanberg, con ojos desesperados, pidiéndole consejo. El destello de esperanza le había carcomido las defensas.

—Hagamos el intento —dijo Schanberg.

En las habitaciones del embajador, el vicecónsul Jean Dyrac estaba de pie sobre una mesa, detallando las instrucciones del Khmer Rouge a una clamorosa multitud de camboyanos, vietnamitas y occidentales. Levantó los brazos pidiendo silencio.

—*Je vous en prie.* Hay una sola excepción. Las esposas e hijos camboyanos de los extranjeros están exceptuados. *C'est à dire,* los hombres franceses pueden quedarse aquí, junto con sus esposas e hijos camboyanos, siempre que tengan pasaportes franceses. Las mujeres francesas pueden quedarse, pero los esposos e hijos camboyanos tendrán que partir. Han concedido a este último grupo veinticuatro horas más para partir.

Por eso había enloquecido la mujer belga. Schanberg se preguntó cuántas rechazarían la evacuación para salir al campo con sus esposos. Dyrac, con la voz quebrada de emoción, concluyó su discurso.

—Debo decirles que el Khmer Rouge ha exigido revisar la embajada. No estoy en situación de «negociar desde una posición de fuerza». Después de delicados regateos, me han concedido dos días. Insisten en conocer la identidad y nacionalidad de todos los extranjeros. Por tanto, les ruego que entreguen los pasaportes o documentos de identidad a su jefe de grupo. La presencia de cada uno debe quedar registrada por el personal de mi consulado antes de mañana a mediodía. Lo siento mucho. Mis colaboradores responderán a todas las preguntas.

Dyrac descendió de la mesa y se retiró apresuradamente. Swain llamó por señas a Schanberg y a los otros dos, para que lo acompañaran al vestíbulo de entrada. Allí, como en todas partes, las familias que estaban por separarse lloraban, abrazándose con fuerza. Aquellos que no estaban llorando elaboraban planes descabellados, construyendo efímeros castillos en el aire para librarse de la tempestad del Khmer Rouge, que aullaba afuera. Sin prestar atención al horror circundante, la delegación soviética, bien instalada bajo la escalinata, almorzaba con vodka.

El de Swain era uno de esos planes descabellados. Les mostró dos pasaportes británicos, atados con la cinta azul de la embajada.

—Creo que podemos confeccionarte un pasaporte —dijo, mirando a Pran atentamente.

—¿Cómo? —preguntó Schanberg.

—Mira. —Swain desató la cinta.— Éste está caducado, pero el visado aún tiene valor. Sacamos el Jon, sacamos el Swain y juntamos los dos en el medio: Ancketill Brewer.

Pran estaba temblando. Schanberg comprendió lo que sentía: debía de ser como estar colgando de un helicóptero, ya en el aire. Podía dejarse caer y correr el riesgo de sobrevivir o seguir aferrado. Por lo visto, el nombre lo preocupaba. Trató de pronunciarlo.

—¿Hankatil Blewer?

Swain asintió.

—Es un poco difícil. Tendrás que practicar.

Pran vaciló. Los tres periodistas miraban fijamente al camboyano que les había salvado la vida, ansiando que aceptara. Por una vez, Pran se vio obligado, a su pesar, a menear la cabeza.

—No tengo fotografía —les dijo, casi sollozando—. No me devolvieron los documentos de identidad.

Rockoff corrió al consulado. Schanberg se dirigió a los jardines, con unos cuantos dólares apretados en el puño. Con la misma urgencia con que le habían rogado a él, rogó a su vez, pidiendo una cámara Polaroid. Ante el portón principal había una aglomeración de camboyanos, se abrió paso entre ellos, mostrando los dólares en la mano extendida, pidiendo a gritos una cámara. Ante el portón, un soldado del Khmer Rouge gritaba algo por una bocina. Hacia Schanberg giraron caras inexpresivas. Ya nadie necesitaba dólares.

Regresó corriendo y vio a Óscar junto a una zanja sanitaria a medio cavar, apoyado en una pala. El enorme australiano tenía un bulto en el hueco del brazo. Al aproximarse, Schanberg divisó un brillo de lágrimas en la cara barbuda. El bulto era un bebé.

—Ella dijo que me iba a gustar porque era muy bonito —explicó Óscar—. Dijo que era su único hijo y que allá moriría... ¡Mierda! —Con la mano derecha, clavó la pala en la tierra seca; su furia y su frustración la enterraron treinta centímetros.— Me conoces, Sydney. No estoy hecho para estas cosas. No lloraba desde que era niño.

Dos ojos pardos, redondos, miraban a Schanberg desde el chal blanco.

—Óscar, necesito ayuda —dijo, con esfuerzo—. Tengo que conseguir una cámara Polaroid, inmediatamente.

El capitán apartó los ojos del bulto que tenía en el brazo.

—Pregúntale a McIntyre.

Schanberg entró en el edificio y subió las escaleras,

de dos en dos peldaños. Recorrió un pasillo y otro, buscando entre las oficinas convertidas en dormitorios improvisados. Había hecho mal en no enviar a Pran con su familia, en el helicóptero. Por segunda vez lo había alentado a arriesgar la vida.

El dormitorio del embajador ausente había sido convertido en una clínica. Una cómoda cubierta con un mantel de hilo servía de mesa de operaciones; el pie de una lámpara oficiaba de soporte para el frasco de suero. Dos enfermeras de la Cruz Roja acababan de poner sobre la mesa a un soldado malherido. Otra estaba limpiando el parqué con una fuerte solución desinfectante. McIntyre, con su mascarilla de gasa, se inclinaba sobre una criatura afiebrada.

—Perdón, Gordon, pero necesito una cámara Polaroid. ¿Tienes alguna?

—Sí. No te acerques más. No tengo película. —McIntyre retiró el estetoscopio.— Y tampoco tengo emetina. Y esta criatura tiene disentería amébica.

Levantó los ojos. Schanberg ya había desaparecido.

—Me llamo Hank-at-il Blewer —decía Pran en la cocina, con las manos apretando la cabeza.

Su evidente desesperación comenzaba a contagiarlos a todos. A Óscar, sentado ante la mesa con un plato de arroz; a Swain, que, sentado junto a él, utilizaba con infinito cuidado una hoja de afeitar para retirar su fotografía del pasaporte viejo; a Schanberg, que hervía agua para quitar el resto de la foto con vapor. Sólo el bebé abandonado permanecía impertérrito. Yacía en un catre que el capitán rescató de los jardines, completamente dormido.

—Me pareció mejor ver si le hacía falta algo —estaba explicando Óscar—. Como McIntyre estaba ocupado, lo llevé a esos médicos del hospital Calmette. Encontré a esos tres condenados almorzando en el comedor. No podía creer lo que veían mis ojos: pechuga de pollo fría, espárragos, vino blanco helado... Por Dios, imagínense el Ritz funcionando con un generador de emergencia y se harán una idea. Pregunté si había un pediatra en la casa y les propuse traer a todos los periodistas internacionales para que filmaran el banquete. ¡Hubieran visto cómo saltaron! —Echó un vistazo al catre.— Nunca se hizo una revisión tan a fondo en este lado de Bangkok.

La olla estaba hirviendo. Schanberg sostuvo el pasaporte mientras el inglés, con pinzas, retiraba cuidadosamente la parte escrita. Ambos sabían que, sin fotografía, todo lo que estaban haciendo era apenas una mascarada. *Pero tendrían esa fotografía.*

Pran levantó los ojos, pero no para mirar a los periodistas. Jean Dyrac, el vicecónsul, estaba en el vano de la puerta, pálido y ojeroso, pero con porte muy digno. Los otros esperaron a que hablara.

—Señores, les complacerá saber que el *Comité de la Ville,* del Khmer Rouge, ha accedido a mis urgentes solicitudes de vituallas. Llegarán por la mañana. Además, tengo una cantidad limitada de pasaportes franceses. Si saben de un francés que quiera casarse con alguien, estoy dispuesto a dar al pasaporte una fecha anterior para proporcionarles nacionalidad francesa.

—¿Y qué se hará con esas familias mixtas a las que se va a separar, señor? —preguntó Swain—. ¿No va contra todos los principios de la justicia y el juego limpio?

Dyrac asintió. Ese veterano de la resistencia francesa, prisionero de guerra y oficial de la Fuerza Expedicionaria de Indochina, pareció estremecerse de pies a cabeza.

—Traté de salvar a esas personas —replicó—. No puedo hacer nada. No soy policía. Tuve que entregarlos. Si no, hubieran podido fusilarlos luego, y los considerados responsables de ocultamiento se habrían visto comprometidos. —Los ojos de Dyrac se llenaron de lágrimas. Sus palabras surgieron tan suaves que los periodistas debieron esforzarse para captarlas.— Es algo muy ingrato. Cuando se hace este tipo de cosas se deja de ser hombre.

Imposibilitado de continuar, les volvió la espalda y se retiró. En la cocina quedó un silencio que sólo se quebró con la entrada de Rockoff. Su expresión era sombría. Todas las caras se volvieron hacia él; la de Pran, sobre todo, era tan implorante que él pareció cambiar, en medio de la frase, lo que pensaba decir.

—Bueno. Qué se le va a hacer. —Se encogió de hombros.— Tuvimos suerte.

—¡Oh, Al! —Los ojos de Pran se iluminaron como los de un niño.— ¡Gracias, Al!

El fotógrafo esbozó una leve sonrisa, pero su mirada era nerviosa.

—¿Podemos hablar un momento, Syd?

Llevó a Schanberg hasta el corredor que iba de la cocina al baño y a los lavabos. Oyeron a alguien que estaba vomitando. Una francesa de ojos enrojecidos, con una cortés disculpa, hizo pasar junto a ellos a su hijo camboyano, de doce años; el niño se aferraba con fuerza a su mano; le quedaban menos de veinticuatro horas de estar con ella.

—Sólo necesito revelador —dijo Rockoff, en voz baja, mientras se paseaba con agitación—. Algún sulfuro muy fuerte. Si consigo eso puedo improvisar el resto.

—¿Y el fijador? —preguntó Schanberg.

—A la mierda con el fijador. Vinagre. Jugo de limón. Incluso se puede mear encima. Lo que necesito es un revelador. Algo para quebrar la emulsión... —Descargó un puñetazo contra su palma.

—¿Dónde está McIntyre?

—No tiene nada. ¿Y amoníaco? Se puede sacar amoníaco de cualquier frigorífico, ¿no? ¿Y baterías de automóvil?

Rockoff seguía sacudiendo la cabeza.

—No me confundas, Syd. Tengo que pensar. Antes que eso hay muchas otras cosas. Ese sueco, Sydsvall, tiene una linterna. Sacaremos una bandeja para usarla como cubeta de revelado y hay que buscar un cuarto oscuro.

El cuarto oscuro fue lo peor. En el aire caluroso y maloliente de uno de los baños, el periodista del *New York Times,* de rodillas junto a un balde de agua, envolvió la linterna con una hoja de celofán de color. Rockoff volvió con las manos vacías; no había conseguido el sulfuro.

—¿Qué vas a usar? —preguntó Schanberg.

—Qué mierda sé. —Rockoff inspeccionó los cubículos del baño buscando un cuarto oscuro. El olor lo hizo retroceder, abanicándose con la mano.— ¡Por Dios!

—Haría falta un balde desinfectante —comentó Schanberg.

De pronto, Rockoff lo abrazó por la espalda, gritando:

—¡Syd, hijo de puta!

—¿Qué pasa ahora?

—¡Antiséptico! ¡Está lleno de fenoles! ¡Si conseguimos un poco de soda cáustica tiene que aparecer la imagen!

No costó nada conseguir el antiséptico. La soda cáustica requirió más tiempo. Cuando Rockoff volvió a la cocina y comenzó a revolver la mezcla en una olla, caía el crepúsculo. Pran había salido. Swain estaba buscando desesperadamente un rollo de película. Schanberg, que se había pasado el día de pie, se sentó en la mesa para observar al fotógrafo. Dos desconocidos entraron en la cocina, haciendo ruidos con sus sandalias de goma. Parecían cansados, como si hubieran viajado mucho. Ambos tendrían veintidós o veintitrés años; la mujer era vietnamita; el hombre, occidental, de pecas y pelo color zanahoria, cortado al rape. Los dos vestían los pijamas negros y el pañuelo a cuadros rojos del Khmer Rouge.

—La fiesta de disfraces es al lado —dijo Schanberg.

La pareja lo miró sin comprender.

—¿Usted es Sydney Schanberg? —preguntó el hombre.

Su voz tenía acento canadiense. Schanberg asintió.

—Me llamo Kevin Noaks. Ésta es mi esposa, Say Hong Noaks. Me dijeron que usted está a cargo de la distribución de frazadas.

El periodista volvió a asentir, en el momento en que Swain irrumpía en la cocina.

—Dos rollos, en blanco y negro —anunció, triunfalmente, entregándolos a Rockoff.

El fotógrafo tomó uno de ellos y sacudió la cabeza.

—Lo siento, Jon, pero no sirven. Tiene que ser Kodak.

—¿Por qué?

—Porque la emulsión de Kodak contiene algo llamado hidroquinosa. Es un revelador y antioxidante. Es la única película que lo contiene, y eso es lo que necesito.

Estaba cada vez más oscuro. Rockoff tomó la olla y la guardó en un armario alto, mientras los Noaks lo observaban inquisitivamente.

—Tomaremos la fotografía por la mañana. Ahora lo único que necesito es la película adecuada.

Schanberg salió al húmedo crepúsculo. Los árboles florecidos del embajador se marchitaban por doquier, despojados por los refugiados de la corteza y parte de las ramas. Pran, de pie junto a un camión incendiado, miraba por sobre la cerca. Entre las cenizas de una fogata se veía el papel moneda proveniente del banco dinamitado. Más allá de los portones sólo se veía la ciudad oscura y silenciosa, exceptuando el tableteo ocasional de las armas ligeras.

—Lo dejaremos para mañana a primera hora —informó Schanberg—. Al te sacará la foto y la pegará en el pasaporte, a tiempo para entregarlo.

—¿Tiene revelador?

—Sí, y película. Pero quiere conseguir una mejor.

—Gracias. Gracias, Sydney.

Schanberg no pudo verle los ojos en la oscuridad.

—No me des las gracias. Recuerda que yo te metí en esto.

Pran se arrodilló. Tomó un poco de tierra y comenzó a frotarse las manos con ella, como si se las lavara.

—Podría haberme ido, Sydney —dijo, con firmeza—. Podría haberme ido en el helicóptero, con Ser Moeun. Me quedé porque quise quedarme. Porque quise estar contigo. Yo elegí.

Dejó que la tierra se le deslizara entre los dedos. Schanberg preguntó:

—¿Vienen las lluvias?

—No es por eso. Ayer hablé con un hombre del campo. Me dijo que, en su aldea, el Khmer Rouge hizo que todo el mundo les mostrara las manos. Así. La gente de piel curtida se salvó. La gente de manos suaves es *sambor bep,* de buena vida. Los ejecutan.

—¿Y tú le creíste?

—Sí. ¿Te contó el doctor McIntyre lo de Preah Keth Mealea? Cuando nos fuimos, el doctor estaba operando a la niñita. El Khmer Rouge entró, rompió todas las botellas de plasma y cortaron la máscara de oxígeno. Después fueron por todo el hospital para matar a la gente que estaba muriendo. Dijeron a los otros: tienen diez minutos antes de que volemos el hospital. Por eso, sí, le creo.

Se oyó el estallido de un trueno. El guardia apostado ante el portón se sobresaltó y disparó su fusil contra el cielo. De la oscuridad cayeron las primeras gotas pesadas, salpicándoles la ropa y levantando pequeñas nubes de polvo. Pran sonrió con toda la cara y echó la cabeza atrás. Schanberg lo imitó, dejando que la lluvia cálida le corriera por la barba. Por un momento, todos fueron una sola cosa: él y Pran, el guardia del Khmer Rouge, los árboles moribundos, el prado sucio. Los monzones habían comenzado.

Cenaron a la luz de las velas; la lluvia golpeaba contra las ventanas. Como habían dicho que por la mañana llegarían provisiones frescas, Óscar vació las dos últimas latas de carne en conserva sobre la mezcla de arroz y agua que llenaba el caldero. Kevin y Say Hong Noaks, los recién llegados, se apropiaron de una considerable proporción de carne. El canadiense se las componía para comer y hablar al mismo tiempo, levantando el tenedor para dar énfasis a su lección sobre política revolucionaria.

—Consideremos este grano de arroz en el extremo de mi tenedor —estaba diciendo—. Un noventa y nueve por ciento de los habitantes de la ciudad no saben cultivar un grano de arroz, pero todos saben comerlo. Y están perfectamente dispuestos a romper las espaldas de los campesinos para obtener su arroz.

—Los árboles en el campo, la fruta en la ciudad —murmuró su esposa.

—Es exactamente como dice Say Hong. Piénsenlo y verán que es cierto. Quienes deseen comida deben estar dispuestos a producirla. Hemos esperado treinta años por un milagro como éste.

Hizo una pausa, suficiente para que Henri Savarin, sentado frente a él, le preguntara:

—¿Qué edad tiene usted?

—No veo qué importancia puede tener eso. Algunos de los miembros más activos del Khmer Rouge tienen apenas diez, doce años.

—¿No va a decirme que una persona de diez o doce años puede hacer otra cosa que repetir lo que le enseñaron?

Kevin Noaks suspiró. Pasó el dedo por su escudilla y se lo chupó, antes de señalar con él al delegado de la ONU.

—Escuche. En 1956, las Naciones Unidas llevaron a cabo un referéndum libre; ochenta y seis por ciento de los habitantes de Vietnam del Sur votaron por Ho Chi

Minh... ¿Y qué pasó entonces? Eisenhower se negó a creerlo, así que envió a la CIA para que corrompiera las elecciones. Ni siquiera el uno por ciento de los norteamericanos se enteró del asunto. Y antes de que pudieran enterarse, estaban metidos en la guerra del Vietnam. Así que no me hable de propaganda. La BBC y la Voz de las Américas son, probablemente, las máquinas de propaganda más organizadas del mundo. Pero no se conforme con lo que yo diga. Averigüe. Son los hechos.

El canadiense tomó un trago de champán y echó una mirada belicosa en torno de los comensales. Sundsvall, el periodista sueco, empezó a decir algo, pero Henri Savarin lo interrumpió.

—Hechos, dice usted. Para mí es pura teoría política. Usted habla de Vietnam y de Camboya como si fueran el mismo país. Y no son el mismo país. En Vietnam sí, había un movimiento popular. Aquí no.

Sundswall intervino:

—No había necesidad de vaciar la ciudad, de saquear...

—¿Saquear? —Noaks esbozó otra de sus sonrisas compasivas.— No es lo mismo saquear que expropiar la propiedad privada para uso de los campesinos. En cuanto a vaciar la ciudad, fue una necesidad política. Si la ciudad se hubiera mantenido, las fuerzas de la contrarrevolución también hubieran seguido adelante. Por tanto, el Consejo Revolucionario barrió con todos los vestigios del imperialismo reaccionario con una estrategia brillante.

Pran mantenía los ojos clavados en su plato, como temiendo que, después de lo que habían oído en la cocina, esos recién llegados, tan dados a hablar en voz alta, lo denunciaran al Khmer Rouge. En otras circunstancias, Schanberg hubiera tenido sumo gusto en arrastrar afuera a Noaks, que seguía parloteando sobre la purificación del pueblo y la sociedad rural igualitaria que reemplazaría a la sociedad de mercado, para que viera lo que estaba ocurriendo en realidad. Pero tenía en la mente cosas más importantes. Conseguir una película Kodak, para empezar. McIntyre recogió el desafío del joven canadiense.

—Lo que usted está olvidando en todo eso, por supuesto, es la situación de la gente —dijo, dedicando al canadiense una fría mirada azul—. Tal vez ocupan un lugar muy bajo en su lista de prioridades.

—¿Cómo?

—¿Por casualidad, no vio un par de millones de personas en la ruta? Calculo que una tercera parte, cuanto menos, morirá de hambre en los próximos seis meses.

—Está mirando por el lado equivocado del telescopio, amigo. La hambruna estaba justamente aquí, en la ciudad. Fue debido a la falta de alimentos que el movimiento tomó esa decisión espectacular. Si no se puede traer comida a la gente, se lleva a la gente a la comida.

El escocés echaba chispas.

—Me llamo McIntyre, y no soy su amigo. Acabo de decirle que una tercera parte de esa gente no llegará a ningún lado.

—¿Por ejemplo?

—Los paralíticos. Los parapléjicos, los amputados. No hace falta decirlo.

Kevin Noaks no prestó la menor atención a eso. Puso una mano huesuda y pecosa sobre la de su esposa, y dijo:

—Nosotros no vimos nada de eso. Estuvimos tres días en la ruta y sólo vimos sonrisas, carcajadas y regocijo. ¿Verdad, Say Hong?

Say Hong Noaks sonrió.

—El pueblo cantaba canciones revolucionarias —dijo, sorbiendo su champán.

Los periodistas y el personal de la ONU comenzaban a retirarse. Óscar mantenía una intensa conversación con una enfermera de la Cruz Roja, que estaba cuidando su bebé. Una de sus compañeras, embriagada por el champán, se había acercado a Barry Morgan, junto al piano, y reía ante sus improvisaciones en el teclado. Pran había desaparecido. Schanberg cambió de asiento para instalarse junto a Henri Savarin.

—Pareces un sabio tibetano, Henri, bajo esta luz mortecina.

—Estaba pensando en lo de Madame Chantal —dijo el administrador—. Allá podíamos generalizar sobre el mundo, que rara vez nos tocaba. Ahora estamos en medio de una catástrofe humana y todavía nos parece irreal. Se ha dejado sin hogar a dos millones y medio de personas en veinticuatro horas. Como evacuación, sólo es comparable a la de los judíos de Babilonia o los ucranianos después de la Segunda Guerra Mundial. No hay otra que la iguale. Nadie conoce los verdaderos motivos. Y aquí estamos, sentados en medio de un holocausto, tomando champán, en copas de cristal. Es como un sueño de opio. Y mañana me casaré con una camboyana, madre de dos hijos, a quien he visto sólo una vez en mi vida.

Schanberg se quedó mirándolo, atónito. Savarin apagó su cigarro y se levantó.

—¿Me harías el honor de servirme de testigo, mañana? Espero que sí. Por el momento, trataré de dormir sin pesadillas.

Se retiró del comedor antes de que el periodista pudiera recobrarse. Pero por la mañana tendría tiempo de preguntarle si tenía película para la foto.

Ha llovido casi toda la noche. Por la mañana, un cielo de hierro galvanizado se cierne sobre la ciudad. El agua que gotea de los árboles, de los coches abandonados, va llenando las zanjas sanitarias, apelmaza el papel moneda quemado y lo acumula en depósitos inútiles junto a la cerca de la embajada. En el techo del edificio se forma una lámina gris acerada que no refleja nada, ni siquiera a Pran, que espera de pie que lo fotografíen.

Por vigésima vez se obliga a sonreír. Al Rockoff,

afirmando la Nikkon en una silla, hace chasquear el obturador de su Rolleiflex.

—¡Así, así! —grita—. ¡Tú sigue sonriendo, Pran, muchacho! ¡Te voy a inmortalizar en blanco y negro!

Mientras tanto, sus manos siguen ajustando la velocidad y la exposición, tratando de hacer bien las cosas.

Pran no quiere que lo inmortalicen. Sólo le interesa vivir un poco más. Sabe que eso de estar frente a la cámara, ese gesto de miedo ante el chasquido del obturador, lo asemejan a alguien puesto ante un pelotón de fusilamiento. Es lo mismo que deben de pensar los otros. Sydney se pasea entre la silla y la balaustrada, mirando el cielo. Monsieur Swain, apoyado contra la salida de incendios, le hace muecas para que se relaje. Lo peor es lo que está pasando por la cabeza de Al. Pran, que también es fotógrafo, lo comprende bien. De todas las fotografías de combate que ha tomado, casi todas llenas de muerte y sufrimientos, ésta es la única que podría salvar una vida... y por una vez carece de lo necesario; su destino depende de cualquier solución química con la que Al haya debido conformarse.

Si no da resultado... Pran se mira las manos. Dos días de frotarlas con tierra las han despellejado dolorosamente; pronto aparecerán los callos. Pero, ¿y si el Khmer Rouge no se conforma con las palmas de las manos? ¿Y si le abre los labios, para reconocer los dientes del campesino?

—¡Mira hacia arriba! —grita Rockoff.

Pran mira hacia arriba. No puede sonreír. Mira fijamente la cámara, como un conejo sorprendido por las luces de un auto. El fotógrafo obtura su cámara. Sin previo aviso, la lluvia cae en una pesada cortina, castigándole la cara y las manos. Oye que Al Rockoff dice a Sydney:

—Tuve que usar el Ilford.

Eso debe de significar algo, porque Sydney gira en redondo y Pran no le puede ver la cara.

Se llamaba Ang Van. Sus dos hijitas todavía no estaban en edad de ir a la escuela. Schanberg las reconoció por haberlas visto el día anterior, cuando salió en busca de Pran. El cansancio y el miedo daban cierta belleza a la madre; su pelo negro relucía por la lluvia. Miraba a los occidentales presentes en la *Salle de Réception* con enormes ojos oscuros; con un brazo rodeaba a sus niñas; con el otro se aferraba a la chaqueta de Savarin.

Barry Morgan, semidormido ante el piano, despertó y comenzó a tocar una melodía con dos dedos: *Yesterday,* de los Beatles.

La canción banal parecía burlarse de ellos, con tanto sentimentalismo. Esa boda no tenía nada de romántica. Si lograba salvar tres vidas, habría cumplido su finalidad; cuando llegaran a Bangkok podrían anularla.

—El cónsul necesita dos testigos —dijo Savarin, con esfuerzo—. ¿Quieres pedírselo a tu amigo en mi nombre?

Schanberg se mostró agradecido. Savarin había comprendido que eso distraería a Pran para que no pensara en la espera. Los cuatro, seguidos por las dos niñas, cruzaron hasta el consulado bajo la lluvia.

—El esposo de esta mujer era uno de los principales asistentes de Long Boret —explicó el delegado de la ONU—. Trató de rendirse directamente al Khmer Rouge y lo mataron.

Schanberg vaciló.

—No sabía que eras soltero.

—Hélène, mi segunda esposa, murió de cáncer hace tres años. Perdí a la primera en 1947, en Shanghai, cuando fue tomada por los comunistas. Por eso decidí unirme a las Naciones Unidas.

Jean Dyrac les saltó al encuentro en el vestíbulo del consulado y los condujo al primer piso, para oficiar la breve ceremonia. Pran tradujo para Ang Van las formalidades del caso; luego dio un paso atrás, mientras

Dyrac rellenaba el precioso pasaporte, fechándolo 12 de abril. Schanberg vio la expresión de su ayudante y dijo:

—Dentro de un rato te tocará a ti.

—Sí, Sydney.

Los dos periodistas volvieron a cruzar los jardines desiertos, a toda carrera. Swain los esperaba ante el ventanal.

—Está tratando de intensificar la imagen —dijo—. Teóricamente, debería resultar.

Schanberg miró su reloj.

—Dentro de media hora vendrán a buscar los pasaportes.

—Ya lo sé.

Swain corrió otra vez a los baños, con Schanberg pisándole los talones. Uno de los cubículos estaba cerrado con una cortina negra, para evitar el paso de la luz diurna. Cuando Swain entró, Schanberg pudo divisar por un momento a Rockoff, inclinado sobre un gran bol, puesto sobre el inodoro. Entregó a Swain una linterna envuelta en celofán verde. La cortina ocultó el paso siguiente.

—¡Ahora! —se oyó.

En el negativo que flotaba en el bol habrían caído dos segundos de luz verde.

—¡Otra vez! —Silencio.— No sirve. Deja eso. Tenemos que probar con otra cosa.

Rockoff salió del cubículo secándose la transpiración de la frente. Schanberg recordó algo que acababa de ver.

—Ese generador del consulado —dijo—. Algunas de las luces eléctricas están funcionando.

Volvieron a cruzar los jardines, apresuradamente; Rockoff llevaba el bol; Schanberg, la cortina negra. El portón principal estaba abierto. Ante él montaban guardia unos gendarmes, protegidos de la lluvia con paraguas negros; estaban allí para supervisar la llegada de grandes camiones de fabricación china. Los vehículos pasaron rugiendo y se estacionaron en el embarrado césped. Dentro del consulado nadie les hizo preguntas. Encontraron un baño con luz eléctrica. Mientras Schanberg tendía la cortina negra, Rockoff rompió dos termómetros sobre un platito, para sacar el mercurio. Swain desmontó un tampón para sacar el algodón.

—Apaguen la luz —ordenó Rockoff.

Sacó un negativo del bol y lo frotó con mercurio. Después de ponerlo sobre un trozo cuadrado de diario, hizo una señal a Swain con la cabeza. El inglés encendió la luz verde.

—Otra vez.

Silencio. Schanberg escuchaba. Rockoff maldijo, furioso. Se encendió la luz eléctrica. El fotógrafo salió del cubículo, sacudiendo la cabeza.

—Debería dar resultado, Syd, pero no funciona. No sé qué carajo tiene el antiséptico; tal vez alguno de los elementos anula los demás...

Los dos hombres se miraron fijamente. Ambos sabían lo que eso significaba, pero no querían expresarlo en palabras. Rockoff se pasó dos dedos por el pelo.

—Probé de todo —dijo, más para sus adentros que para Schanberg—. Todo lo que se me ocurrió. Sólo quedaría un proceso en seco. Pero para eso Pran tendría que posar absolutamente inmóvil, bajo el sol, durante media hora. Aunque hubiera sol, no creo que él estuviera en condiciones en estos momentos. Además, difícilmente obtendría algo mejor que esto.

Schanberg lo miró. No quedaba nada por decir.

—Voy a hacer una prueba más, Syd. Tú trata de distraer a Óscar, acaricia un poco a su bebé, haz lo que sea, con tal de que se distraiga por un par de minutos.

Schanberg volvió caminando, muy lentamente, a la *Salle de Réception.* Rezó para oír un chillido de alegría de Rockoff, sus pasos precipitados... Pero sólo se oía la lluvia repicando en la grava. Su reloj marcaba las doce menos cinco.

El funcionario consular francés ya estaba en el edificio. Casi todos los demás se apretaban ante la ventana, observando los últimos camiones chinos que, chirriando, entraban en los jardines. Pran se mantenía aparte, de espaldas a la pared, acariciando un objeto pequeño, del tamaño de un rollo de película fotográfica.

Schanberg pensó que sería el Buda al que rezaba pidiendo suerte. Al acercarse reconoció la estatua de la Libertad: el pequeño modelo de plástico que Craig Whitney le regaló a Pran como recuerdo. Vaciló. La voz de Óscar tronó a su espalda.

—Bueno, a ver si me escuchan. Se ha confirmado que las personas con familia tienen veinticuatro horas más de plazo. Como habrán adivinado, los camiones son para nuestra evacuación... Lo siento... será a Tailandia, y sabremos la fecha dentro de poco. Mientras tanto, si todos tienen los pasaportes listos, voy a recogerlos para dárselos a este amable caballero aquí presente...

—¡Syd!

Rockoff estaba de pie ante la puerta, con una amplia sonrisa. Schanberg cruzó la habitación a saltos.

—Danos una mano con el auto —dijo el fotógrafo, misteriosamente. Levantó dos dedos en un gesto que se parecía a la V de la victoria.— ¡Dos minutos, Óscar! —gritó.

El coche era un Volkswagen abandonado. Lo empujaron hasta la cochera del embajador. Swain se sentó frente al volante. Rockoff, agazapado delante de los faros, sostenía una caja de zapatos ante ellos. Schanberg, con un paraguas negro, amortiguaba aún más la luz.

—¡Otra vez! —gritó Rockoff—. Cuando diga «ya». Sólo diez segundos. ¡Ya!

Se encendieron los faros y volvieron a apagarse. Rockoff hizo una inspección en la oscuridad. Pran apartó la vista de la caja de zapatos. Los periodistas dieron un grito de alegría. Una rata huyó hacia la oscuridad.

Oscar aún seguía juntando pasaportes cuando Schanberg entregó el suyo a Ancketill Brewer.

—¡Bien venido a Nueva York! —le dijo.

No hubo respuesta. La prueba había sido tan dura que Pran no podía demostrar gratitud. Junto con los otros tres, entregó a Óscar su pasaporte con la fotografía Ilford; después fue a sentarse en el suelo; le temblaba todo el cuerpo. Schanberg se sentó junto a él, agotado.

Ahora sólo quedaba esperar.

Pareció pasar un largo rato, pero tal vez sólo fueron unos pocos minutos, hasta que les llevaron los cerdos. Un Citroën entró en los jardines con dos jóvenes soldados del Khmer Rouge subidos al portaequipaje; sus amplias sonrisas mostraban los dientes sucios. Un oficial asomó la cabeza por la ventanilla y ladró una orden; ambos bajaron de un salto, arrastrando sus impermeables robados por el barro, y abrieron las puertas traseras del Citroën. Los dos enormes cerdos que ocupaban los asientos traseros detestaban la lluvia tanto como el oficial del Khmer Rouge. Los soldados, después de tomar en préstamo los paraguas de los dos gendarmes, los hicieron salir a empujones.

—Están riendo —dijo Schanberg, junto a la ventana, atónito al presenciar la primera muestra de emoción humana en un soldado del Khmer Rouge.

Mientras tanto, el oficial se volvió a gritarles algo que, obviamente, debió ser una reprimenda, pues los dos jovencitos recogieron los impermeables y ocuparon los asientos de pasajeros. El Citroën se alejó, dejando a Óscar y a Sundsvall la tarea de arriar a los cerdos hasta un cuarto de herramientas, donde habían preparado una mezcla de cereales y comida para perros.

La lluvia sólo cesó en las primeras horas de la tarde. El grupo internacional se arriesgó a salir de dos en dos y de tres en tres, como los animales del Monte Ararat, para apreciar la situación. Óscar y McIntyre emergieron del cobertizo, pidiendo voluntarios. Como nadie respondió, Óscar seleccionó a Kevin Noaks y a su mujer, Say Hong.

—¿Por qué nosotros? —preguntó el canadiense, incómodo.

—Porque son los más hambrientos. De lo contrario no se quejarían tanto.

—¿Y para qué nos quiere?

—Para algo que le va a gustar, Kevin. Vamos a matar un cerdito.

Schanberg se acercó para dar una mano. Tal como esperaba, encontró a McIntyre haciendo la mayor parte del trabajo. Noelle, la enfermera de la Cruz Roja que lo ayudaba en el quirófano, lo protegía del sol con una sombrilla, mientras él iba separando con un escalpelo la piel de la cabeza del cerdo muerto. Say Hong había ido a vomitar y no volvía. Noaks, pálido bajo las pecas, estaba con las manos en los bolsillos, tratando de mantenerse a distancia de Óscar, que cortaba con un hacha las patas del animal. Swain, de chaqueta blanca y guantes de cirugía, recogía las entrañas humeantes en una bolsa de polietileno.

—¿Sabe qué es lo que me molesta? —preguntó Noaks.

—Sé qué es lo que me molesta *a mí* —murmuró McIntyre.

—A ustedes les parecerá una estupidez, pero a mí me preocupa estar con esta gente. Entre los supuestos «periodistas» que hay aquí, algunos no merecerían estar en Kampuchea, ni siquiera en un campamento de detención. En mi opinión, habría que fusilarlos.

Noelle retrucó:

—¿Le parece bonito decir eso?

—Es que tiene una boca muy sucia —gruñó McIntyre.

Óscar descargó un hachazo.

—Sí. En comparación, mi culo parece la vidriera de una floristería.

—Ustedes son muy ingenuos; todos ustedes —les

espetó el canadiense—. Políticamente, quiero decir. ¿O creen que no sé cómo van a informar sobre esto? La evacuación será tildada de «genocidio». Las fuerzas de liberación pasarán por «comunistas rebeldes». Y no dirán una palabra sobre la reorganización de la sociedad rural para explotar todo el potencial productivo de Kampuchea. Oh, no. Hablarán de los salvajes irracionales que redujeron el país a la barbarie. Eso es lo que dirán. Y por eso no merecen estar aquí. Son pésimos testigos para esta época. La mayor parte de los políticos...

McIntyre estalló:

—¡La mayor parte de los políticos son unos hijos de puta! Así que cállese, muchachito. Porque no tengo ganas de curarle una fractura de mandíbula.

El escocés echaba chispas por los ojos. Parecía hablar muy en serio. Noaks, encogiéndose de hombros, se volvió con un gesto compasivo.

—¡Un momento! —ordenó Swain, levantándose. Con una sonrisa benigna, entregó a Noaks la bolsa de entrañas—. Si vas adentro, ¿te molestaría tomar tus puntos de vista y dejarlos en la cocina?

—*Monsieur Swain? S'il vous plaît, monsieur.*

Era el funcionario consular francés. Swain entregó su bolsa y se apartó algunos pasos con el francés.

Schanberg los observaba. Vio que Swain se limpiaba los guantes ensangrentados en la chaqueta blanca para tomar el paraguas del funcionario. El corazón le dio un vuelco cuando el hombre sacó un pasaporte del bolsillo interior. Swain alargó una mano para tomarlo, mientras el francés levantaba los brazos como si pidiera disculpas.

Se acercó. Swain le entregó el pasaporte sin decir palabra. A primera vista, todo era perfecto. La cinta azul. El nombre sobre la cubierta: Ancketill Brewer. Al abrirlo, todo terminó. La fotografía de Pran se había borroneado. Ante la vista de Schanberg, a la luz del sol, la leve imagen se tornó más leve, más fantasmal, hasta que sólo quedaron a la vista la sombra de los ojos y el pelo. También eso desapareció. Pran había dejado de existir.

El funcionario consular le estaba diciendo:

—*Je suis désolé...*

Schanberg no le prestó atención. Con el pasaporte en la mano, corrió por los jardines, subió los peldaños del consulado. Encontró a Jean Dyrac en la oficina, mirando por la ventana la ciudad muerta, con un vaso de café en la mano. Sobre el escritorio había un montón de pasaportes y visados, cada uno de los cuales representaba una vida entregada al Khmer Rouge.

—Necesito su ayuda —dijo Schanberg.

Dyrac se volvió con una sonrisa cansada, tal vez porque lo había reconocido, tal vez porque había oído muchas veces esas palabras en los últimos tres días. Schanberg le mostró el pasaporte e hizo el intento.

—El noventa y cinco por ciento de estas personas nunca ha visto un pasaporte —argumentó—. Uno de esos soldados tuvo mi pasaporte delante de las narices sin saber qué era. Son campesinos, montañeses...

Dyrac levantó la mano para interrumpirlo.

—El oficial con quien estoy tratando se educó en la Sorbona. Habla con fluidez francés, inglés y ruso. Si le doy este pasaporte, Ancketill Brewer será fusilado inmediatamente. Eso podría poner en peligro a todo el mundo. Lo siento, señor Schanberg. Su amigo debe irse.

Schanberg sacudió la cabeza. Tenía que haber una solución.

—¿Y los pasaportes franceses?

—Se han acabado. *Voilà tout!*

Con un ademán desesperado, Dyrac derribó al suelo la montaña de documentos. Schanberg echó un último vistazo a Ancketill Brewer, como si el rostro de Dith Pran pudiera haber reaparecido de la nada, y arrojó el pasaporte al suelo, con los otros. *Voilà tout!* Todos los esfuerzos, todas las esperanzas habían sido en vano.

Lo siento, señor Schanberg. Su amigo debe irse. Un fantasma que se reuniría con los otros fantasmas, más allá de la cerca.

Fuera, en los jardines, el cielo había recuperado su color metálico.

Del cerdo descuartizado sólo quedaban las manchas de sangre en el pasto. Schanberg no tenía deseo alguno de entrar. Quería que la lluvia lo lavara todo: sus culpas, sus recuerdos. Pero la lluvia era traicionera. Lavaría la sangre y lo dejaría indemne: un testigo, un sobreviviente, un banco de recuerdos. Entró para dar las malas nuevas y sufrir la terrible desilusión reflejada en la cara de Pran.

La *Salle de Réception* estaba llena de gente. McIntyre había reemplazado a Barry Morgan al piano y estaba tocando una fuga de Bach, con los ojos cerrados. Sundsvall leía encorvado la maltratada *Playboy* de Rockoff. Las enfermeras de la Cruz Roja seguían jugando al bridge. ¿Qué derecho tenían ellos de llegar a la frontera, si Pran, ese hombre valiente y modesto, era entregado al Khmer Rouge? Sobre todo, ¿qué derecho tenía él, Schanberg, de huir a sitio seguro, dejando atrás al hombre que había sido su invalorable ayudante, su compañero y amigo, el que le salvara la vida?

Vio a Swain, pero no le dijo nada. Pasó al corredor. Pran estaba en las escaleras, con una sarta de botellas de agua colgadas del cuello. En su rostro había una expresión intensa, concentrada. Bajó la escalera corriendo. Sin duda ya lo sabía; Swain se lo habría dicho. Al llegar al último peldaño, con una mano en la barandilla, dijo a Schanberg:

—¡Me llamo Hanketill *Brewer*!

Schanberg apartó los ojos de aquella expresión triunfal. Le costó un gran esfuerzo volver a mirarlo. Puso una mano sobre la de Pran. Las palabras aún se negaban a salir. Sólo brotaron las lágrimas.

Están solos. El cuarto está oscuro. Una luz solitaria brilla en el portón de la embajada, sobre un gendarme provisto de paraguas negro. Schanberg se inclina hacia adelante desde su silla, con la cabeza gacha. Pran lo observa; es una silueta en la ventana.

—No es culpa tuya, Sydney.

—Yo hice que te quedaras.

—Me quedé porque quise. Yo también soy periodista, Sydney. No me tratarán mal. Soy un hombre educado. Necesitan hombres educados.

—¿Te parece?

—Tú lo dijiste antes. Quieren grandes personajes.

—No sé. No sé. Nosotros odiamos a los comunistas. ¿Por qué no van a odiarnos ellos a nosotros?

—Yo no odio a los comunistas. Yo les temo. Temo al Khmer Rouge. No lo odio.

—Yo me odio a mí mismo. Arriesgué tu vida, ¿y para qué? Por unas cien horas de mensajes por teletipo antes de que esa maldita línea se cortara. Eso es todo. Cien horas. ¡Por Dios, qué sacrificio!

—No importa, Sydney. No me pasará nada. Ahora duerme.

Silencio. Lluvia. La noche se disuelve en lluvia. A Pran le duele ver el dolor que está causando.

—¿Pran?

—Sí.

—¿Recuerdas ese cohete que cayó en la escuela..., la escuela católica a la que entramos, donde estaban los cadáveres?

—Sí.

—Tú miraste los cuadros de la nave central y me preguntaste por los santos católicos. Dijiste: «¿Es verdad que quienes sufren se salvan?» Y todos esos niñitos, muertos o heridos en los pasillos. Y yo te dije: «No sé, pero los hijos de puta que los hicieron sufrir van a pagar por eso...». Bueno, creo que todos pagamos por eso. Todos nosotros.

—Okey, Sydney. Duerme.

Al anochecer, una mano le sacudió el hombro. Schanberg se incorporó automáticamente: había que escribir un artículo. Tomó el vaso de té que Pran le había traído, como cien veces antes, en Phnom Penh, en Battambang, en Kompong Chang, y lo bebió con gratitud. Entonces recordó. Y se echó a sollozar.

Pran dijo:

—Has hecho todo lo posible por mí. Me enseñaste. Me ayudaste. Eres mi amigo.

—Pran, hicimos todo lo...

Pero no pudo continuar. Puso los brazos alrededor del camboyano y lo abrazó. Pran tenía las mejillas mojadas.

—Dile a mi esposa que la amo, Syd. Y cuídala por mí. Ella no habla inglés. No quiero que nadie la trate mal.

Schanberg asintió. Abrazó a Pran con fuerza y volvió a asentir.

Bajaron. Otros camboyanos estaban haciendo el equipaje. Había corrido el rumor de que el Khmer Rouge iría a la embajada para revisarla. A la opaca luz del alba, la sala de recepción tenía aspecto de barraca.

La radio de Gordon McIntyre había captado una señal perdida de la BBC y transmitía sombrías noticias desde Vietnam del Sur. Xuan Loc había sido abandonada. Bien Hoa, al norte de la misma Saigón, estaba a punto de caer. El presidente Thieu había renunciado. De Camboya no había noticias. Nada que decir.

Schanberg ayudó a Pran a preparar su bolso con algunas pertenencias esenciales, incluyendo una manta. Pran dijo algo de que los periodistas debían saber preparar sus valijas y el norteamericano asintió. Buscó algunos cigarrillos y se los dio, junto con dos mil seiscientos dólares para que pudiera sobornar a alguien. Swain llegó con un poco de cerdo asado, envuelto en una de las servilletas monogramadas de la embajada, más una lata de duraznos y un abrelatas viejo.

—Gracias, Monsieur Swain.

Pran revolvió en su bolsa y sacó media botella de whisky escocés. Swain la rechazó con una sonrisa. Schanberg sabía que también él estaba sufriendo. Rockoff se había escabullido. Estaba tendido bajo el piano, y sólo dejaba ver sus zapatillas mugrientas. Barry Morgan, recostado contra el hogar, los miraba.

Llegó un funcionario consular, con un cuaderno, para verificar qué camboyanos serían expulsados. Pidió a Pran su nombre y lo tachó de la lista, tal como Schanberg había visto hacer a la enfermera de Preah Keth Mealea con los enfermos insalvables. El camboyano se miró las manos. Desde el otro lado de los jardines llegaba, atravesando la lluvia, el crujido áspero y metálico de las voces por los altavoces.

Se acercaron a las ventanas. Varios gendarmes y funcionarios del consulado, protegidos con paraguas, discutían alrededor de un camión Toyota. Uno de los funcionarios se alejó con paso decidido hacia el edificio de la embajada. Schanberg se volvió. Pran ya estaba de pie, con la bolsa al hombro. Se mantenía erguido, pero las lágrimas le corrían por las mejillas.

Nadie asistió a la escena, salvo Barry Morgan. El británico apagó su cigarrillo y comenzó en voz alta:

—No sé qué esperaba Schanberg. No debió retenerlo, por supuesto. Yo mandé al mío con los norteamericanos.

Pran, temblando de ira, se volvió hacia él.

—Ésa es una declaración racista —dijo, con voz quebrada por la emoción—. Como si yo no hubiera elegido. Me quedé porque... —Buscó a Schanberg con la mirada; le temblaban los labios.— Me quedé porque conozco su corazón. Lo amo como a un hermano. Y haría cualquier cosa por él.

Esperó respuesta. No la hubo.

—Ahora me voy —murmuró, nuevamente tímido.

Y caminó rápidamente hacia la puerta. Los que debían salir lo acompañaron a la lluvia.

Era un pequeño grupo de descastados, tal vez quince en total, que cargaron sus pertenencias en el camión Toyota, carente de nafta, y empezaron a empujarlo hacia el portón principal. Una de las mujeres había dejado su bebé a Noelle, la enfermera de la Cruz Roja, y se le oía llorar en la sala. Pran no quiso mirar atrás. Era demasiado peligroso.

Ya había destruido en él cuanto pudiera ligarlo a los demonios extranjeros. Mientras ayudaba a empujar el camión por el camino, tuvo la sensación de que sus pasos se tornaban más pesados, sus hombros más redondos, como los de un campesino. Era como ensayar el papel de un sobreviviente. Los altavoces aullaban el monótono mensaje de Angka.

Schanberg miraba desde las escaleras, con las manos hundidas en los bolsillos. Lo había arruinado todo. Estaba en ese país perdido de Asia, para informar a su periódico sobre una guerra. De algún modo, la guerra le infligía una derrota personal peor que cuantas pudiera sufrir su país, allí o en Saigón. No comprendía nada. Pero debía tratar de hacerlo.

El Toyota salió al bulevar desierto, llevando consigo al hombre que conocía su corazón. Los altavoces callaron. Los portones se cerraron con estruendo.

Al regresar, Schanberg sintió algo en el bolsillo. Pran le había devuelto la estatua de la Libertad.

TERCERA PARTE

Camboya, diciembre de 1975 - octubre de 1979

Duras sombras negras bajo el feroz sol de la tarde. Ropa negra, manos manchadas de tierra amarillenta; una multitud negra que se arrastra, se arrastra como escarabajos sobre la arcilla revuelta.

El lugar es Dam Dek, al este de Siem Reap, en lo que es, desde ahora para siempre, la Kampuchea Democrática. El tiempo es el comienzo del tiempo. El Año Cero de la revolución khmer.

El campo de trabajo de Dam Dek parece una profunda cicatriz blanca en la verde jungla. Es como una mina de foso abierto sin tractores ni maquinaria. Hombres y mujeres, bajo sus cónicos sombreros, quiebran la tierra con azadas y horquillas. La recogen a paladas en cestos, uno a cada lado de un yugo de madera, y se tambalean bajo el peso del yugo, rumbo a la cima de un terraplén de cuatro metros y medio, donde vacían los cestos. Los capataces de Angka, con bastones de bambú, patrullan las interminables filas de trabajadores. Cuando uno de ellos cae bajo su carga y no puede levantarse, es llevado a rastras, y nadie vuelve a verlo. En una sociedad de esclavos, la enfermedad es ineficacia, y la ineficacia se castiga con la muerte.

En ese páramo de cielo, tierra y selva, el único color que produce la presencia humana es el rojo de la sangre. En la cima del terraplén, la bandera roja de la Kampuchea democrática pende, inmóvil, de un mástil en el cielo sin viento. Abajo, en una zona de sombra, hierve un caldero sobre una fogata de leña. Un guardia del Khmer Rouge, que se distingue de los esclavos por su pañuelo a cuadros rojos, coloca una cucharada de arroz aguado en cada lata de los miembros de una cuadrilla. El cuarto hombre de la fila se inclina mansamente y se va con su comida hacia la sombra.

Ha cambiado menos que muchos. Su rostro es flaco; ha perdido casi veinticinco kilos de peso; tiene las piernas cubiertas de llagas purpúreas y el pelo apelmazado por la mugre; empero, como la mayoría de sus conocidos ha muerto, Dith Pran tiene motivos para considerarse afortunado.

Como todos los días, trata de sorber el engrudo lentamente. Como todos los días, el hambre y la sed se imponen y termina comiendo con desesperación. Pran ha estado transportando tierra desde mucho antes del amanecer, y tendrá que seguir hasta las nueve de la noche, luego de un descanso de noventa minutos al caer el sol. Ese engrudo representa la tercera parte de su ración diaria: ciento cincuenta gramos de arroz. Las llagas, como la flacura, son consecuencia de su desnutrición. No le quedan energías, ni siquiera para quitarse de las piernas las moscas zumbantes.

Pero está vivo. Los ha burlado. Cuando debió abandonar la embajada, hace nueve meses, se aferraba a la esperanza de no verse forzado a mentir. El viaje hacia el norte le demostró que eso sería imposible. Recorrió la ciudad saqueada. La universidad estaba en llamas. Los libros de la biblioteca de la catedral ardían en el prado adyacente. A unos seis kilómetros vio cinco cadáveres tendidos junto a la ruta, con las manos atadas a la espalda. Los guardias del Khmer dijeron que eran oficiales, traidores del ejército; Pran reconoció uno de ellos: era un civil. Más allá, su grupo se cruzó con varios cadáveres más, vestidos con uniformes militares. El Khmer Rouge los había aplastado con camiones. Entonces comprendió que iba hacia una trampa.

Al cuarto día puso en práctica su plan. Se libró de sus ropas occidentales y de los dólares que Sydney le había dado. Se puso pantalones cortos, sandalias y una camisa sucia; se hizo cortar el pelo muy corto. Ya no era periodista ni intérprete: era un taxista sin instrucción, proveniente de un barrio obrero de Phnom Penh, un pobre padre de familia separado de los suyos por el éxodo en masa; un hombre del pueblo, que hablaba poco, siempre con palabras obsequiosas o rudas, que sonreía con frecuencia y con cara de desconcierto, sobre todo si la conversación viraba hacia la política; un hombre a quien le encantaba que lo trataran de tonto.

Treinta kilómetros más allá encontraron el primer puesto de control del Khmer Rouge. «Digan su verdadera identidad», solicitaron los hombres de rostros suaves, sonrientes. «Nadie será castigado.» Pran los convenció con su relato vacilante; le dieron una tarjeta de identidad. Otros miles de camboyanos (empleados públicos, maestros, abogados, militares) dijeron la verdad y nadie volvió a verlos. El taxista sonreía, asentía, hablaba sólo cuando le dirigían la palabra, y así siguió viajando durante un mes, hasta llegar a Dam Dek. Permaneció allí, porque más adelante era peor; al menos, así le habían dicho. Ahora comenzaba a dudarlo.

Alguien grita una orden en khmer. Pran se levanta. A lo largo del terraplén avanzan dos oficiales, montados en chirriantes bicicletas chinas. Se detienen bajo el mástil e inspeccionan la obra. La mujer, corpulenta, cuadrada de hombros en su uniforme negro, saca una naranja y comienza a pelarla. El hombre, con cara de torta y dos lapiceros en el bolsillo de la pechera, que anuncia su rango, repite el discurso que ya ha pronunciado varias veces en otros lugares.

—Angka está orgullosa de ustedes —les dice—. Los imperialistas mercaderes de la guerra trataron de acabar con nosotros destruyendo nuestras cosechas, pero ustedes les han escupido a la cara. Nadie derrotará a la Revolución. Ahora es casi el momento de la cosecha y se procederá a recogerla. Angka elaborará nuevos horarios de trabajo. Hoy hacemos sacrificios para que mañana haya alimento de sobra. ¡Angka ha hablado!

El discurso es recibido con aplausos. Todo aquel que no aplaude es enemigo de la Revolución. La mujer corpulenta los azuza, con la naranja en la boca. Pran repara en una pequeña lagartija junto a su pie derecho. Subrepticiamente, deja caer el sombrero sobre ella. Terminado el discurso, la mujer corpulenta escupe cáscaras de naranja al terraplén y se va en su bicicleta. Pran aplasta sombrero y lagartija bajo el pie, mientras sus compañeros de esclavitud se disputan las cáscaras de la naranja.

Durante todo el día, hasta bien entrada la noche, Pran lleva tierra y cieno al terraplén. La finalidad de la tarea no es muy clara para él, pues el Khmer Rouge, que ha prescindido de los ingenieros, no tiene idea de cómo se construyen represas o canales de irrigación adecuados. Pero el pensamiento es peligroso; formular preguntas, aun en silencio, es cosa de hombres instruidos. De todos modos, está demasiado exhausto como para que eso le importe.

Bajo la mirada vigilante de los guardias del Khmer Rouge, su escuadrilla vuelve a la aldea de Dam Dek, arrastrando los pies; la población es poco más que un conjunto de chozas con techo de paja en un claro de la selva. Avanzan a tropezones, más allá de las fogatas en torno a las cuales se agrupan los antiguos aldeanos, hasta el mercado cubierto, en medio de Dam Dek, que el Khmer Rouge ha tomado como centro de reuniones. Allí Pran deja su yugo y, tambaleante, sigue solo hasta su choza, edificada sobre pilotes al otro lado de la aldea.

Está demasiado cansado como para comer. Pero es preciso hacerlo. Inspecciona su motivo de orgullo y alegría: uno o dos metros cuadrados de huerta, en la que ha sembrado tomates, tabaco y un surco de plantas de calabaza. El tomate que viene vigilando desde hace tres días ya está a punto para comer. Se arrodilla para cortarlo y arrastra los pies hasta la choza.

La esterilla de juncos que cubre el piso está sucia de barro blanco, ya seco. Pran se apoya en una de las cañas que sostienen la choza para sentarse en el piso. No tiene muebles: sólo dos platos de lata y una olla, aparte de las hojas de tabaco que ha colgado a secar en la viga del techo. Pone el tomate en la esterilla y lo contempla durante un minuto. Luego se quita la bolsa que lleva a la cintura y vacía su contenido en la olla: cuatro caracoles vivos y la lagartija, ya seca y encogida.

El agotamiento lo está venciendo. Con el borde de un plato de lata corta en dos el tomate. Deja la mitad en el plato y se lleva la otra a la boca. Mastica lentamente. Luego se enrosca en la esterilla y se cubre los ojos con las manos. Apenas ha tragado la última semilla de tomate y ya se duerme profundamente.

Inmediatamente, al parecer, lo arranca de su sueño el chirriante clamor de los altavoces. Pasa un momento tendido allí, escuchando las ásperas órdenes: «¡Levántense! ¡Asistan a la reunión en el centro de la aldea! ¡Es hora de participar en la obra de la Revolución!» El sueño lo reclama; quiere cerrar los ojos, pero eso sería un suicidio. La Revolución nunca duerme.

Aturdido por el cansancio, sin saber si es de noche o de mañana, Pran se incorpora y busca a tientas, en la oscuridad, sus sandalias de goma.

Tres veces por semana se llevan a cabo reuniones de adoctrinamiento en el mercado cubierto de la aldea. Los hombres de Dam Dek se sientan a un lado; las mujeres, al otro. Los niños se instalan delante, cruzados de piernas. Más allá de los niños, bajo la luz eléctrica de un generador especialmente preparado, se ve a doce gordos oficiales del Khmer Rouge. Pran reconoce a los dos de hoy... o de ayer: la mujer corpulenta, de aspecto masculino, y el cabezón con cara de torta. El altavoz, que está sobre su cabeza, lo arenga, manteniéndolo apenas consciente. La mujer está ante el micrófono.

—¡Miren hacia adelante! ¡Siempre hacia adelante! ¡No miren nunca hacia atrás! ¡La nueva Kampuchea exige lealtad! Deben ponerse metas más altas, cifras de producción más altas. Nuestros enemigos imperialistas destruyeron la tierra; ustedes deben hacerla rendir otra vez. Ayuden a Angka y Angka los alimentará.

¿Adónde va todo el arroz? Pran sólo puede hacer suposiciones. Aun teniendo en cuenta la mala cosecha del mes pasado y, probablemente, el bloqueo de todas las importaciones de arroz, ciento cincuenta gramos diarios no bastan para vivir. En los ocho meses que lleva en Dam Dek han muerto de inanición cuarenta personas, viejos y niños en su mayoría. Eso representa un diez por ciento de la población. Si la misma cifra se repite en toda Camboya, han de haber muerto de hambre unas setecientas mil personas desde la victoria del Khmer Rouge. Más compatriotas de los que cayeron en el curso de toda la guerra...

¡Sin embargo, hay sobrantes! Él los ha visto. Desde un transporte que llegó a los almacenes comunales, ha visto allí arroz suficiente como para alimentar a toda la provincia de Siem Reap durante un mes. Por tanto, ¿adónde va el arroz sobrante? Es un misterio. Se le empiezan a cerrar los ojos. Un misterio... Y, una vez más, el altavoz lo despierta bruscamente antes de que las autoridades de la plataforma hayan presenciado su gesto antirrevolucionario.

—...que sólo Angka los alimentará. Buda no los alimentará. Los sacrificios deben ser para Angka. Deben trabajar duro para convertirse en buenos revolucionarios. Si se detienen en medio del camino, si miran por sobre el hombro, la rueda de la revolución los aplastará. Para construir nuestra nueva sociedad bastará un millón de personas. Un millón de personas que sean puras y resistentes... Por eso Angka les dice: «¡Háganse resistentes! ¡Si caen, levántense y sigan trabajando!»

Fuera, la oscuridad es total. No hay rastros del amanecer. La mujer deja el micrófono y es reemplazada por un adolescente, con dos lapiceros en el bolsillo, quien los exhorta en el mismo tono agudo y cansino. Los niños miran al estrado sin parpadear. Pran siente que lo recorre un escalofrío. ¿Serán ellos los «puros y resistentes» a los que se refieren las autoridades? Esos niños de cinco a nueve años son las páginas en blanco sobre las que el Khmer Rouge escribe sus terribles instrucciones: considerar a Angka padre y madre; desprenderse de todas las emociones humanas que no se dirijan a Angka; aprender a espiar a todos los enemigos de Angka, aun a sus padres, a cambio de la recompensa de tomar parte en su ejecución.

Pran mira fijamente a los pequeños sentados enfrente, cruzados de piernas. Es una suerte no tener consigo a ninguno de sus hijos. Ha presenciado el adoctrinamiento que reciben todos los días de las autoridades del Khmer Rouge: la «hora de educación», de once a doce de la mañana, en la que aprenden a odiar a sus enemigos y a cantar canciones revolucionarias, mientras uno de los oficiales se pasea suavemente entre ellos, formulando preguntas sobre los padres. ¿Les dan algo extra de comer? ¿Qué dicen de la Revolución? Y los niños están felices. Se ofrecerían voluntariamente para tomar esa clase, si pudieran, porque les proporciona una hora de descanso de las tareas que cumplen durante el resto del día: recoger de veinte a treinta kilos de estiércol de buey y búfalo, para mezclarlo con excrementos, a fin de fabricar fertilizantes.

Todo el mundo aplaude. Pran aplaude también, temeroso de haber empezado demasiado tarde y de que su falta de atención haya sido vista. Gira la cabeza hacia atrás y sonríe estúpidamente a los de la hilera posterior. Por doquier hay espías cumpliendo con sus rondas, no sólo los niños. Angka siempre advierte que aun debajo de las chozas, por la noche, hay espías, y en eso sí es preciso creerle. Sonriendo, aplaude a las autoridades del Khmer Rouge por sus comentarios sabios y benévolos. Al otro lado de los arrozales, por encima de los bananeros, se ve el leve resplandor del alba en el horizonte.

La estación seca. La comida casi no existe. En Dam Dek las raciones han descendido a una sola cucharada de arroz por día. Para sobrevivir, Pran busca lagartijas, escorpiones, caracoles; arranca y mastica la corteza de los árboles tiernos. Su mejor comida es un engrudo de pescado y hojas de bananero trituradas.

Le han llegado noticias de que su padre y sus hermanos han muerto en Siem Reap; dos de sus hermanos varones fueron ejecutados por haber combatido en el ejército de Lon Nol. Una muerte rápida puede ser preferible a lo que ve a su alrededor. Muchos caen y mueren mientras trabajan, arando en los arrozales o hundidos hasta la rodilla en el lodo de las zanjas para irrigación. Por encima de ellos, en altos mástiles de bambú, flamean banderas rojas como la sangre de la Kampuchea democrática. Su sacrificio no será en vano, les recuerdan las banderas. Si cinco millones de camboyanos mueren por la Revolución, aún quedará un millón, puro y resistente, para inaugurar la nueva nación Khmer, en la cual todos los enemigos de la democracia estarán muertos y todas las contradicciones internas habrán sido eliminadas.

Los Sobrevivientes Escogidos serán el joven ejército del Khmer Rouge: los niños que no tienen memoria del pasado, a los cuales se ha disciplinado para que no tengan conciencia ni compasión, amor, lealtad ni fe para nadie, salvo para con Angka. A Pran le suenan extrañas las palabras que usan. Las personas son *opakar,* «instrumentos», que cumplen las órdenes de Angka. La nación khmer es una máquina, en el sentido occidental del término: una máquina fabricada por el hombre, de extrema precisión. Pero la gran máquina se ha quedado sin aceite que la nutra. Los instrumentos están por tierra...

El taxista está en la selva, cortando ramas con un hacha. La madera está seca; cuando el hacha la golpea, se rompe con un ruido de huesos quebrados. A Pran le cuesta un gran esfuerzo levantar el hacha por sobre la cabeza. No puede dominarla y varias veces yerra el golpe por completo, enterrando la hoja en tierra. Un niño de nueve o diez años lo observa sin expresión. Pran le sonríe tontamente y sigue trabajando, sin atreverse a hablar. Sus propios hijos menores hubieran podido convertirse en algo así.

Después de juntar una brazada de pequeños troncos, los lleva a la carreta de bueyes que espera en el sendero, al borde del claro. El niño lo observa. Trata de imaginar a su familia en Norteamérica. Imagina los altos edificios de vidrio y metal, elevándose raudamente hasta el cielo, y los coches rápidos, con parachoques cromados y neumáticos flamantes. Comida por doquier, hasta en los escaparates; comida sobrante. Nueva York, tal como Sydney se la ha descrito: montañas de vidrio, valles de cemento, millares de personas que corren de un sitio a otro; norteamericanos de voces graves y un metro ochenta de estatura, con narices largas, que comen grandes trozos de carne. Todo brillante, metálico, afilado... Y en algún sitio de esa brillante dureza, su familia, rezando a Buda por su supervivencia, tan imposibilitados de comprender lo que le ocurre a él como lo que les ocurre a ellos.

Debe calmarse. Sydney le prometió que estarían bien. Ser Moeun estará bien cuidada, los niños irán a una buena escuela donde les enseñarán inglés e historia. Así sea. Por eso no se ha cambiado el nombre junto con la identidad, a pesar del riesgo de que alguien lo reconozca y lo denuncie a los superiores. Si Buda quiere proteger a Dith Pran, Buda lo protegerá.

Suena un gong a distancia. Pran, inclinándose, con la espalda dolorida, junta una última brazada de leños. Para sorpresa suya, la carreta sigue quieta en la senda; los bueyes sacuden la cabeza y yerguen las orejas, inquietos. El conductor está dormido. Pran, bajo la vigilancia del pequeño, descarga sus leños y da una palmada al carretero, que despierta con un respingo. Tiene edad suficiente como para ser el padre de Pran. Después de echarle una mirada de patética gratitud, agita su palo. La carreta se mueve. Pran la sigue. El niño ha desaparecido.

La senda sale de entre los árboles, a lo largo de los arrozales sin agua. Cuatro siluetas de negro arrastran un arado a través de la tierra dura, bajo la autoritaria supervisión de un guardia. Una de las mujeres es maestra; Pran lo sabe porque, valerosamente, se ofreció para dar a los niños de la aldea lecciones de aritmética. Por algún motivo, las autoridades no la mataron, pero la están haciendo trabajar a muerte en los campos, mientras los niños, en la casa de reuniones, entonan canciones revolucionarias y aprenden que dos más dos son seis, si así lo quiere Angka.

La senda se convierte en ruta. Pran y el carrero pasan junto a un convoy de vehículos militares incendiados. Hacia adelante, Pran ve al niño de nueve años; sus pasos vacilan. Hay dos guardias en la ruta. El niño señala. Un guardia se adelanta, espetando una seca orden para Pran, y toma al anciano por el brazo. El ex periodista, obediente, se hace cargo de las riendas y sigue conduciendo a los bueyes. Al carrero lo arrastran tras un ennegrecido transporte de tropas. Pran no ve ni oye nada, pero el niño vuelve a la carrera, sonriendo.

Al fin llega a la construcción de la colina, donde se está edificando una casa de reuniones más grandiosa; allí, descarga la madera. Cuando vuelve a Dam Dek ya ha anochecido. Los hombres están lavando sus ropas en la escasa agua que resta en el río, y las ennegrecen otra vez con la fruta del *makhoeur*. En alguna parte canta un búho. Por un momento, aquello es Camboya tal como siempre ha sido: una tierra de tranquilidad y verde calma, cuyos intereses básicos son Buda, las estaciones y los terrenos cultivables.

Cansado, Pran arrastra los pies hacia lo que llama su casa. El espectáculo que ve bastaría para hacerlo aullar de rabia. El Khmer Rouge está destrozando sus canteros de verdura. Un niño destroza a patadas sus plantas de calabaza y, delante de sus ojos, arranca su preciosa planta de tomate para arrojarla a una carretilla.

—¿Por qué...? —comienza Pran.

Pero de inmediato queda en silencio contemplando al niño. *Nunca discutas, nunca digas la verdad.* El enojo ha estado a punto de hacerle olvidar las dos reglas vitales que lo han protegido hasta ese momento. Cambia su expresión por una cortés extrañeza.

—¡Ya no será necesario que los individuos suplementen su dieta! —declara el niño, repitiendo como un loro las instrucciones del cuadro superior—. ¡Angka lo proveerá todo!

Angka lo proveerá... Tal vez fuera posible seguir soportando si Angka proveyera tan sólo algunas horas adicionales de sueño. Pero las voces le llegan otra vez, arrancándolo de su esterilla. Reuniones y más reuniones... La áspera luz eléctrica, los niños que se frotan los ojos, las autoridades que observan con atención todas las caras, buscando señales de debilidad, señales de culpa. Los mantienen en un alucinante no-tiempo entre un día y el siguiente, como la continuación de un sueño terrible que comienza cuando uno llega a la choza, por la noche, y se acuesta en la esterilla de juncos. Así socavan la resistencia. Así dificultan la mentira.

Esta noche, en el lugar de reuniones, hay más sillas vacías; la del carrero es una de ellas. Pran avanza por una hilera. No conviene sentarse atrás, donde se está bajo sospecha, ni delante, donde las autoridades pueden ver cualquier estremecimiento de los párpados. Llega tarde, pero se acepta su excusa. El oficial más antiguo y más odiado de Dam Dek, un enano de cabeza bulbosa, hundida entre los hombros, lo ha enviado con urgencia a buscar tabletas de penicilina. Sólo quedaba un frasquito en la aldea. Cuando Pran volvió con ellas, el hombre se las dio a su gato siamés, que tenía una pata infectada; Pran tuvo que sostener al animal mientras el enano lo vendaba.

Tales ejemplos de sacrificio generoso son el tema de la actual lección de instrucción política. Al micrófono está Cara de Torta.

—¡Debemos ejercer una mayor vigilancia revolucionaria, más severidad! Angka ha identificado una enfermedad que debe ser exterminada. Es una enfermedad de la memoria. ¡Examinémonos a nosotros mismos! ¿Reflexionamos sobre la vida en la Kampuchea prerrevolucionaria? ¡Es señal de tendencias individualistas! ¡Arranquémoslas de raíz! Hay que ser como el buey: fuerte y obediente. El buey come y arrastra el arado. No pierde tiempo en pensamientos fútiles. Nos rodean enemigos, ¡y el enemigo está también dentro de nosotros! No se puede confiar en nadie. ¡Sean vigilantes u otros vigilarán por ustedes!

Pran baja la cabeza y vuelve a levantarla. El estrado es una mancha borrosa. Cara de Torta está dando ejemplos de tendencias individualistas. Grita un nombre y, en la hilera opuesta a la de Pran, se levanta una muchacha. Es la maestra.

—¡Vean, camaradas! Esta mujer quiso retener a su hijo cuando Angka vino por él. Creía poder cuidarlo mejor que Angka. ¡Se pone por encima de Angka! Ése es un ejemplo de lo que pueden hacer las tendencias individualistas.

Pran la mira subrepticiamente. A pesar de la cicatriz que tiene en el labio y del polvo que le agrisa el pelo es inconfundiblemente bonita. Quizá porque es joven, ha logrado soportar todas sus penas y sus humillaciones sin perder su femineidad: se yergue con una dignidad que ha de ser una afrenta para el Khmer Rouge, para quien la belleza es peligrosa señal de individualismo. Pran mira, temeroso, al oficial que ocupa la plataforma; luego, otra vez a la mujer. La ha visto antes en alguna parte. Le recuerda a alguien; le recuerda a la muchacha de la motocicleta, entre las ruinas de Neak Luong, que llevaba el pelo recogido con un pañuelo. Rosa. Pero... sin duda la ha visto en otra parte desde entonces.

Cara de Torta ha terminado, sin amenazar a Rosa con un castigo o ejecución. Ella se sienta; su mano flaca se aferra a la silla delantera buscando apoyo. Pran está demasiado exhausto como para preguntarse dónde la ha visto. El único pensamiento que su mente logra formular es que la belleza sobrevive y él aún puede reconocerla. En el momento en que se le cierran los párpados, un gong da por terminada la reunión. La gente de Dam Dek se levanta para cantar el himno nacional de su nueva patria:

¡Brillante sangre roja cubre ciudades y llanuras
de Kampuchea, nuestra madre tierra,
Sublime sangre de obreros y campesinos,
Sublime sangre de revolucionarios y luchadores!

¡Sangre tornada odio implacable
E inconmovible esfuerzo,
el 17 de abril, bajo la Bandera de la Revolución,
Libre de la esclavitud!

Pasa otra cosecha y otra estación seca. Comienza el Año Dos de la Revolución, y la pesadilla continúa. Pran ha cortado leña, ha pescado y ha arado; ha llevado tierra para construir terraplenes de arrozales antes de que llegaran las lluvias del monzón. Cuando encuentra cangrejos de tierra en el arrozal, los come vivos. A las ratas las encierra en su bolsa y las lleva a su casa, para despellejarlas y cocinarlas en una vara de bambú, sobre el fuego. Tiene la cara hinchada por la desnutrición y los dientes flojos. Para caminar, por corta que sea la distancia, necesita apoyarse en un palo.

Se han iniciado las ejecuciones masivas. Todos los días Pran ve pasar a hombres y mujeres, con las manos atadas a la espalda, conducidos por guardias armados del Khmer Rouge. Se los llevan de la aldea en camiones, más allá de la colina donde se está terminando la nueva casa de reuniones, hasta la selva. Según los rumores, se mata a las víctimas con golpes de hacha, martillo y barras de hierro, a fin de ahorrar preciosas municiones. Había grandes cráteres en la selva, a causa de las bombas norteamericanas. Ahora han sido completamente rellenados con cadáveres. El Khmer Rouge ocupa ambos lados de zanjas recién excavadas y empuja hacia adentro los cadáveres de hombres, mujeres y niños, uno a uno; a veces, apenas se molestan en cubrirlos de tierra. Por eso, después que se han ido, aún se ven brazos y piernas sobresaliendo de la tierra.

Pran no sabe si creer o no esos relatos, pero desde la desaparición de su vecino, a quien se llevaron los guardias armados por un crimen no mayor que el de usar gruesas gafas, ha recolectado en el bosque cierto tipo de hongos venenosos. Tiene un puñado de ellos en su choza, por si los guardias armados fueran a buscarlo por la noche.

Hoy, bajo la lluvia torrencial, lo han enviado con la carreta a buscar leña para los oficiales de la aldea. En tanto conduce a los animales a lo largo de la senda, junto a las figuras encorvadas que plantan arroz, se detiene con dolorosa lentitud a recoger del barro palitos y ramas que arroja a la carreta. Cada treinta metros pasa junto a un joven soldado del Khmer Rouge, que monta guardia con su AK-47. Es a los jóvenes a quienes más teme, aquellos que tienen entre doce y quince años. Parecen carecer de toda emoción que no sea la lealtad a Angka. Son disciplinados como máquinas de matar. Sólo cuando matan se les permite sentir placer. Pran pasa arrastrando los pies, con la cabeza gacha y los hombros sumisamente encorvados.

Está pensando en Rosa. El misterio de Rosa ha hallado su explicación, y al pensar en ello tiembla de ansiedad. Es la esposa de Nhiek Sahn, el amigo al que vio por última vez en Phnom Penh, tras la victoria del

Khmer Rouge, rumbo a su muerte. Pero Nhiek Sahn no murió. Descartó sus gafas y sus ropas de occidental para disfrazarse, igual que Pran. Le llevó casi dos años averiguar que su esposa estaba con vida, en una aldea cercana. Al terminar la última estación seca, Pran encontró a Nhiek Sahn excavando un canal entre los arrozales. De algún modo había recibido de las autoridades el permiso necesario para cambiar de sitio.

El encuentro no les dio placer; los llenó a ambos de miedo. Pero Nhiek Sahn corre mayor peligro. La política del Khmer Rouge es separar a los cónyuges; si Nhiek Sahn dijera a las autoridades de Dam Dek que está casado con la maestra, ambos pondrían su vida en grave peligro. Pran piensa en ellos con lástima y aprensión. Dos veces los ha visto trabajando en el mismo arrozal. Cada vez que intercambian una mirada se adivina la intensidad de los sentimientos que corren entre ambos. Pero no se hablan. Hablar a la vista de los guardias sería un error fatal.

El mismo Pran ha hablado sólo una vez con la esposa de Nhiek Sahn. Por casualidad, a ambos se los asignó a cocinar para una cooperativa de herreros del distrito. Siempre en presencia de espías, logró mantener con ella una furtiva conversación, en la cual le expresó su dolor solidario por el hijo que Angka le había quitado. Rosa (aún no sabía su verdadero nombre) bajó la cabeza en señal de gratitud y le dijo sonriéndole:

—Soy paciente. He perdido a mi esposo, me han quitado a mi hijo; sólo me queda esperar la muerte.

Pran palmea a los bueyes y les habla con suavidad. Si se asustan, la debilidad no le permitirá dominarlos; a veces, los guardias disparan al aire por divertirse y luego castigan al conductor que pierde el control. Todos están sedientos de sangre. Camboya se ha convertido en un enorme campo de exterminio. La paciente tolerancia de Rosa es la única respuesta digna que les queda.

Sus animales alzan las orejas ante un ruido poco familiar. El guardia baja su fusil. En el arrozal, un joven está cometiendo un acto de locura: canta una canción. De pie, está cantando a pesar de todos los espías, los soldados y las banderas rojas que flamean en la colina. Canta una estrofa que Pran recuerda bien; la enseñaban en las aulas de la antigua Camboya.

Au clair de la lune
Mon ami Pierrot
Prête-moi ta plume
Pour écrire un mot...

Los guardias, a gritos, vadean el arrozal. La voz joven, valerosa, se acalla luego de un golpe de culata de un AK-47. Se llevan al joven, con la boca destrozada y sangrante, hacia los árboles, custodiado por dos guardias, con las manos fuertemente atadas a la espalda. Él grita:

—¡Bien venida, muerte! ¡Estoy listo para ir a tu encuentro!

Con el pretexto de juntar leña, Pran los sigue a cierta distancia. Necesita ver con sus propios ojos las historias que ha oído. Va recogiendo ramitas en tanto guía a los bueyes por el borde de la selva. Una vez que la carreta está fuera de la vista de los guardias que custodian el arrozal, ata los animales y se pierde entre los árboles. Desde allí puede oír al grupo de ejecución. El hombre (debe de ser un estudiante de la ciudad) aún trata de cantar, con la boca destrozada. Los dos guardias le pegan y lo maldicen.

Cuando Pran los alcanza han llegado a un lugar que parece haber sido utilizado antes muchas veces. Ve una sartén y los restos de una fogata, que uno de los soldados está reavivando. Han atado al estudiante a un árbol, sin camisa, con los ojos vendados. Pran se agazapa tras un macizo de rododendros. Lo que ve a continuación se repetirá en sus sueños durante muchas noches futuras.

Uno de los guardias toma un cuchillo afilado y abre el vientre del estudiante. El joven deja escapar un alarido terrible; es un grito desnudo, histérico. Brota la sangre, emergen los intestinos blancos y caen sobre sus muslos. El guardia ríe, dice algo. Pran capta la palabra «canción». Con una mano el guardia hurga entre los intestinos del estudiante hasta localizar el hígado y procede a extirparlo con un cuchillo. El hombre sigue gritando; los gritos ascienden, estremecidos, como si ya no fueran parte de él. Entre tanto, los guardias cuecen el hígado en la sartén; cuando está casi cocido cesan los estertores del joven.

Después de masticar y tragar el hígado los jóvenes soldados llevan el cuerpo selva adentro, para sepultarlo. Pran retrocede hasta la carreta y vomita lo poco que tiene en el estómago, antes de seguir la marcha con los bueyes. Las campanillas que llevan al cuello hacen un ruido hueco, como si convocaran a los muertos. En su espalda, Pran siente el peso de todos los siglos que llevará expiar atrocidades como ésa.

Tiempo de cosecha. Pran trabaja en el arrozal, llenando cestos de arroz verde para llevarlos a la carreta. Dos años y medio de hambre lo han reducido a un esqueleto ambulante. Sus pupilas tienen el color de la leche. Para cruzar los terraplenes que rodean los arrozales, cuya altura es la de su rodilla, debe acostarse sobre ellos y hacer rodàr el cuerpo hasta el otro lado. Lo único que ha conseguido en todo ese tiempo es información. Sabe que las tropas de Kampuchea están agrupadas cerca de la frontera con Vietnam. Sabe adónde va el precioso arroz: va al norte, a la China, a cambio de armas.

De pronto oye una orden de un oficial, en el terraplén. Pran, obediente, recoge un balde de agua del arrozal y lo lleva al refugio de los guardias, para verterlo en la cacerola. Vuelve en busca de más agua. En el trayecto se cruza con Nhiek Sahn, pero pone cuidado en esquivar sus ojos. Cuando la cacerola está llena, pide fósforos al oficial. Le alcanzan un encendedor. Al encender la leña, repara en algo que brilla en el barro: una hoja de afeitar. La oculta y vuelve al arrozal, con la cabeza humildemente inclinada; la comida no es para él.

Esa noche hay una ceremonia especial en el sitio de reuniones (la casa nueva de la colina todavía no se puede usar, no ha llegado ningún funcionario importante para inaugurarla). Pran se sienta cada vez más cerca del frente, a medida que se van vaciando las hileras de sillas. Los niños, bajo el estrado, aplauden y cantan. Uno bate un tambor de madera; otro toca un silbato de lata. En el pasillo, hombres y mujeres permanecen de pie, en líneas paralelas. Se trata de una ceremonia matrimonial según las normas de Angka.

Cada persona de la fila lleva un número, que corresponde al número usado por un miembro del sexo opuesto. Al parecer, las autoridades los han acoplado al azar, aunque las mujeres más jóvenes son entregadas a los aldeanos que han hecho favores a los oficiales. Rosa forma pareja con un hombre obscenamente desfigurado por las cicatrices de la guerra. Su rostro está sereno, aunque la piel parece súbitamente estirada sobre los huesos. Pran mira a Nhiek Sahn. Está dos hileras más allá; pálido como el polvo, aprieta las manos con fuerza. Lo ve levantarse a medias, como atormentado por el asco hasta de sí mismo, dispuesto a acabar con la angustia de ambos. Pero, ante la mirada del enano oficial del estrado, se deja caer otra vez en la silla. Su gesto involuntario ha sido visto y archivado. Nada escapa a los agentes de Angka. Pran estira la mano hasta la manga enrollada y palpa el contorno de la hoja de afeitar.

Cerca de medianoche hay truenos y lluvia. Es buen presagio. Pran, apoyándose en su bastón, camina trabajosamente hasta la puerta. Aún brilla una luz en el sitio de reuniones; el resto de la aldea duerme. Pisando cautelosamente, baja por la ruta hasta el corral de los bueyes, próximo al río. Tiene que efectuar un largo desvío para no pasar por la casa de los guardias. De pronto resbala y está a punto de caer, pero los truenos ahogan el tintineo de los guijarros.

En el pequeño corral duermen, de pie, seis bueyes. Pran se arrastra entre ellos. Con una mano acaricia suavemente el flanco de un animal, mientras con la otra usa la hoja de afeitar para hacerle una pequeña incisión en el cogote. Luego aplica la boca al tajo y succiona con fuerza. Cuando se aparta, la sangre y la lluvia le corren por el cuello.

Una vez más chupa la sangre, antes de pasar al próximo buey para repetir el procedimiento. Esta vez, la cosa sale mal. El animal sacude la cabeza y la hoja de afeitar corta profundamente. A los pocos segundos, el corral es un torbellino de animales aterrorizados.

Pran corre. Alguien grita. Una luz se balancea en el sendero. Trata de trepar la empalizada del corral, pero le fallan las piernas y cae. La luz se acerca y lo ciega; Pran reconoce aterrorizado al soldado que abrió el vientre del joven que cantaba. Unas manos lo apresan del pelo y los brazos. Mientras lo arrastran por el barro, sus gritos surgen como un alarido:

—¡No hice nada malo! ¡No hice nada malo!

Lo llevan a rastras hasta la casa de los guardias. Allí hay varios de los oficiales, incluida la mujer corpulenta, que está cortando rodajas de banana para poner en una escudilla de arroz. Con la boca llena, la mujer da una orden. Pran cae al suelo, y en pocos segundos se ve rodeado de soldados del Khmer Rouge, armados de bastones, hachas y las hoces de mango largo que se usan para cortar bambú. Se incorpora sobre manos y rodillas; el mango de un hacha le golpea el estómago, dejándolo sin aliento. Un mástil se le estrella en la nuca, aplastándolo contra el barro.

—¡Robas lo colectivo! ¡Eres un enemigo!

Lo golpean, lo patean. La mujer gorda le da tal puntapié que parte del arroz se le escapa de la boca, cayendo sobre la cabeza de Pran.

—¡Traidor, traidor!

Pran piensa que en cualquier momento una hoz le cortará la cabeza. Pero aún no se han cansado de él. Le atan las manos a la espalda y lo llevan, semiinconsciente, hasta los bosques, detrás de la aldea. Allí lo arrojan contra un árbol. Es el fin. Oye que su voz llega desde muy lejos, en un susurro:

—No hice nada malo.

El escenario estaba rodeado de claveles rosados. Entre la concurrencia abundaban los *smokings,* las sedas y los organdíes, las joyas sacadas del Banco. Schanberg esperaba entre bastidores, mientras un hombre de corbata de moño leía su parte como si estuviera anunciando una función de variedades.

—Distinguidos huéspedes, señoras y señores... Por su informe brillante y objetivo, arriesgado, realizado en las condiciones más adversas, el Premio al Mejor Corresponsal de Guerra corresponde al señor... ¡Sydney Schanberg, del *New York Times*!

Schanberg se adelantó al escenario entre fuertes y prolongados aplausos. Al tomar el premio, vio todas las caras familiares, que le dedicaban extrañas sonrisas. Se inclinó hacia el micrófono:

—Quienquiera que conozca mi obra sabrá que la mitad de esto corresponde a Dith Pran. Sin Pran yo no hubiera podido escribir la mitad de los artículos que envié. En ocasiones como ésta es agradable felicitarnos a nosotros mismos, pero no puedo presentarme esta noche aquí sin pensar en las personas inocentes hacia las que, con la abnegada ayuda de Pran, pude conducir la atención del público norteamericano. Camboya era un tema secundario frente a Vietnam, una especie de hombrecito que pasa desapercibido junto al gigante. Que cada uno saque sus propias conclusiones.

Hizo una pausa. Unos cuantos traseros comenzaban a agitarse. Así debía ser.

—Los vietnamitas, que seguramente saben lo que dicen, describen a Camboya como «una tierra de sangre y lágrimas». Pol Pot tiene otro modo de expresarlo. Según él, los comunistas de Vietnam revisaron el cesto y arrojaron fuera la fruta podrida; en cambio, el Khmer Rouge ha volcado el canasto y recogido del suelo la fruta sana. Se calcula que en Camboya han muerto tres millones de personas... Y por desgracia, nuestro propio país ha contribuido espectacularmente a esa espantosa tragedia.

»A los hombres de la Casa Blanca no les interesaban los camboyanos en su condición de seres humanos. Para ellos, Camboya era sólo una abstracción que podía favorecer las metas del gobierno en Indochina. Nunca preguntaron a los camboyanos qué deseaban: simplemente lo decidieron ellos, y luego, en secreto, bombardearon su país. La Casa Blanca proclamó que los siete mil millones de dólares gastados en bombardear Camboya eran necesarios para anular los refugios que Hanoi tenía en ese país, a fin de que las tropas norteamericanas pudieran evacuar con menos bajas Vietnam del Sur. Así los usamos, ellos libraron nuestra batalla. Murieron, y a nosotros no nos pareció mal porque eran sólo una abstracción. Pero esos terribles bombardeos ensancharon el escenario de la guerra, destruyeron la frágil neutralidad de Camboya, llevaron la guerra a todo el país, dividiéndolo y estimulando el odio, el miedo y el caos que posibilitaron el ascenso al poder y el terror del Khmer Rouge, que, en 1970, era una fuerza pequeña y desorganizada.

»Camboya no es el mundo, pero sí un microcosmos bastante ajustado. Y nos recuerda que las grandes potencias demuestran muy poco interés por las consecuencias humanas de sus actos en favor de algún interés político, interno o exterior, apenas definido.

»Hace poco leí un artículo, escrito mientras yo aún estaba en Phnom Penh, que resume sorprendentemente la situación. Veamos: "El conflicto se inició por temas que la mayor parte de los camboyanos nunca comprendió; en último término, dejó a la mitad de la diminuta nación sin hogar, hambrienta, muerta o baldada. También dejó un residuo de profundo resentimiento contra los Estados Unidos, por haber lanzado a Camboya a una guerra civil que no quería ni parecía capaz de enfrentar."

»Me es muy grato aceptar este premio en nombre de Pran y en el mío propio. Me siento muy honrado. Y sé que Pran se habría sentido muy orgulloso de él. Gracias.

Los aplausos lo acompañaron en su regreso a los bastidores, con el mismo eco de entusiasmo impersonal; le parecía la manifestación colectiva de un grupo de gente sin convicciones, pero con mucho corazón. Schanberg no había querido presentarse en la recepción; prefería irse muy lejos. Pero allí estaba su editor; allí también su hermana Shirley, a quien no podía abandonar en medio de ese gentío.

Salió del salón. Los aplausos repiqueteaban como el fuego lejano de las ametralladoras en las afueras de una ciudad. Los camareros estaban preparando el *buffet:* salchichas, daditos de aceituna sobre anchoas, ricitos de langosta rosada y salmón más rosado aún sobre galletitas minúsculas, pequeños emparedados de pan de centeno con caviar, bocaditos de queso francés, un manojo de mondadientes en un vaso de licor.

Se detuvo, como quien se descubre en una fiesta a la que no ha sido invitado. Bajo una fotografía del presidente Carter, un camarero se inclinó, fruncido el entrecejo, para quitar una arruga del mantel blanco. La gente entró bruscamente, pasó junto a él y rodeó las mesas de comida. Alguien le puso en la mano una copa de champán.

—No quiero quedarme mucho tiempo —dijo a su hermana.

—Pero si eres una de las estrellas, Syd. ¿Aquél no es Norman Mailer? Lo imaginaba más grande.

Más champán, más apretones de mano.

—¡Eh! ¡Estupendo! —le dijo un desconocido—. Buen trabajo. ¿Qué se sabe de... cómo se llama?

—Pran. No hay noticias todavía.

—¿No? Bueno, muy buen trabajo. Y me gustó lo que dijiste de los comunistas y la fruta podrida. Eso son, exactamente. Hasta pronto, Sydney.

Vio grupitos de literatos hablando de política, un equipo de televisión con reflectores, en busca de las celebridades. En la confusión, la esposa de un senador, convertida en columnista política, daba a conocer sus puntos de vista sobre el Líbano. Schanberg presentó su hermana a Mike Wallace.

Los reflectores se estaban aproximando. Se vio envuelto en una discusión que no le interesaba, con un hombre del *Partisan Review*.

—Nuestro error —dijo Schanberg— fue sacar a Sihanouk y poner a Lon Nol.

—Lon Nol se puso solo. Y se mantuvo allí.

—In Tam hubiera ganado las elecciones de 1972 y reformado el ejército camboyano. Eso es un hecho indiscutible. Washington apoyó a Lon Nol y le dejó hacer fraude en las elecciones.

Los anteojos del otro periodista lanzaron destellos.

—Usted culpa de todo a Nixon y a Kissinger, ¿no, señor Schanberg? Norteamérica combate al comunismo; a eso se reduce todo. Para eso hay que subordinar las partes al todo, ya sean el sudeste de Asia, Oriente Medio o América Central. Si no se tiene una estrategia global se arruina todo, como estamos haciendo ahora. Aunque sea duro, así son las cosas.

Schanberg lo miró fijamente:

—Esta gran estrategia fue lo que parió al Khmer Rouge —dictaminó—. Matan a todo el que tenga gafas, ¿sabe? Eso también es duro. —Vació su copa y agregó—: Disculpe, tengo que ir a orinar.

El baño no se parecía en nada al que había utilizado para revelar la fotografía de Pran. Schanberg se encaminó hacia los lavabos y tomó una barra de jabón. Un hombre fue directamente a estrecharle la mano. Quería un autógrafo «para mi hijo, que quiere ser escritor». Salió a relucir un lapicero; después, un ejemplar del programa para la entrega de premios. Schanberg, a desgana, firmó.

Alguien lo estaba observando. Giró en redondo. Al Rockoff.

—Hola, Al —saludó—. ¿Estabas por allá, en el vestíbulo?

Hablaba con intranquilidad, porque en el rostro lavado y afeitado de Rockoff había una sonrisa macabra. Rockoff puso las manos bajo el grifo, sin dejar de sonreír.

—Muy impresionante —comentó—. Estaba esperando que empezaras a cantar.

—Oh, vamos, Al.

—Disculpa, Syd, pero me asombras. Te preocupa a muerte lo que hizo «nuestro propio país». Bueno, ¿y qué hizo nuestro país? Se metió allá y pateó unos cuantos culos. Explotó a Camboya como tú explotabas a Pran. Y cuando la cosa se puso fea, huyó. ¿Cuál es la diferencia entre el país y tú? Descontando que a ti te dan un gran premio periodístico por tu «objetividad».

Rockoff se sacudió el agua de las manos y encendió el secador automático. Schanberg sacudió la cabeza; no sabía qué decir. Eso era injusto; era ensañarse con el caído. Un par de personas entró violentamente, medio bebidos, riéndose de un chiste.

—De todos modos, me alegro de verte —dijo Rockoff—. Me voy a Florida.

—¡Sabes que hice todo lo que pude!

—No lo pongo en duda. —La sonrisa cínica estaba otra vez allí. Rockoff se pasó un peine por el pelo.

—¡Te digo que hice cuanto pude, por el amor de Dios!

—Disculpa otra vez. No sabía que habías ido allá a buscarlo.

—No juegues conmigo, Al. Nadie puede entrar en Camboya. Si fuera posible, iría. He enviado cientos de fotografías. Todas las agencias de socorro, a lo largo de la frontera entre Tailandia y Kampuchea, tienen una fotografía de Pran. Si tuviera la más pequeña esperanza, iría esta misma noche. Pero la vida no es una película de la década del cuarenta, Al. Uno no puede subirse a un avión y arreglar el mundo.

Pero cuando se volvió hacia el fotógrafo, Rockoff se había ido; estaba hablando solo. Al salir oyó que uno de los borrachos reía entre dientes, ante el mingitorio:

—Si la vida fuera una película de la década del cuarenta, yo me quedaría con Laureen Bacall.

Lo estaba esperando su editor. Y también los reflectores. Una linda periodista americano-japonesa se le acercó con un camarógrafo y apuntó con el micrófono al hombre del *New York Times*.

—Antes que nada, señor Schanberg, felicitaciones por el premio.

—Gracias —replicó él, con voz grave.

—Usted lo aceptó en nombre de... —consultó una tarjeta— ...de Dith Pran y en el suyo propio. Él era su ayudante en Camboya, antes de que ganaran los comunistas. ¿Cree, francamente, que aún está con vida?

—Nunca he perdido las esperanzas.

—¿Qué puede decirme de la familia de Dith Pran, que está aquí, en Estados Unidos? ¿Se mantiene en contacto con ellos?

—Sí, en efecto.

Schanberg tomó del brazo a su hermana, y comenzó a alejarse con una sonrisa forzada. La cámara y el micrófono giraron en torno de ellos. Estaba atrapado.

—Para terminar, señor Schanberg, ¿qué tiene pensado para el futuro? ¿Irá a cubrir la historia de los refugiados vietnamitas de los barcos?

—No. Y no comprendo el propósito de esa pregunta.

La periodista abrió mucho los ojos.

—Disculpe, señor Schanberg. Comprendo su actitud...

—¿Ah, comprende? —La furia y los remordimientos acumulados de Schanberg habían encontrado salida.— ¿Así que comprende? Ha leído tres libros y se ha paseado por la universidad con un estandarte. Ahora la envían a decir las palabritas adecuadas mientras busca otras historias de horror bien jugosas. Porque Camboya se ha puesto rancia, ¿no? Y a su patrocinador le preocupan las ventas. Así que, veamos, señor Schanberg, ¿qué pasa con los refugiados vietnamitas?

La periodista lo contemplaba con expresión atónita. Shirley le estaba tironeando de la manga. Pero ellos se lo habían buscado, qué joder.

Se encaminó hacia la puerta, cruzando un mar de caras silenciosas. Shirley corría tras él. Syd llamó a un taxi para enviarla a su casa.

—Cuéntales de mi parte que te arruiné el día.

—¿Y tú, qué piensas hacer?

—Ir a casa caminando.

Caminó ocho manzanas bajo una lluvia ligera e hizo todo lo posible por no cruzarse con el portero. Su departamento estaba tal como lo había dejado: como una habitación de hotel, limpia, rectangular y poco acogedora. Los ceniceros vacíos, los antepechos de las ventanas limpios, los almohadones en su sitio, la ropa en el ropero. Su escritorio era un modelo de orden. Junto al bloc de anotaciones en la mesita del teléfono estaban los lápices, perfectamente ordenados. Una lámpara Tiffany arrojaba una luz discreta sobre su nueva máquina de escribir eléctrica y la resma de papel virgen. A poca distancia, la pila de libros sobre Camboya se mantenía en una pirámide perfecta: el más grande abajo, el más pequeño arriba. Había también varios recortes de periódico, un estante con libretas y videotapes en la pared, y un tablero de corcho donde había clavado fotografías para completar la impresión de eficiencia.

Schanberg miró su escritorio. Conectó la máquina de escribir, insertó una hoja y tecleó una única palabra: MENTIRAS. Todo era mentira, todo una patraña. Y la mayor de las patrañas era Sydney Schanberg, el escritor que no podía escribir, el periodista que había perdido la fe en su capacidad para decir la verdad.

Por eso estaba solo. No se trataba tanto de que hubiera que dividir sus afectos entre su familia y la de Ser Moeun, ni que hubiera pasado todo ese tiempo pensando en Camboya. Eso no habría importado, si hubiera podido hallar una vía de escape, volcar su experiencia en un libro. Pero estaba bloqueado. No podía escribir. Era inútil. Y había descargado su frustración del único modo que conocía: en su familia.

Se sirvió un abundante whisky y pasó a la cocina. Sobre la mesa de la cocina yacían los restos de la cena de la noche anterior, junto a otra pulcra pila de recortes y fotografías. Un artículo de la revista *Time* tenía un párrafo marcado en tinta roja: *De los sesenta, aproximadamente, que fueron ejecutados, sólo seis se libraron de la bayoneta. Eran niños muy pequeños, demasiado pequeños como para comprender en su totalidad lo que estaba ocurriendo. Ya en un frenesí asesino, los dos verdugos tomaron a los niños de los brazos y las piernas y los golpearon contra un árbol.* Debajo, había garabateado las palabras de *1984,* de Orwell: LA GUERRA ES LA PAZ. EL ODIO ES EL AMOR. LA LIBERTAD ES LA ESCLAVITUD.

Mientras sorbía el whisky, revisó las fotografías, como si pudieran decirle algo nuevo. Había una de Jon Swain en un *rickshaw;* otra de Sarun en la Oficina de Teletipos, masajeándole los hombros para mantenerlo despierto; otra de Al Rockoff con gorra de béisbol y gafas oscuras, en el Café Central, sonriendo bajo el sol. Luego llegó a la que no había podido clavar en el tablero, por falta de coraje. Era la que había tomado a Pran ante el hotel Phnom, el día de la evacuación norteamericana. «¡Sonríe!», le había dicho, minutos después de que Pran se despidiera de su esposa y sus hijos por última vez, sólo porque Schanberg no lo había obligado a acompañarlos. ¿Qué habría estado sintiendo, en el fondo?

Los Estados Unidos explotaron a Camboya como tú explotabas a Pran. Las palabras de Rockoff le produjeron un intenso dolor. Era algo que nunca había admitido abiertamente hasta entonces, pero que esas fotografías y esos recortes le recordaban sin cesar: un modo de castigarse a sí mismo. Había usado a Pran; lo justo hubiera sido que Pran lo usara, a su vez, para escapar de Camboya con su familia. Pero se había quedado. Y lo imperdonable era que, además, había salvado la vida a Schanberg.

Dejó la fotografía a un lado y volvió al cuarto de estar. No podía calmarse; no había sitio donde pudiera hacerlo. Conectó el tocadiscos: una grabación de Nessun Dorma, de un aria de Puccini. La había escuchado muchas veces desde que regresó de Oriente. Esta vez sonaba como una acusación. ¿Qué otra cosa hubiera podido hacer él? Así era la vida del periodista. Se compite por los artículos, no caen del cielo. Se informa sobre cosas que no se pueden cambiar. Se las describe, con tanta exactitud como se puede, y a otra gente le corresponde actuar según los despachos que uno envíe. Es una vida dura, y no se puede perder tiempo estudiando los aspectos más sutiles de la moralidad. Pran lo sabía y lo aceptaba.

Tal vez estaba dando demasiada importancia a sus sentimientos de culpa. Como periodista, su única arma era el conocimiento, y en ese momento estaba inerme. Si al menos supiera algo... Que Pran había muerto, por ejemplo. Eso hubiera confirmado sus peores sensaciones con respecto a sí mismo, dejándolo *en libertad para escribir.*

Un relámpago. Una silueta caída contra el alambre que la sujeta a un árbol. En el piso, una hoja de palmera afilada como una navaja.

«Mátenlo», había dicho la mujer. Pero otro oficial había dicho: «Decidamos por la mañana.»

La lluvia cae sin cesar, lavando la sangre del cuerpo amoratado e hinchado de Pran. Ha pasado toda la noche rezando a Buda. Ha rezado por el rostro de su madre y por todas las cosas que Buda podría considerar favorablemente. Se ha atrevido a recordar a Buda que no ha cambiado su nombre. Ha prometido que, si sobrevive, se afeitará la cabeza como prueba de gratitud por su salvación. Han pasado las horas. El alba trajo un sinfín de trinos y un sol rojo entre los árboles. Y él sigue rezando.

Se acercan pasos. Los trinos se tornan estridentes. Pran levanta los ojos, hinchados e inyectados en sangre. Hay dos oficiales ante él: el enano que curó a su gato con penicilina y el adolescente de dos lapiceros en el bolsillo. Detrás de ellos, armados de hachas, un par de soldados. Ha llegado el momento. Pran lo enfrenta con resignación. Su último pensamiento es lo que dijo Rosa: se encontrará con Ser Moeun y sus hijos en el otro mundo.

—Desátenlo —dice el oficial adolescente, en khmer—. La comuna asistirá a su autocrítica.

Luego se acuclilla y mira duramente a Pran, casi como si lo hubiera visto antes en alguna parte; tal vez hace años, cuando era un niñito con un casco demasiado grande, en Neak Luong; un niñito al que ciertos desconocidos le regalaron un reluciente emblema de Mercedes Benz. Sea lo que fuere, lo intriga. Para Pran, en cambio, la respuesta es simple y sobrecogedora: Buda ha escuchado e intercedido.

Pran se ve obligado a desfilar ante la comuna, denunciado por su delito. Se le hace prometer que, si vuelve a quebrantar las reglas, dará su vida a las autoridades para que dispongan de ella a voluntad. A su debido tiempo, se afeita la cabeza, explicando a los superiores que es para curarse de las jaquecas.

Participa en la cosecha. Junta brotes de bambú en

la selva. Cada día que pasa siente que su vida está condenada. Ahora, los superiores lo observan permanentemente, sobre todo la mujer que escupe cáscara de naranja, la que trató de hacerlo matar.

Los asistentes a las reuniones, dos veces por semana, cada vez son menos. Ahora hay más comida (otros cien gramos de arroz por día) y no tantas ejecuciones por «errores» de rutina, tales como quedarse dormido durante las conferencias o tomar de la mano a la esposa. Pero los niños escasean. A pocos aldeanos se les ha permitido procrear, y a nadie de las ciudades; además, a la edad de diez años se recluta a todos los niños para que peleen por Angka en la guerra contra Vietnam.

La educación política ya no se dirige tanto contra los imperialistas y los enemigos internos como contra «los perros agresores, los vietnamitas expansionistas». Pran ya lo ha oído todo anteriormente. Vietnam, el enemigo tradicional del pueblo khmer, era el tema de los discursos de Lon Nol desde que derrocó al príncipe Sihanouk. Le divierte oír las mismas frases en boca del Khmer Rouge. Pero lo que ocurre esta noche no tiene nada de cómico.

Una niñita de diez años, de rostro pálido, está de pie en la primera fila, señalando con el dedo a Nhiek Sann. Se le acusa de reunirse secretamente con una mujer de la aldea. Con Rosa. Se llama al estrado al «esposo» de Rosa, el hombre desfigurado por las cicatrices de la guerra. Nhiek Sann es llevado al frente a empujones. Está más delgado y más canoso que cuando llegó a Dam Dek. Pran tiene la impresión de que ha envejecido diez años en diez meses. Parpadeando, corto de vista, presenta sus excusas. Rosa permanece impasible, ocultando su angustia. Los oficiales la miran a ella, no a él. Aun cuando su nuevo esposo chille sus vitriólicas denuncias, en el rostro femenino no se mueve un músculo. Ni una mirada en dirección de Nhiek Sahn.

Eso no cambia las cosas. Creen al esposo y lo hacen

callar. Un soldado armado escolta a Nhiek Sann hasta la casa de los guardias. Sólo entonces Rosa lo mira, y en su mirada se manifiesta toda la nostalgia y la desesperación que ha acumulado en su corazón. Se levanta y anuncia, con voz firme, a las autoridades reunidas en el estrado:

—Quiero hacer una confesión.

Se hace un súbito silencio en el lugar de reuniones. Pran está petrificado. Nhiek Sann y el guardia permanecen inmóviles. Con el mismo gesto utilizado minutos antes por la niña, Rosa levanta el brazo y señala al oficial enano, en la plataforma.

—Él ha sido mi amante —declara—. El hombre que piensan ejecutar lo presenció. Ha guardado silencio para no comprometerme.

La mujer oficial deja caer su naranja. Cara de Torta abre la boca y la vuelve a cerrar. Sólo el oficial adolescente que salvó la vida de Pran permanece impertérrito. Se levanta, como para poner fin a la reunión, y da unas palmaditas a los lapiceros que lleva en el bolsillo.

—Lo investigaremos —dice.

Esa noche, Pran yace despierto en su esterilla de juncos. En las primeras horas de la mañana oye pasos en el sendero y ve, a través de las tablas que forman la pared de su choza, el destello de una linterna. Con mucha cautela (estar despierto después de medianoche sigue siendo una ofensa capital), aplica el ojo a una grieta de la pared. Con las manos atadas a la espalda, el oficial enano al que toda la aldea odia es llevado rumbo a la selva por unos soldados armados. Lo siguen Nhiek Sann y Rosa, pálidos a la luz de las antorchas de resina, también con las manos atadas. Los acompañan otros tres soldados y las restantes autoridades de la aldea.

Pran vuelve a acostarse en la esterilla. Quiere llorar, pero las lágrimas se resisten. La maestra, la esposa de Nhiek Sann, se ha tomado venganza. Se ha sacrificado, pero se lleva consigo a uno de los peores opresores de Dam Dek. Rosa encarará su muerte con tanta firmeza como ha encarado su vida. La recibirá de buen grado, pues va a reunirla con su esposo y su hijo. Para Pran, todo será más duro. Una persona dotada de fuerza y belleza, único recordatorio de que la vida podía ser más que una conjunción de ciego salvajismo y ciega obediencia, será aniquilada.

Entonces Pran resuelve escapar.

Su oportunidad llega antes de lo que él esperaba. Está juntando barro en un cesto, en el borde de un arrozal. La tarde está avanzada. Revolotean las libélulas, el humo amarillo de las fogatas en la aldea llega hasta donde él está. Sin previo aviso, se ve arrojado al aire por una enorme explosión. A ochenta metros de distancia, ha saltado una columna de barro y agua. Demasiado poderosa como para ser una mina. Tiene que tratarse entonces de una de esas bombas arrojadas por los B-52 norteamericanos, que no estalló en su momento.

Gritos, silbatos. Los guardias corren al arrozal, hacia los malheridos. Pran se desliza por sobre el terraplén y permanece aplastado contra el barro. Ningún guardia lo llama. Como una víbora de agua, avanza sobre su vientre, protegido por el terraplén, y franquea el montículo siguiente. Después de reptar otros cincuenta metros, está en la selva, los gritos se tornan distantes.

Norteamérica ha acudido en su rescate, después de todo.

Se esconde en el borde de la selva hasta que cae la noche. Cuando todo está tranquilo, cuando las últimas luces de la aldea, al otro lado del valle, se han extinguido, busca un palo en que apoyarse e inicia la marcha a lo largo de un sendero que conoce. En tanto avanza, dificultosamente, reza a Buda para que lo proteja. Hay otros peligros en la selva, aparte del Khmer Rouge: panteras, serpientes y plantas venenosas. Los arroyos están llenos de sanguijuelas; cada vez que cruza uno, tanteando la profundidad con el palo, debe demorarse en la ribera opuesta para quitárselas de las piernas.

El sendero sube por una colina y desciente abruptamente hacia el valle siguiente. Pran se pierde y cae dos veces. En la segunda ocasión pierde el palo y debe buscarlo a tientas a la luz de la luna. Cada ruido detiene su marcha. No hay nada amistoso en la jungla: ya lo ha aprendido.

Cuando las piernas comienzan a flaquear, la selva ralea, convirtiéndose en monte bajo. Blandiendo su palo, se abre camino por entre las altas matas de pasto ondulante y los enormes bambúes. Hay agua, debe de estar acercándose a arrozales. Es demasiado peligroso seguir... Está demasiado exhausto. Se tiende por un momento al amparo de los altos pastos. Instantáneamente, casi sin saberlo, se queda dormido.

El leve ruido de un avión de combate lo despierta. Al levantar la vista hacia el rastro de humo en el cielo azul, piensa, por un momento, que está con Sydney en el prado de la casa de huéspedes en Sihanoukville. Pero hay un hedor dulzón que le está dando náuseas. Baja la vista. Junto a él yace un cadáver, que lo mira fijamente con un ojo vacío y sonríe con un solo lado de la boca. La otra mitad está negra de insectos.

Pran se pone en pie de un brinco, chillando, y se aleja a tropezones. Baja por el sendero, junto al agua, resbala y se encuentra hundido en limo hasta la cintura. Algo lo codea: otro cadáver; los botones de la camisa le han saltado en el hinchado vientre. Es demasiado horrible. Pran vuelve a gritar y sale al sendero estrecho. Ha oído de esos lugares. Son los campos de exterminio.

Tanteando con el palo delante de sí, como los ciegos, atraviesa ese país de muertos. Va buscando el camino entre cadáveres que aún tienen la cabeza cubierta con las bolsas de papel utilizadas para asfixiarlos. Está rodeado de esqueletos, un cementerio de podredumbre y espanto. Y como música de fondo, el feroz zumbido de los insectos, que chupan lo que el sol aún no ha secado. Pran sigue tanteando entre las calaveras, rezando a Buda.

Al fin llega a terrenos más altos; el sendero gira entre los árboles. Pran asciende trabajosamente, sin echar una sola mirada a los campos de exterminio. A mediodía encuentra un nido de chorlito con cuatro huevos. Come dos y vuelve a poner los restantes bajo la madre, con una arrepentida inclinación de cabeza. La colina es muy alta; atardece antes de poder cruzarla por completo y llegar al valle, del otro lado. A lo lejos se ve otra aldea, más pequeña que Dam Dek. Espera entre la maleza hasta que caiga la noche. Los arrozales parecen espejos de plata bajo el claro de luna. Los cruza. Cuando está rodeando la aldea, una silueta de negro se adelanta con un fusil y le bloquea el paso.

La cuna de bambú gime al mecerse, como un bebé hambriento. Dentro duerme un niñito, con el pulgar en la boca. Cuando su respiración se torna regular, Pran aquieta la cuna y se levanta para bajar el mosquitero.

Es la casa más grande de Bat Dangkor; casi lujosa, según las normas del Khmer Rouge: tiene una mesa y sillas, un pequeño dormitorio con su sofá-cama, reloj despertador y una maltratada radio de transistores. Cuando Pran se aleja subrepticiamente, descalzo, sobre la esterilla de juncos, aparece un hombre en el vano de la puerta; el mismo que tomó prisionero a Pran en las afueras de la aldea. Tiene veintiocho o veintinueve años, calva incipiente, y su piel es tan pálida como la de los habitantes de la ciudad.

Pran se inclina y dice, en khmer:

—El niño duerme, camarada Phat.

—Bien. —Phat abre la bolsa que lleva y saca un mango.— Toma. Puedes comer esto.

Pran lo acepta con gratitud y se desliza hacia la puerta, pero Phat lo detiene.

—Camarada, usted me dijo que, antes de la liberación, conducía un taxi en Phnom Penh...

—Sí.

—¿Cuánto cobraba por un recorrido entre el bulevar Norodom y el aeropuerto?

Pran vacila por una fracción de segundo.

—En los últimos meses —dice, cubriéndose— me vi obligado a pedir cinco mil riels.

Phat lo mira fijamente. Su pregunta siguiente es formulada en voz muy baja.

—*Est-ce-que vous parlez français?*

Pran siente que por la espalda le corre un sudor frío. Recuerda la última vez que oyó cantar en francés en los arrozales y lo que pasó con el hombre que lo hizo. Pero un taxista de Phnom Penh... Sonríe y niega con la cabeza.

Phat lo mira fijamente por un momento más; luego le hace señas de que puede retirarse. Pran, aliviado, baja apresuradamente los peldaños hasta su casilla de madera, entre los pilotes de la casa. Desgarra el mango con las uñas y, después de devorar la fruta, come también la cáscara. Le debe la vida a Phat, el jefe comunal de Bat Dangkor, quien lo ha tomado como sirviente suyo y de su hijo; está bajo su protección. Pero el jefe de la aldea no es como los otros oficiales del Khmer Rouge que él ha conocido, es inteligente y sofisticado; por lo tanto, también peligroso. Pran tendrá que estar más en guardia que nunca.

Con el correr de los días, su nerviosismo se acrecienta. Por la noche oye pasos junto a su casilla, conversaciones en susurros; a veces, el crepitar inconfundible de una radio. Por su parte, Phat lo trata con desenvoltura, como si se tratara, deliberadamente, de inspirar en él una falsa sensación de seguridad. También está el misterio de los MIG-19. No hace mucho, dos de ellos salieron de la selva, pasando por sobre Bat Dangkor a menos de treinta metros, espantando a los bueyes y dejando en el aire un olor dulzón: napalm.

La semana anterior, mientras Pran estaba bañando en el río a Kim, el niño, volvió a verlos, en esa oportunidad eran cuatro y se dirigían al Oeste, a unos novecientos metros de altura. Son aviones vietnamitas. En algún lugar debe de haber guerra, pero ¿a qué distancia? En Bat Dangkor hay muy pocos representantes de la «gente nueva»; casi todos son los aldeanos originarios de allí. Para averiguar, tendrá que esperar una oportunidad de escuchar la radio de Phat.

Mientras corta leña en el jardín, sin perder de vista a Kim, que juega en el pequeño tabacal, como cualquier niño de tres años, Pran sigue intrigado. Durante todo el día ha visto convoyes de camiones militares de fabricación china, que pasan por la ruta principal, al otro lado del valle. Ha visto nuevos rastros de vapor en el cielo. Toda esa actividad militar señala algo grave. Ayer, después de que las autoridades se retiraron, pensó que Phat estaba a punto de decirle qué pasaba.

Dos de los oficiales superiores habían cenado con Phat, incluido uno a quien Pran nunca había visto. Como correspondía, él preparó arroz guisado con pimientos verdes, y presentó la fuente a cada uno para que se sirvieran. Como de costumbre, aunque mantenía los ojos bajos, se sintió sometido a minucioso escrutinio. ¿Y si los de Dam Dek habían hecho circular su descripción, como lo hubiera hecho la policía en el caso de un criminal fugado? Pran retrocedió de la mesa, con las manos temblorosas.

Treinta minutos después, un talón golpeó contra el suelo. Pran, que estaba lamiendo los granos de arroz restantes en la cacerola, salió de su casilla y corrió al interior de la casa. Los tres oficiales habían terminado y estaban sentados en las sillas de bambú, fumando cigarrillos liados a mano. Pran comenzó a amontonar los platos. El oficial desconocido sacó un cigarrillo y lo puso ante la cara de Pran, con un ademán florido...

—*Avez-vous du feu?*

No se iba a dejar sorprender tan fácilmente. Esbozó una sonrisa humilde y se llevó los platos. Cuando volvió, Phat estaba solo. Medio para sí mismo, dijo en khmer:

—Destruyen la revolución.

—¿Quiénes?

—Nosotros hicimos la revolución para que allí donde estuvieran los árboles estuviera también la fruta. Para que los campesinos que producen no fueran esclavos de los habitantes urbanos que consumen. Es nuestro Gran Salto Adelante, hacia una sociedad mejor y más justa, como en China. Pero a diferencia de China, nosotros somos pequeños, casi indefensos. No tenemos suficientes armas, ni suficientes aviones o tanques. Nos traicionaron en 1972 y nos dejaron pelear solos. Ahora quieren tragarnos. Saben que nuestro experimento comunista es superior y les avergüenza.

El joven jefe comunal no dijo más. Pran quería preguntarle cómo iba la guerra, si era cierto que Angka estaba matando a su propia gente e incendiando las aldeas al retirarse. Pero preguntarlo hubiera sido demostrar curiosidad y confirmar, de ese modo, las sospechas de Phat con respecto a él. Por eso se retiró con la cabeza inclinada.

Desde el tabacal surge un grito. Kim se ha caído y tiene un raspón. Pran lo levanta para llevarlo a la casa: es hora de que duerma. Lava con una esponja el rostro y las manos del niño, lo seca, lo desviste y lo acuesta en la gran cuna de bambú, susurrando, como todas las noches:

—Bon soir.

Luego baja a su casilla, recogiendo en el camino una colilla para fumar. En su mente se enciende una imagen súbita y dolorosa, recuerdo de mejores tiempos. Sydney, haciendo girar un cigarrillo entre los dedos, con una carcajada.

Los dos estaban en Battambang por entonces, en 1974, habían cenado un buen pescado con vino. Sydney estaba fumando opio; era más barato en Battambang que en la capital. Ofreció un poco a Pran, y el camboyano, al probarlo, comenzó a reír como un tonto. Fumó un poco más para dormirse y se encontró, súbitamente, tan indefenso como un bebé ante sus propias emociones. Reía y lloraba con Sydney, por las calles de Battambang, pasando junto a los soldados de guardia que lo miraban, incrédulos, frente a casas, negocios y árboles, hasta que tuvieron la impresión de que sólo una cosa no podrían dejar atrás en esa huida loca: la luna.

Pero Battambang ya no existe, los soldados no existen y el mundo está totalmente cambiado. Sólo la luna permanece en su lugar. Y sus recuerdos. Mentalmente, Pran compone un télex que jamás será enviado a ninguna parte:

HOY MÁS AVIONES VOLANDO: CONTÉ DIECISÉIS REPITO DIECISÉIS MIG DE LA FUERZA AÉREA VIETNAM: TAMBIÉN MUCHO MOVIMIENTO TROPAS TERRESTRES DE KR: INFORMES NO CONFIRMADOS DE QUE KR ESTÁ MATANDO TODOS LOS CIVILES AL RETIRARSE ANTE VIETNAMITAS: ESTOY ASUSTADO MATAN A TODOS Y DEJAN ENTRAR CHINOS ÉSTA ES UNA TIERRA TERRIBLE: NOS QUITAN EL ARROZ: MUCHA GENTE MURIENDO: PIENSO EN TI CON FRECUENCIA SYDNEY: POR FAVOR SYDNEY CUIDA DE MI ESPOSA Y MIS HIJOS: FIN TRANSMISIÓN.

Pasa una semana. El tránsito de militares a lo largo del valle se torna más denso. A primera hora de la tarde ha pasado un Citroën 2CV rojo, por la senda que va entre los arrozales hasta Bat Dangkor; iba acompañado por una escolta de motocicletas. Del auto bajaron oficiales del Khmer Rouge, con tres y hasta cuatro lapiceros en los bolsillos, para estudiar el paisaje. Entraron en la casa de Phat, tal vez para verificar los movimientos de los aldeanos.

Pran ha escapado al río. Está de pie en el extremo de un bote para pescar, amarrado y con una red atada a un largo palo. Kim, que está a punto de cumplir cuatro años, parlotea sentado en el otro extremo, mirando su imagen reflejada en el agua. Pran trata de apresar un pez y, al fallar, maldice, frustrado. Kim ríe y aplaude, mientras Pran, sonriendo, sacude la cabeza. Indica con las manos extendidas el tamaño del pez.

—*C'est très grand!*

El pequeño se disuelve en risas.

Cuando el Citroën y sus ocupantes se han marchado, los dos vuelven a la casa con su pesca y encienden el fuego. Pran corta el pescado, lo limpia y lo ensarta en largos palos para ponerlo a asar. Kim lo observa, fascinado. Cuando el padre sale y lo abraza, antes de asistir a una reunión en la aldea, el niño extiende los brazos, excitado:

—*Tré gran! Tré gran!*

El significado es inconfundible. Pran mira fijamente a Phat, rígidos los músculos de la cara, sin poder siquiera parpadear. La sonrisa del oficial ha desaparecido. Mira a Pran sin expresión alguna; luego, al pescado que se asa sobre las llamas. Por fin gira en redondo y echa a andar por el sendero.

Cuando se pierde de vista, Pran levanta al niño y corre al interior de la choza. Después de todos sus esfuerzos para disimular, después de las lecciones que le ha enseñado la amarga experiencia, ¿cómo ha podido equivocarse así?, ¿cómo pudo ser tan tonto de dejarse denunciar por una criatura inocente? No tenía necesidad de hablar en francés con el niño, lo ha hecho por nostalgia y porque era un idioma privado entre los dos. Ahora sufrirá las consecuencias.

El niño parece comprender la distracción de Pran y se acuesta sin demora. Pran camina por el cuarto, tratando de tranquilizarse. Tiene que pensar. Ya no servirá de nada intentar la huida, pues las rutas están llenas de soldados. Está atrapado. Se detiene junto a la cuna y mira al niño que lo ha traicionado. Kim duerme apaciblemente, la cara serena, sin inquietudes. Dentro de pocos meses lo llevarán a las primeras lecciones de «educación», para iniciar su largo aprendizaje del odio, pero por el momento es libre; nada sabe de tristezas ni de sufrimientos; su mundo es el mundo ilimitado de todos los niños de esa edad, en cualquier lugar del mundo... por ejemplo, los hijos del mismo Pran, en los Estados Unidos.

La radio está sobre la mesa. Pran enciende las velas y la mira fijamente. Hasta ahora no se ha atrevido a tocarla, pero ¿qué más puede perder? Todo. La vida. Buda no puede protegerlo de sus propios errores. Estira una mano y hace girar el botón. Un águila sobrevuela el río. El pánico hace saltar a Pran de la silla. Se hace el silencio otra vez. Él sintoniza, con la oreja pegada al dial, y capta la Voz de las Américas.

«El reverendo Jim Jones... se cree que más de trescientas personas...»

Phat y los oficiales entran súbitamente.

Nadie se mueve. La luz de la vela tiembla contra la pared.

«...nuevos informes sin confirmar dicen que la resistencia en el campo es mínima... Radio Nueva China dice que Vietnam ha penetrado más de noventa kilómetros al sur de Kampuchea, capturando la importante ciudad costera de Kompong Som sin resistencia...».

Phat se adelanta y apaga la radio. Dice:

—*Allez-vous en, monsieur Pran.*

Pran lo mira fijamente. Phat le sonríe. Los dos oficiales le sonríen. Él se levanta y va a su casilla.

Una fría Navidad. La ciudad de Nueva York estaba cubierta de nieve. Sydney Schanberg y su padre avanzaban pisando cautelosamente por la calle mojada, ambos medio ocultos tras las bolsas de papel, llenas de comida envuelta en crujiente celofán. Bernard Schanberg lucía unos pocos mechones de pelo blanco sobre la frente arrugada y gafas. En ese momento carraspeó guturalmente.

—Hace mucho tiempo que...

—Por eso vine.

—Hablo de ti y de tu esposa.

Sydney Schanberg cambió de brazo el peso de su bolsa.

—Nos mantenemos en contacto —dijo.

—¿Ella sigue en Los Ángeles, con la madre? ¿Y las niñas?

—Así es.

Pasó un tren, traqueteando por encima del puente. Schanberg había hecho cien veces ese trayecto, cuando niño: de regreso a casa desde el almacén de su padre. Nada había cambiado. Sólo cuando uno nace muy pobre o muy rico su pasado queda intacto en Norteamérica. Se detuvo para dejar pasar a su padre, mirando con afecto la frágil silueta que trepaba los peldaños de madera hacia la estación. Tenía la espalda algo doblada; caminaba con los pasos cortos de quien se ha pasado la vida trabajando duro. Era un luchador. Para comprar su primera casa, en lo que por entonces se estaba convirtiendo en un vecindario respetable, había gastado hasta el último centavo, hipotecando su futuro. Y allí estaba su hijo, educado en Harvard, con un gran premio periodístico en el bolsillo, holgazaneando en un departamento céntrico, a cinco mil kilómetros de su esposa y familia. Si para eso le había servido el periodismo, mejor habría estado como rabino.

El viento frío llenó de lágrimas los ojos de Bernard.

—Tu madre, sobre todo —dijo—, se habría amargado mucho de ver terminar así tu matrimonio.

—Pues la cosa se puso difícil. Yo me sentía muy responsable por Ser Moeun y su familia. Además, ya sabes, con mi trabajo...

Subieron al tren. Acomodaron las bolsas de comida y se sentaron el uno frente al otro; al otro lado, un par de judíos ortodoxos, de sombreros negros, permanecía con los ojos y las manos sobre el regazo. Más allá, un grupo de muchachos portorriqueños, de chaquetas de colores chillones, escuchaban música de un magnetófono portátil. Schanberg hizo un ademán con la mano libre, gritando para hacerse oír.

—Nadie comprende lo difícil que es todo para Ser Moeun. Tiene cuatro hijos, apenas habla inglés y vive en un departamento pequeñísimo junto a una lavandería.

—Un momento. —Bernard se inclinó para darle una palmada en la rodilla.— Volvamos a tu propia familia.

—No es tan sencillo.

—Sí que es tan sencillo. Cuando se trata de la familia, todo es muy sencillo. Te doy mi palabra. Oye, puedes mirar Brooklyn por la ventanilla en cualquier otro momento; ahora estás hablando con tu padre. Tu esposa y tus hijas están antes que nadie. Si puedes subirte a un avión por la familia de Pran, puedes subirte a un avión por tu propia familia. ¿Sabes qué pienso? Que debes ordenar las cosas por su importancia. ¿Qué dice tu hermana? ¿Hablaste con ella?

—Hace una semana, más o menos.

—¿Y qué dice?

Schanberg suspiró. No tenía sentido intentarlo siquiera. Para su padre, el trabajo era el trabajo. Ocupaba la mente o los músculos, o tal vez ambas cosas a un tiempo, pero el corazón... el corazón se quedaba con la familia. Volvió a suspirar y sacudió la cabeza.

—No hablaremos más de eso papá, ¿eh? No hablaremos más de eso.

Acompañó a su padre hasta su casa e inició el viaje, antes familiar, a Massachusetts. El tránsito navideño lo demoró. Cuando llegó a casa de los Goldring ya era de noche. Eran amigos íntimos desde hacía mucho tiempo. El viejo Goldring y su padre se habían iniciado juntos con los almacenes. Schanberg y su familia tenían invitación permanente para visitarlos en Navidad. No era que a Schanberg le gustara, pero necesitaba salir de Nueva York. Necesitaba alejarse.

Llegar allí fue como viajar hacia atrás en el tiempo.

Se había criado en una ciudad así, llena de apacibles casas blancas, con peldaños que daban a calles tranquilas, arboladas. Golpeó la puerta a través de una guirnalda de muérdago. Abrió Rachel Goldring, quien le dio un beso maternal en cada mejilla.

—Ven a saludar a papá. Acaba de preguntarme: «¿Por qué no viene también Sydney?» No lo sé, le he contestado, ha de pensar que todavía es joven y que la ciudad es más divertida que esto.

Schanberg se sacudió la nieve y entró. El vestíbulo olía a lustramuebles; desde la cocina, en la parte trasera de la casa, llegaban risas y conversaciones. Era la primera vez, después de años, que iba sin su esposa; se sentía torpe, como un escolar demasiado crecido.

—Deja que me arregle un poco, ¿eh? —le pidió a Rachel—. En seguida bajo.

Aquella casa lo hacía sentir como un escolar, la habían mantenido igual desde la época de su niñez. Subió la escalera crujiente, recorrió el pasillo y subió otro tramo de escaleras, hasta la buhardilla, con su cama recién hecha. Por pura costumbre, aunque ya no hacía frío, encendió la estufa eléctrica y se tendió en la cama angosta, con los pies sobre la valija.

Recordó su cuarto. Sólo faltaba allí un poco de ropa saliendo del armario. Una mesa en el rincón, con un tocadiscos y una pequeña biblioteca, con la copa que había ganado en la escuela por sus debates, y varios libros en encuadernación rústica. Sartre, Camus, T. S. Eliot, Chéjov, Anouilh, los autores que había devorado en aquellos tiempos, cuando creía que las ideas podían cambiar el mundo, quizá hasta darle sentido. En el extremo del estante, junto a la bandera de fútbol de la universidad clavada en la pared, debería estar el Libro del Año 1955 de Harvard. En aquellos tiempos, lo más parecido a una tarea periodística que había hecho fue ayudar a corregir las pruebas de imprenta. No había estado entre los mejores estudiantes, pero de todos modos terminó en uno de los mejores periódicos.

Se levantó para comenzar a desempacar. En el fondo de la valija había una pequeña caja plana, envuelta en papel navideño. Se la habían enviado esa mañana desde la oficina del *Times* en San Francisco. La abrió con miedo; era una corbata de algodón, en chillona combinación de verde y amarillo, y una fotografía en color de Ser Moeun, de pie con sus hijos frente al televisor. Al dorso, el mayor de los niños había escrito pulcramente: FELIZ NAVIDAD TE DESEAN, y debajo habían firmado todos.

Schanberg plegó cuidadosamente la corbata. Al levantar los ojos hacia el tragaluz, vio que estaba nevando otra vez. En la penumbra, los copos de nieve descendían enormes, solemnes, como ceniza de un paisaje incendiado a muchas millas de distancia.

Se sentó en la cama y apoyó la cabeza en las manos. Después de un momento encendió un cigarrillo y conectó la radio que estaba sobre la mesilla. En Jerusalén había estallado una bomba, matando a seis personas; Israel había respondido con un ataque a las bases terroristas del Líbano. La última ronda de conversaciones SALT se había interrumpido sin llegar a un acuerdo. A última hora había ocurrido un terrible accidente de aviación en Sicilia; se temía que hubiera muchos muertos. Y de pronto llegó la noticia que él estaba esperando.

«El gobierno comunista de Hanoi ha confirmado los informes de que envió tropas a Camboya para apoyar las fuerzas rebeldes opuestas al régimen de Pol Pot. Según Radio Nueva China, unidades vietnamitas fuertemente armadas avanzan al oeste, a través de Camboya, rebautizada Kampuchea por sus nuevos gobernantes. Se informa sobre una feroz batalla a menos de tres kilómetros al este de Phnom Penh...

—¡Tío Syd! ¿Puedo pasar?

—La puerta está abierta. —Schanberg apagó la radio y logró sonreír a Neville, el hijo mayor de Rachel.— ¿Cómo andan las cosas?

Los ojos del niño giraban sin descanso por toda la habitación.

—Mamá quiere saber cómo estás.

—Dile que voy a bajar en cuanto termine el cigarrillo.

—¿Puedo fumar uno?

—No. Apuesto a que ya fumas demasiado.

—Vamos, tío Syd, sólo una chupada. Es Navidad.

Schanberg le entregó el cigarrillo. El niño echó una chupada y tuvo un ataque de tos. El rubor coloreó su cara pálida. Schanberg volvió a tomar el cigarrillo.

—Dile a Rachel que bajo en seguida, ¿eh?

—Bueno. ¿Dónde está la tía? ¿Por qué no viene?

—Está en Los Ángeles.

—¿Dejaron de estar casados?

—Se podría decir que sí. —Schanberg abrió la valija.— Toma, lleva estos regalos al árbol.

Neville bizqueó ante la corbata amarilla y verde, que yacía sobre la cama.

—¿Eso es de verdad?

—Es un regalo de Navidad. De la familia de Dith Pran, la que vive en San Francisco. Ya te hablé de ellos, ¿recuerdas?

—Los refugiados. —Neville apoyó la barbilla en los paquetes que llevaba.— ¿Hay algún regalo para mí?

—Depende. Siempre que no dejes caer ninguno.

Ya a solas, Schanberg se puso una camisa limpia y la corbata de Ser Moeun. Encendió otro cigarrillo y bajó la escalera.

—Apaga la radio, Neville, por favor. Tu abuelo va a cortar el pavo. Sydney, ¿te molestaría abrir el vino? No, Jonathan, lo hará tu tío, tu tío va a abrir el vino... Eddie, ¿por qué no le dices a Jonathan que se siente, por favor? Neville, tú al otro lado, junto al señor Pisk. Después, Neville; ya sé que es un lindo regalo, pero saca las fotos después, que ya tenemos los platos en la mesa. Eddie, por favor, no comas las patatas fritas con la mano; ya sabes que es mal ejemplo para los niños... Pasa los platos a tu abuelo, Jonathan... ¡Jonathan! Si tocas ese silbato saldrás inmediatamente de aquí. Basta de vino para mí, Sydney, que bastante tengo que hacer.

Schanberg se sentó frente a Arthur Pisk, el vecino que pasaba la Navidad allí desde que los Goldring vivían en el distrito. En las fiestas familiares, siempre era mejor dejar todo en manos de Rachel; ella se resentía si uno trataba de ayudarla. Obediente, pasó su plato de pechuga para que lo colmaran de guisantes, zanahorias, relleno de castañas y salsa de moras. En tanto, a la cabecera de la mesa, Norman, el padre de Rachel, provisto de un sombrero de papel amarillo, entonó un brindis cuyo contenido espiritual se había deteriorado desde la muerte de su esposa:

—Brindemos por quienes nos quieren bien. Los que no, que revienten.

La sala mostraba esa extraña mezcla habitual de tradición judía y fiesta cristiana. En el gran aparador de caoba había una *menorah* de bronce, rodeada de tarjetas navideñas. Rachel había puesto más tarjetas en el marco del espejo, sobre la repisa, y en la mesa lateral, junto al sillón. La mayor parte estaba dirigida a ella y a su esposo Eddie.

Brindaron por el pavo. Brindaron por Rachel, que lo había preparado todo tan bien. Brindaron por Eddie, que había conseguido un puesto de gerente. Brindaron por el señor Pisk, sin motivos imaginables. Neville contó un cuento de pavos que Jonathan ya conocía. Brindaron por Schanberg, aunque Rachel lo miraba de reojo, y había visto que apenas probaba la comida. Brindaron por la hermana de Norman, casi ciega, que estaba con la familia de sus hijos, en Búfalo. Rachel propuso brindar por el presidente Carter, pero Norman dijo que se iba a atragantar. Ése fue el fin de los brindis.

—Sydney, ¿te pasa algo?

—No.

—¿No te gusta mi pavo? ¿Está demasiado seco? Sí, está demasiado seco. Debí sacarlo diez minutos antes, pero esa cocina... Eddie, ya te he dicho que no podemos seguir con esa cocina. ¿Qué te parece si salgo y compro una nueva?

—El pavo está muy sabroso, Rachel, lo está de veras —dijo Schanberg—. Es solamente que no tengo hambre.

El señor Pisk quebró el difícil silencio.

—¿Quién te regaló la cámara, Neville?

—Tío Syd. Es una Polaroid. —Y Neville se burló—: A Jonathan le regaló un juego de computadora con el Pato Donald.

—¡Y qué! ¡El abuelo me regaló un revólver!

—¡Sí, de juguete!

—¡No es de juguete!

Eddie apartó la cara del pavo.

—Silencio, niños —dijo, horrorizado, y volvió a comer.

—¿Y esa corbata, Sydney? —preguntó el señor Pisk, exhibiendo síntomas de espíritu festivo—. ¿Un regalo?

—Es de una familia de camboyanos que vive en San Francisco.

—Toma otro poco de vino, Arthur —dijo Norman.

Pero el señor Pisk no se dejó distraer.

—Es un poco llamativa, Sydney.

—Los que viven del seguro de desempleo no deberían comprar regalos —recitó Jonathan, imitando a su abuelo.

Esa vez el silencio fue tan frío como la nieve acumulada fuera. Con voz serena, Schanberg dijo:

—¿A quién le oíste decir eso, Jonathan?

—No es eso lo que yo dije, Sydney. —Norman Goldring se había puesto rojo, pero no por el vino. Miró torvamente en dirección a Eddie.— Está muy mal que ese niño repita las cosas de esa manera. Y está muy mal lo que dijiste, Jonathan. Me has hecho enojar mucho, ¿entiendes?

Jonathan sacó a relucir el labio inferior. Las lágrimas ya brillaban en sus ojos.

—¡Lo dijiste tú!

—¡No lo dije!

—Bueno, papá —dijo Rachel, y le dio unas palmaditas en la mano—. Tranquilízate. Come la cena.

—Hablaba en términos generales. No me refería a los amigos de Syd. —Norman se sacó el sombrero de papel.— Lo que dije... y Sydney sabe lo que pienso al respecto... Lo que dije es que los Estados Unidos están soportando una gran carga. Este país está prácticamente en quiebra y tiene que mantener a la mitad de la población mundial. Eso es lo que dije. Dije que este país no tiene suficiente dinero.

—¡Dinero! —Schanberg clavó la vista en el dueño de casa.— ¡Gastamos *siete mil millones* de dólares en bombardear a «los amigos de Syd»! Dejamos caer tanta mierda sobre «los amigos de Syd», en el setenta y tres, que los bombarderos cargaban combustible mientras volvían a las bases. Toda mi vida se me ha dicho que el pueblo judío había sufrido como nadie en Alemania. Para ellos la muerte era distinta, según los nazis. No sentían como los demás, matarlos era como matar insectos. Porque antes de exterminar lo que sea, hay que convencerse de que es menos que humano. Yo creía que tú, más que nadie, comprendías bien eso, Norman.

Schanberg se levantó. No había nada más que decir. Nada que hacer, salvo retirarse. Salió al pasillo desierto. Abrió la puerta de entrada y vio que un grupo de niños iba por la calle; el primero llevaba un magnetófono del que se oían villancicos. Cerró la puerta y subió a su cuarto.

Cuando entró Rachel, ya tenía la valija abierta sobre la cama.

—No me preguntes por qué —dijo, antes de que ella pudiera hablar—. No sabría qué decirte. —Se sentó en la cama, mirándose las manos.— Debo de haber escrito quinientas cartas —agregó, en voz baja—. He escrito a la ONU, a la Cruz Roja Internacional, a la Organización de la Salud, a la gente de Tailandia...

—Ya lo sé, Sydney. Ya me lo dijiste.

—Es cómico, ¿sabes?

Ella se sentó en la cama, a su lado.

—¿Qué cosa?

—Toda mi vida quise que papá se sintiera orgulloso de mí... Y ahora que lo está, soy yo quien no puedo sentirme orgulloso de mí mismo. En realidad, me avergüenzo de lo que soy. ¿No es cómico?

—No, no tiene nada de cómico. Tienes que terminar con esto, Syd. Tienes que dejar de tratarte así.

—En realidad, nunca le di oportunidad de elegir a Pran, ¿sabes? La única vez que él habló de marcharse le grité en la cara. Discutí el tema con Swain y con Rockoff, hasta con unos idiotas de la embajada francesa... Pero con Pran evité el tema. Él se quedó porque yo me quedaba. Y yo me quedé porque...

Sacudió la cabeza, a punto de llorar. Rachel le apoyó una mano en el hombro y descansó la cabeza en ella. El periodista vio vetas grises entre los gruesos mechones negros.

—Ven a comer —dijo ella—. Aquí están tus amigos. Hice tu torta favorita.

—Tengo que irme, Rachel. No puedo quedarme aquí.

Estaba decidido. Tomaría un taxi hasta el aeropuerto para esperar el vuelo siguiente a San Francisco.

En San Francisco no nevaba, pero el viento del Pacífico era como fragmentos de metralla. El taxista conducía entre maldiciones. Schanberg, en el asiento trasero, contemplaba el panorama de casas destartaladas, terrenos vacíos y edificios de departamentos oscurecidos por la humedad; era una zona de San Francisco que no aparecía en las postales, ni siquiera cuando salía el sol.

Hasta ese momento, en todo el viaje, la única señal navideña había sido una breve visión de un Santa Claus en el asiento trasero de un coche policial. Un grupo de niños, con aspecto de vietnamitas, envueltos en gruesos abrigos, deambulaban por las calles, observando el paso de los coches. El taxi se detuvo junto a una fábrica. Después de pagar, Schanberg bajó con su valija, tratando de no sentirse como un asistente social.

El departamento de Ser Moeun estaba enfrente, entre la calle y las vías de ferrocarril. En su primera visita, Ser Moeun se había excusado, llorando, y se encerró en el otro cuarto. Cuando finalmente logró hacerla hablar sobre el asunto, ella dijo algo que Schanberg no había olvidado: «Creí que, al venir, traería a Pran consigo.» Cruzó una plaza de cemento y subió las escaleras, con el corazón oprimido.

Ser Moeun le salió al encuentro. Él sacudió la cabeza y la sonrisa de la mujer vaciló; pero la recuperó para llamar a los niños. Todos se levantaron de un brinco, abandonando el televisor para agruparse en torno a él. El menor de los varones llevaba un chaleco tipo John Lennon; el mayor le mostró, orgulloso, el guante de béisbol que había recibido como regalo de Navidad. Schanberg abrió su valija y sacó los regalos comprados en el aeropuerto. Junto con su corbata, eran los objetos más coloridos de la habitación.

Ser Moeun preparó café, mientras Schanberg se sentaba en el único sillón, buscando algo que decir. Habló de béisbol y miró la gran fotografía de Pran en la pared. Una estufa eléctrica calentaba el ambiente. Fuera, pasaban traqueteando los trenes de mercancías. Cuando Ser Moeun volvió, él le dijo:

—No hay que perder la paciencia. Estoy seguro de que Pran está vivo.

El mayor de los niños tradujo; era un excelente alumno en la escuela. Ser Moeun preguntó, en inglés entrecortado:

—¿Tiene noticia?

—No, pero las cosas están cambiando. Los vietnamitas están invadiendo Camboya. Casi han llegado a Phnom Penh. Todo está en confusión. A Pran le resultará más fácil escapar ahora.

Esperó a que el niño tradujera. Ser Moeun se mordió el labio inferior. Schanberg volvió a recitar su cantinela. Sus palabras comenzaban a sonar a hueco.

—Pran es un hombre de muchísimos recursos. Sé que ha pasado mucho tiempo, pero ahora las cosas están cambiando. Su esposo es muy cauteloso, muy astuto. Esperará el momento exacto y entonces cruzará la frontera para pasar a Tailandia. Ya verá...

Ser Moeun le daba la espalda. Schanberg apretó con fuerza el jarrito de café. En el televisor, Danny Kaye iba por un gigantesco tobogán con los niños del mundo. Pran era un sobreviviente; había que seguir creyendo eso. Ser Moeun murmuró algo para sí.

—¿Qué dice? —preguntó él.

El niño tragó saliva.

—Dice que nuestro padre ha muerto.

—No, no. Eso no es cierto. Dile que, con toda seguridad, eso no es cierto.

—Dice que en Phnom Penh, el día antes de que se fueran los norteamericanos, cayó un cuadro de nuestro padre de la pared. Se rompió el vidrio en el marco. Ella dice que eso es muy mala suerte.

Schanberg hizo una pausa, recordando los murciélagos que Pran había visto en la embajada francesa.

—Estoy seguro de que sobrevivirá —dijo mansamente, acariciando su corbata.

Ser Moeun dijo algo más a su hijo mayor y abandonó el cuarto, conteniendo las lágrimas. El periodista se levantó. El niño se acercó con una sonrisa tímida.

—Dice que le agradece mucho el cheque mensual —transmitió.

Pasó otro tren. Schanberg abrazó a los niños; les dijo adiós, feliz Navidad. Sus regalos seguían refulgiendo en el piso, sin abrir.

Pran está acurrucado en su casilla. En la casa, las autoridades discuten; han pasado todo el día así. Un monótono tronar retumba en el horizonte: la artillería vietnamita. Todo es confusión.

Hace doce días que lo sorprendieron escuchando la radio; Pran se ha visto atormentado con dudas y preguntas. Todo indica que los vietnamitas, presumiblemente apoyados por los soviéticos, han montado una invasión en gran escala. Eso no le sorprende. Los vietnamitas son, desde hace mucho tiempo, enemigos de los khmers, con quienes sólo se unen para luchar contra agresores comunes, como los norteamericanos o los franceses. La actitud del Khmer Rouge es menos comprensible. Algunos, como las autoridades de Bat Dangkor, parecen dispuestos a rendirse a la voluntad del pueblo, cuando lleguen los vietnamitas. Otros, por lo que Pran ha oído, están obedeciendo las órdenes de Angka: destruir los sembrados y llevar a cabo ejecuciones masivas de aldeanos. Esta mañana, el Citroën 2CV rojo volvió a Bat Dangkor y los oficiales superiores de la región fueron a la casa de Phat para hablar con él.

Un palo golpea en el suelo de la casa. Pran sale arrastrándose como un gusano de su casilla. Phat está de pie en la escalera; su rostro aparece como una máscara pétrea.

—Quema el tabaco —dice a Pran, en tono áspero—. Arranca todas las plantas de la huerta. Tráeme las patatas y destruye el resto. No debe quedar nada para el enemigo.

Pran obedece sin decir una palabra. De los arrozales vuelve una escuadrilla de trabajo, bajo supervisión armada; uno de los guardias se queda atrás, para vigilar a Pran. Al otro lado del valle, cuando levanta la vista de su tarea, divisa la ruta principal, que se va llenando con las columnas del Khmer Rouge y sus transportes de tropas en retirada. El ruido de disparos se oye lo bastante cerca como para distinguir las armas: morteros y ametralladoras, que disparan sin cesar.

Después de comprobar la dirección del viento, Pran prende fuego a los cultivos de tabaco y arrastra una bolsa de patatas hasta la casa de Phat. El joven jefe comunal está jugando con su hijo. Cuando se vuelve hacia Pran, su rostro está opacado por la tristeza.

—Le he fallado a Angka —dice.

—¿Por qué?

—No ordené suficientes matanzas. No he liquidado a suficientes enemigos.

Pran deja la bolsa en el suelo. Después de un momento, dice con énfasis deliberado:

—Nosotros no somos sus enemigos.

Phat parece no oírlo. Besa a Kim y le revuelve el pelo. Desde fuera llegan gritos, disparos, ruidos de pasos a la carrera. Phat se levanta y entrega el niño a Pran.

—*Je vous prie d'avoir soin* —ruega, en voz baja.

Cuando Pran llega a la puerta, un camión cargado de soldados del Khmer Rouge cruza el puente sobre el río para entrar en Bat Dangkor.

Phat ha ocultado algo entre las ropas del niño. Pran, acurrucado en la casilla, bajo la casa, extrae el pequeño paquete. Al abrirlo encuentra trescientos dólares y un mapa trazado a mano en un trozo de tela de algodón blanco. Echa una mirada temerosa por sobre el hombro y oculta el paquete en un escondrijo, entre las tablas.

—¡Es un secreto! —susurra a Kim, en khmer.

Dos fotografías han caído sobre la esterilla. Al aumentar de volumen los gritos, allá afuera, Pran las recoge con mano temblorosa. Una muestra a Phat y a la madre de Kim en el día de la boda: ambos muy jóvenes, sonrientes, felices. La otra, a Phat rodeado de jóvenes de su misma edad, que hacen muecas a la cámara. Él lleva sandalias tipo Ho Chi Minh, símbolo de disidencia entre los estudiantes más radicales, antes de que se iniciara la guerra. En el fondo se reconoce la Universidad de Phnom Penh.

Con Kim sentado en sus rodillas, Pran estudia las fotografías. Supone que Phat tuvo contactos con el Khmer Rouge, tal vez por medio de un familiar, y se unió a ellos en los primeros años de la guerra. Su esposa, obviamente la madre de Kim, no habrá sobrevivido los tres o cuatro años en la selva. ¿Fue acaso después de su muerte cuando el joven estudiante rebelde, intoxicado de Marx, Mao y las teorías de la revolución permanente, inició el largo camino de la desilusión? Por cierto, era demasiado astuto como para demostrarlo. Angka había confiado en él, haciéndolo administrador de aldea. Pero la educación recibida por Phat acabó por imponerse; había respetado la vida humana y los valores civilizados, cosas que los oficiales más jóvenes del Khmer Rouge nunca tuvieron posibilidades de aprender. «No ordené suficientes matanzas...» Era una debilidad que Angka castigaría tarde o temprano, ordenando su propia muerte.

Un avión pasa alto. Las explosiones sacuden la tierra. Pran guarda las dos fotografías en el escondrijo, levanta al niño y sale arrastrándose de la casilla, para agazaparse junto a la casa. Camino abajo, han incendiado una choza. Tres bueyes pasan al galope, agitando las cabezas, enloquecidos. El soldado está al pie de la escalera; ya no queda nadie que lo proteja. No tiene dónde esconderse. Comienza a rezarle a Buda; pero es el enemigo quien lo salva.

El Mig vuelve a pasar por la aldea, a sesenta metros de altura, centelleantes sus armas y sus cohetes. Uno de los oficiales, cuatro soldados y doble número de aldeanos caen bajo una lluvia de balas. El Citroën estalla en llamas, junto con tres de las chozas. Ante la vista de Pran, el orden implacable de Angka deja de existir. Los aldeanos corren, corren los soldados, corren los oficiales. Pran, con el niño en brazos, se precipita a la casilla construida bajo la casa. Oculto con Kim bajo un montón de bolsas, permanece quieto, con el corazón palpitante; las lágrimas ahogadas del niño le van formando una suave zona mojada en la camisa.

Juntos esperan la oscuridad. Ya no se oyen ruidos en la aldea. No hay movimiento alguno, como no sea el humo de las chozas en llamas y el aceite lubricante que gotea del coche destruido. Al caer la noche, las ranas comienzan a croar en el río. Pasa un buey, sobresaltándose ante cualquier sombra, inquieto ante esa desacostumbrada libertad. Los pájaros se posan sobre algo que ha caído fuera de la vista; quizá el cuerpo de un soldado.

Pran oye un nuevo ruido: tanques, un motor potente. Deja a Kim dormido bajo las bolsas y se arrastra sobre el vientre, hasta el borde de los pilotes. Un tanque de infantería ligera circula lentamente por la calle principal de Bat Dangkor. Se detiene a unos cien metros de distancia. Su torreta hace un giro de trescientos sesenta grados, como si desafiara a cualquier enemigo invisible para que se mostrara. Nadie se mueve. Con un rugido, los motores del tanque se apagan. El silencio dura un minuto, quizá más.

Y entonces, con un chasquido de cerraduras, se abre la torreta. Aparece una hoja marchita que pende de una rama; luego, el casco manchado de lodo. Bajo el casco, una de las caras más feas que Pran ha visto jamás: un chico de unos dieciséis años de edad, ojos entornados, boca vacía con tres dientes sucios. Mira en torno una y otra vez. Como no ve nada, acomoda en su casco lo que resta de su camuflaje y sonríe.

Los vietnamitas han llegado a la ciudad.

Pran ya conoce las sonrisas de los «libertadores». Ya conoce también sus promesas. Promedia la mañana del día siguiente cuando el olor milagroso y extraño de la carne cocida lo tienta a salir con el niño. Unos treinta soldados vietnamitas han levantado carpas en la calle principal y están alimentando fogatas. Sobre una de ellas se asa un cerdo entero, espectáculo raro ya en los viejos tiempos, pero insólito bajo el poder del Khmer Rouge. Uno por uno, los aldeanos han salido de sus escondrijos. Ahora forman un círculo en derredor, los hombres de un lado, las mujeres del otro, en silencio reverente, observando el fenómeno del cerdo.

Un oficial vietnamita llega con varias bolsas de arroz, obviamente recuperadas del depósito comunal de mercaderías destinadas a Pekín. Vierten toda una bolsa en el caldero que hierve sobre la segunda fogata. El oficial, hablando en khmer, pide voluntarios para ayudar con la comida. Nadie responde; en todos los rostros se ve miedo, confusión. Los «pedidos» de Angka fueron siempre órdenes veladas; la misma palabra que en khmer corresponde a «solicitar» ha adquirido en las aldeas un nuevo significado: «llevarse para matar.»

El oficial repite su pregunta. Un hombre se adelanta. Una mujer lo reconoce, su esposa o su hermana, y se adelanta también, a su encuentro. La aldea entera retiene el aliento. Nadie les grita, no hay guardias del Khmer Rouge que los aparten a golpes. La mujer rompe en llanto y abraza al hombre que ama, de quien la han mantenido separada durante todos estos años. Otros hombres y mujeres, algunos llevando a sus hijos de la mano, se adelantan, vacilantes al principio, para correr finalmente a abrazarse, llorando, hasta que la calle principal de Bat Dangkor se convierte en una confluencia de abrazos, llantos y risas: una escena tal de regocijo y compasión que Pran ve a los soldados vietnamitas apartar la cara para ocultar sus propias lágrimas.

Levanta entonces al hijo de Phat, lo besa y lo estrecha con fuerza. En ese rincón del mundo, Kim es cuanto puede amar. Kim es ahora su familia. Piensa en Rosa y en Nhiek Sann, que sacrificaron sus vidas para afirmar la dignidad y el respeto que el Khmer Rouge les negaba. Piensa en sus hermanos, arbitrariamente ejecutados, y en su padre, que murió de hambre. Por razones que sólo Buda sabe, a él, Dith Pran, se le ha permitido vivir. Pase lo que pase, aun cuando muera tratando de alcanzar la frontera, ha visto lo peor. Murmurando una plegaria, se adelanta, llevando a Kim de la mano.

Schanberg bajó la navaja de afeitar y se miró en el espejo. Así, medio cubierto de espuma, parecía Jano, presentando al mundo sus dos caras: la honestidad y la hipocresía. Sus ojos, inyectados en sangre, no vieron nada divertido en eso. En los últimos tiempos, no tenía mucho sentido del humor.

Sonó el teléfono. Era una voz que no reconoció.

—¿Sidney? ¿Sidney Schanberg?

—Sí.

—Andreas Freund, de la oficina de París. ¿Alguna vez oyó hablar de Gerhard Leo?

—No.

—...de Alemania Oriental. Trabaja para *Neues Deutschland* aquí, en París, y me ha pedido que le pase un mensaje de alguien. Dijo que a usted le interesaría mucho. Dice: «Dith Pran, sobreviviente, en Siem Reap, Angkor.»

Schanberg se desploma en un sillón.

—¿Me lo repite? —Escuchó.— ¡No es posible! —El grito de alegría hizo volar espuma en todas direcciones.— Andreas —exclamó cuando el corresponsal de París hubo terminado—, ¿alguna vez te imaginaste que te sería fácil hacerte de un amigo para toda la vida?

Consiguió línea y discó directamente el número de Gerhard Leo. El sol era tan luminoso, en la ventana, que el departamento entero refulgía. A través del microteléfono lleno de espuma, balbuceó su agradecimiento, entre lágrimas. Leo le dio los detalles que esperaba oír desde hacía cuatro años.

—Esto ocurrió en febrero. Le hubiera informado antes, pero me enviaron a Vietnam para cubrir la invasión china.

—¡Pero usted vio a Pran! ¡Lo vio!

—Sí, cerca de Angkor. En Siem Reap. Estaba allí con un grupo de... de periodistas amigos invitados por los vietnamitas. Él se me acercó. Yo estaba solo. Me dio este mensaje. Dijo: «Eso lo hará feliz.» También me pidió que le tomara una fotografía, que le he enviado a usted al *New York Times.*

—¿Está bien? ¿Cómo se le ve?

—Yo diría que goza de buena salud, relativamente, señor Schanberg, Pero ese hombre me preocupa. Volví la semana pasada, por Angkor Wat, para completar un artículo. Pran ya no estaba en Siem Reap. Me dijeron que tal vez haya tratado de cruzar la frontera. Una gran tontería...

—No se preocupe. Pran es un sobreviviente nato. Si llegó hasta allí, todo le saldrá bien.

Schanberg volvió a dar las gracias al alemán oriental y cortó la comunicación. Pran era un sobreviviente, claro que sí, «en el sentido darwiniano de la palabra», como le había escrito Henri Savarin en una carta. Eso era todo. Eso era todo lo que él necesitaba escuchar.

Se quitó con una toalla la espuma restante y se echó encima la ropa que encontró más a mano. Liberado de su culpabilidad, lleno de energías, se detuvo ante la ventana para contemplar el horizonte matutino, aspirando profundamente.

Llamó a Ser Moeun a San Francisco y oyó el júbilo al otro extremo de la línea, como si fuera el suyo propio. Ser Moeun quería saber: si la noticia era tan buena, ¿por qué Pran no había llegado ya? Schanberg le aseguró que sería cuestión de días. Él mismo viajaría para traerlo a casa.

Pero primero necesitaba tiempo, siquiera una o dos horas, para celebrar. Bajó volando las escaleras, tomó un taxi para llegar al *Times* y compró algunos narcisos. Telefoneó a su esposa. Dejó un mensaje para Al Rockoff. Envió a su secretaria en busca de vasos de papel. Asaltó la oficina del director en busca de una botella de champán y, como encontró sólo whisky, sirvió a toda la redacción.

—¡Un brindis! ¡Quiero proponer un brindis! Por el más maravilloso de los alemanes orientales vivientes. Y por cualquier vietnamita que mantenga a Pran con vida hasta que yo llegue.

El whisky le hizo arder el estómago vacío. ¡Tenía demasiado que escribir! Nadie podría ya contenerlo. Recogió un narciso y lo arrojó al escritorio de su secretaria, diciendo:

—¡Resérveme pasaje en el primer vuelo a Bangkok!

Los crujidos se acercan. Pran apaga la vela. En la oscuridad, sus cinco compañeros permanecen quietos como lápidas. Hasta se puede oler el miedo, sin necesidad de verles la cara.

Están agazapados entre los escombros de una casa en ruinas; así permanecen hasta que el desconocido de la bicicleta está lejos y no puede oírlos. Tal vez sea un aldeano, tal vez un vietnamita; eso no tiene importancia cuando uno huye. Keo, uno de los antiguos oficiales de Phat en Bat Dangkor, vuelve a encender la vela con uno de sus preciados fósforos. Pran la acerca al cesto de mimbre, para comprobar que Kim aún duerme. Luego, las seis caras se acercan juntas al trozo de tela que muestra el mapa de Phat. Con una uña rota, Pran marca la ruta al norte, por sembrados y selvas, hasta las montañas de Odder Mean Chey. Más allá de las montañas... Tailandia.

Es el viaje que Pran inició en Dam Dek hace casi un año. En cuanto los vietnamitas dieron permiso a los camboyanos para que regresaran a sus respectivas aldeas, él abandonó Bat Dangkor para viajar al oeste, hasta Siem Reap, donde esperaba localizar lo que restara de su familia. Allí vio al alemán oriental y se arriesgó a darle un mensaje para Sidney.

En Bat Dangkor hubiera podido salvarse. Pero en

Siem Reap, su ciudad natal, había muchos que lo conocían y lo envidiaban por haber sobrevivido. Uno de ellos informó sobre él al gobernador vietnamita. Se llamó a Pran para interrogarlo.

Fue entonces cuando comprendió que su tierra natal no tenía futuro. De pie, con la cabeza inclinada, mientras el gobernador golpeaba la mesa con el puño, acusándolo de ser políticamente impuro, contaminado de pensamientos no revolucionarios, Pran comprendió que Camboya no había hecho sino cambiar un despotismo por otro. Más blando, sin duda, pero aun así regido por una ideología totalitaria. Había caído en desgracia. Pero no dio tiempo a los vietnamitas para que estudiaran un castigo adecuado: esa misma noche se fugó con cinco personas, que habían planeado la huida con él, y con el niño que Phat había dejado a su cuidado.

Llevaban tres días en la ruta, turnándose para empujar las bicicletas y para llevar al niño. Al principio fue fácil, pues podían mezclarse con los refugiados que volvían a sus hogares. Pero al avanzar hacia el oeste, las rutas se iban despoblando. Ahora ya no quedaba tránsito en los caminos arruinados, salvo alguna bicicleta, algún camión del ejército vietnamita. Era como si entraran en una zona prohibida.

Había luna nueva; en tal oscuridad era demasiado peligroso seguir viaje. Pran duerme, inquieto, en un pasillo sin techo. Por la mañana alimenta a Kim con un puré de banana con leche y vuelven a iniciar la marcha, hacia el aro purpúreo de montañas que se ve a gran distancia. La ruta gira por un paisaje incendiado, perforado por cráteres de bombas, sembrado de árboles chamuscados, bordeada con los restos oxidados de tanques, *jeeps* y transportes de tropas. Kim mira boquiabierto esas formas melladas, intrincadas, de metal desgarrado y madera quemada.

Hacia mediodía llegan a una ciudad a la que sólo ha vuelto la vida vegetal. La mitad de las casas han sido arrasadas; la vegetación cubre la mayor parte de los restos. Las raíces quiebran las aceras y fracturan las paredes. Un bananero ha brotado en medio de la ruta. Nadie vive allí desde hace cinco años. Hasta los perros y las ratas han abandonado la ciudad... o han sido devorados. Caminan en silencio por la calle principal, dejando atrás negocios vacíos, de toldos harapientos, y ruinas de televisores, mesas de café, lavadoras. En un viejo Renault, la maleza asoma por el parabrisas destrozado. Una estación de servicio, dinamitada, se ha quemado por completo, dejando un herrumbroso letrero de Esso prendido de un árbol. Las leyendas escritas por el Khmer Rouge instando a la evacuación inmediata, se desvanecen en las paredes blanqueadas de un viejo hospital. Los mensajes ya no tienen significado alguno. La ciudad es un depósito de chatarra cubierto de maleza. Jamás volverá a la vida.

Sólo una vez, ese día, se ven obligados a abandonar las rutas: es cuando un tanque ruso pasa rugiendo, en una nube de polvo rojo; la bandera de la República Popular de Vietnam flamea en su torreta. Al caer la tarde, las nubes se han acumulado y sueltan una lluvia torrencial. Pran sigue su camino, esforzándose, sosteniendo una lámina de polietileno sobre el niño que lleva a la espalda.

La marcha se torna más dura cuando la ruta se reduce a una huella de carretas y comienza a serpentear colina arriba, entre eucaliptos. Cerca de la cima encuentran una pagoda en ruinas. Keo es el primero en entrar, los otros le siguen; será el refugio para pasar la noche.

Los del Khmer Rouge han presentado a esta pagoda sus respetos de costumbre: la mitad del tejado ha sido volado. La gigantesca estatua de Buda, contra la pared más alejada, no tiene cabeza, el torso y las piernas recogidas han sido utilizados para prácticas de tiro. En algún momento del pasado, el edificio ha sido usado como chiquero, pues hay pajas y estiércol de cerdo en el suelo, entre los fragmentos de mosaicos azules caídos del techo. Pero los cerdos deben de haber sido devorados hace tiempo. Ahora, sólo los murciélagos habitan el templo, y la selva ha llegado hasta él.

Kim tiene una tos persistente. Le transpira la frente y sus ojos brillan, muy secos. Pran lo envuelve en una manta y lo acuesta. Se apresuran a encender fuego con palos, paja y guano seco. Hierven arroz en una cacerola y le agregan el resto del pescado seco que trajeron de Siem Reap. Kim come un poquito, pero no logra retenerlo. Pran lo mece en sus brazos, cantándole una canción de cuna. Les queda mucho por viajar y la ruta se vuelve cada vez más ardua.

Los otros están igualmente cansados y exhaustos. Keo, el de más edad, es, probablemente, el más alerta. Se sienta frente al fuego y lo mira con ojos impenetrables. Rong y su esposa están acurrucados, uno junto a la otra, contra la pared de la pagoda, con los ojos cerrados, en actitud de agotamiento. Rong fue a la escuela con Pran, cerca de Siem Reap. Se casó a principios de 1975, pocos días antes de que las tropas de Lon Nol depusieran las armas o huyeran ante el Khmer Rouge. Hasta la llegada de los vietnamitas, Angka los había mantenido separados. Rong no le ha dicho nada, pero Pran sospecha que ese arduo viaje tiene una finalidad: la esposa de Rong está embarazada y ambos quieren que el bebé nazca en libertad.

Con suavidad, Pran mece al niño mientras contempla las enormes sombras que el fuego arranca de la estatua de Buda. Cuando crucen la frontera con Tailandia adoptará a Kim como hijo suyo. A su debido tiempo lo llevará a Norteamérica, y el niño se convertirá en uno más de la familia; crecerá con sus propios hijos y aprenderá a hablar inglés... pero sin olvidar el khmer, para que pueda seguir rezando sus plegarias a Buda. Eso es lo más importante... Pran está demasiado agotado. Cierra los ojos y duerme, con el niño en brazos.

Los despierta, al amanecer, un ruido de vehículos. Pran entrega el niño a Keo y sale a investigar. Son dos tanques y un convoy de camiones vietnamitas; se encaminan hacia el oeste por la ruta del valle.

Se renuevan las ansiosas discusiones sobre el mapa de Phat. Deciden, finalmente, desviarse hacia el norte para evitar el convoy. De todos modos, la senda es ahora una huella escarpada y desigual bajo el ardiente sol. La esposa de Rong está pálida, pero rechaza toda ayuda. Pran va delante de ella, con Kim cargado a la espalda. Rong y Keo maniobran con las bicicletas por el estrecho camino. Mientras ascienden la colina, ven nubes de humo en el flanco opuesto, seguidas por el golpeteo sordo de los morteros al estallar. Por lo visto, los soldados de la resistencia del Khmer Rouge están aprovechando los restos de la estación seca para montar un ataque guerrillero contra los vietnamitas.

Eso representa otro cambio de planes. Después de una silenciosa comida, compuesta por leche de coco, arroz frío y la diminuta fruta amarilla de la banana silvestre, siguen hacia el oeste por el valle. Las bicicletas resultan inútiles en esa sofocante maleza de helechos, plantas de pantano y lianas enredadas. Las abandonan y siguen adelante como pueden. Cuando vadean los arroyuelos deben detenerse a quitar con sal las sanguijuelas de sus piernas.

Al llegar a terrenos más altos, Keo les advierte que deben estar alertas. En las montañas de frontera, la guerra no se lleva a cabo con bombas y balas, sino con trampas. Es preciso pisar con mucha cautela. Caminan dos horas más, siempre ascendiendo. En cierta oportunidad oyen las voces de una patrulla del Khmer Rouge y se agazapan en la sombra hasta que el peligro pasa.

Pran ha puesto a Kim en brazos de Rong para tomar la delantera. De pronto, un vago oscurecimiento del sendero, ante sus pies, lo detiene súbitamente. Aparta con su garrote las hojas y la vegetación; así queda al descubierto una trampa *punji,* la más antigua y cruel de todas: un profundo hoyo cavado en la senda, con picas de medio metro, hechas con bambú aguzado que sobresalen de la base. Keo toma el bastón de Pran para hurgar entre los arbustos hasta encontrar un paso seguro alrededor de la trampa. Lo sigue Rong; Pran va tercero, con el niño otra vez sobre sus hombros.

Cinco metros más allá ve el alambre en el momento en que Rong lo pisa. Lanza un grito de advertencia, y tanto Keo como Rong quedan inmóviles por una fracción de segundo. Los pájaros ascienden lentamente hacia el cielo. Luego, la explosión. Un chillar de monos. Rong y Keo, muertos. Pran cae de rodillas, con un grito agudo. La sangre le corre entre los dedos, una esquirla ha hecho impacto en su costado.

A su alrededor siguen los gritos. Aturdido, aterrorizado, sujeta a Kim y corre hacia la maleza, a cualquier parte, para alejarse del Khmer Rouge. El alambre, a cinco centímetros del suelo... Las dos granadas en latas, a cada costado del camino... Es una de las trampas sobre las cuales Keo les había advertido... Pero Keo ha muerto. Presa del *shock,* llorando por el dolor de la herida, corre hasta que ya no puede seguir. Nadie del grupo lo ha seguido. Está solo con Kim. Abrazado al niño, se deja caer.

El niño ha muerto.

Eso no es algo que Pran pueda comprender. Deposita a Kim en el suelo y ve el fragmento de metralla hundido en su cuello. Pero está confundido. Levanta al niño y lo estrecha contra su camisa manchada de sangre. Kim tiene los ojos abiertos, pero no hay temor en ellos. Parece tan tranquilo como cuando duerme en los brazos de Pran, en los de su padre. Debe de haber muerto instantáneamente. Kim ha muerto.

Pran lo besa en la frente y lo acuesta. Con movimientos dolorosos, a causa de la herida en su costado, forma una pira de ramas secas. El sol ya está bajo cuando concluye el montículo que le llega a la cintura. Con mucha ternura, levanta el cadáver de su hijo adoptivo, lo deposita sobre la pira y enciende la leña con el último de los fósforos. Sólo entonces, mientras el humo blanco se levanta entre los árboles hasta el cielo oscuro, cede Pran a las lágrimas. Las primeras que ha derramado en todo ese tiempo amargo. Alza las manos unidas e inclina la cabeza, en señal de despedida.

Durante toda la noche, sin pensar en los enemigos que pueda atraer el humo, permanece junto a la pira ardiente, ofreciendo plegarias a Buda por el *karma* del niño. El viento nocturno hace crujir los bambúes. Poco después del alba, cuando el sol ha secado la herida en su costado, empieza a caminar hacia el barranco.

«No se preocupe. Pran es un sobreviviente nato. Si ha llegado hasta ahí...»

Pero Schanberg comenzaba a lamentar el optimismo que lo llevó a Bangkok. Durante toda una semana, un taxi lo había recogido antes del alba en el Hotel Oriental para llevarlo a uno u otro de los campamentos de refugiados que se amontonaban en la frontera montañosa con Camboya. Día tras día, el mismo taxi había vuelto a dejarlo, con las manos vacías y las mismas respuestas vanas de funcionarios y trabajadores de los organismos de socorro:

—No tenemos a nadie de Siem Reap.

Bostezó, mirando con ojos legañosos por la ventanilla del taxi. Bajo la temprana luz de la mañana, unas nubes amarillentas se agrupaban en el cielo enorme. Tal vez hubiera sido mejor esperar en Nueva York la confirmación de que Pran había escapado...

Pero necesitaba venir, necesitaba que se supiera de su presencia a lo largo de la frontera. A los tailandeses no les gustaban los khmers antes de la guerra; mucho menos, los refugiados khmers. Si Pran llegaba solo, sin contactos en los campamentos para que lo registraran legalmente, probablemente acabaría por engrosar los miles de refugiados a quienes el gobierno tailandés había expulsado en los últimos tiempos, devolviéndolos a Kampuchea. De un modo u otro, era preciso que

Schanberg estuviera allí. Al menos, debía hallar a algún refugiado de Siem Reap que pudiera decirle si Pran estaba vivo o muerto.

El paisaje, liso como un espejo, comenzó a distorsionarse en barrancos al acercarse las colinas. Surin, según le habían dicho, era uno de los campamentos más grandes. Algunos de los que había visitado esa semana eran meras covachas de bambú de un solo cuarto, levantadas sobre pilotes, alrededor del barro.

En aquellos campamentos morían diariamente cien personas o más, como consecuencia de la malaria y la desnutrición; se las sepultaba en tumbas comunes. Las «fuerzas de resistencia» del Khmer Rouge los atacaban a voluntad, bajando de las montañas para robar los alimentos que proveían las organizaciones de socorro; también compraban armas nuevas a los traficantes tailandeses y secuestraban a los muchachitos refugiados para adiestrarlos como guerrilleros. Todo sin que nadie lo impidiera. Los asesinos de Pol Pot habían sido reconocidos por Estados Unidos e Inglaterra como el legítimo gobierno de Kampuchea. La bandera roja del Khmer Rouge flameaba sobre el edificio de las Naciones Unidas, en Nueva York, tal como había flameado sobre los campos de matanza de Camboya.

La ruta había comenzado a serpentear hacia arriba entre colinas sembradas de cantos rodados y bosques ralos. El sol arrancaba chispas al papel dorado que decoraba el parabrisas en su borde superior. Schanberg recordó lo que Pran le había contado: los conductores budistas llevaban sus taxis nuevos al templo, para que los bendijeran los sacerdotes; éstos ponían flores en el parachoques delantero y les daban papel dorado para alejar los malos espíritus. Era una de las costumbres de la vieja Camboya.

Schanberg había llevado a Tailandia detalles del censo de 1979, efectuado por los vietnamitas: de once mil estudiantes, quedaban con vida sólo cuatrocientos cincuenta; sólo doscientos siete profesores de enseñanza secundaria, de dos mil trescientos; cinco mil trescientos alumnos, cuando su número superaba los cien mil a principios de 1975... y sólo cinco periodistas con vida en todo el país... Se hubieran podido desechar esas cifras, considerarlas propaganda vietnamita, de no ser por los informes independientes de los refugiados, que confirmaban la magnitud de la catástrofe.

Las nubes comenzaban a amontonarse sobre las montañas lejanas. Schanberg se incorporó. El taxi franqueó una elevación e inició el descenso hacia un valle verde y amplio, que se adentraba en las colinas. Al otro extremo se extendía el Campamento de Refugiados de Surin, en una desaliñada confusión de callejones y viviendas comunitarias. El sol arrancaba destellos de los techos de hierro corrugado, que lucía el signo de UNICEF y de la Cruz Roja Internacional. Detrás de los cercos de alambre de púas, se elevaban prolijas hileras de alojamientos. Sólo en Khao-I-Dang, el campamento del que la Cruz Roja estaba orgullosa, había visto Schanberg un ambiente más próspero. Nervioso, sacó su documento de identificación, con una fotografía cuyo sello decía: SURIN. La asistente social que se lo había extendido la noche anterior, en Bangkok, se había encogido de hombros con una sonrisa, diciendo:

—No se pierde nada con probar, pero dicen que hay cadáveres cada ochocientos metros, en la ruta que cruza la frontera.

Junto a ellos pasó un carro proveniente del campamento; luego, un camión que cubrió el camino con nubes de polvo. Podía haber hasta cuarenta mil personas amontonadas tras las alambradas de Surin. Como de costumbre, al llegar al puesto militar, un oficial tailandés verificó su identidad antes de levantar la barrera para permitirle el paso al edificio de la administración. Como de costumbre, Schanberg sintió que se le contraía el estómago y se le humedecían las sienes al subir los peldaños, que llevaban a un cuarto fresco, pintado con cal.

La muchacha estaba ocupada. El periodista encendió un cigarrillo y se dedicó a mirar las láminas de turismo pegadas en las paredes. Singapur, Nueva York, París... destinos que, para la mayoría de los habitantes de Surin, eran sólo un sueño imposible. Aun en el campamento transitorio de Khao-I-Dang, muchos de los refugiados habían pasado cuatro años de sus vidas, y pasarían muchos más.

—¿Señor Schanberg? —la muchacha del escritorio parecía tailandesa, pero su acento era puramente neoyorquino.

—Sí —respondió él, con la garganta seca—. Vengo desde muy lejos. Espero que usted pueda ayudarme. Busco a un refugiado camboyano. Se llama Dith Pran.

La muchacha consultó un fichero de tarjetas y negó con la cabeza.

—Lo siento, pero en los registros no figura ningún Dith Pran. ¿Cuándo cruzó la frontera?

Schanberg apenas oyó la pregunta. Por primera vez comenzaba a admitir ante sí mismo lo que hasta entonces se había negado a creer: que Pran podía no haber llegado a la frontera.

—No lo sé —murmuró—. Puede hacer una semana, dos...

Ella se encogió de hombros.

—Hay algunos que han llegado hace muy poco, sin papeles de autorización; están esperando que se les devuelva a su país. Se encuentran en el Sector D, casas números 14 a 18.

—Gracias por su ayuda.

Al ver la expresión del periodista, ella lo acompañó hasta la puerta. Fuera, una bandada de niños, atraídos por el taxi, blandían tallas de madera en venta: un banquito de tres patas, un triste pájaro en su percha. Algunos, con sonrisas esperanzadas, alargaban la mano vacía. La muchacha neoyorquina empezó a hablar, pero Schanberg la interrumpió:

—Ya sé lo que va a decirme —advirtió, cansado—:

que no les dé esperanzas de que vaya a llevármelos a casa.

Subió al taxi. Los niños corretearon tras ellos algunos metros, pero se quedaron atrás. Cruzaron un portón interior y recorrieron un par de calles, deteniéndose a pedir indicaciones. En cada oportunidad, los niños se apretaban contra el auto, algunos cojeando con sus muletas, mientras los adultos (muchos de los cuales seguían vestidos con pijamas negros) los miraban desde los umbrales, con rostros inexpresivos. Schanberg recordó unas palabras leídas en alguna parte: «La lucha del hombre contra la tiranía es la lucha de la memoria contra el dolor.» Para esos rostros impasibles, el dolor era demasiado terrible; los recuerdos, insoportables. Habían borrado el pasado y, con él, cualquier expectativa de un futuro mejor.

La pregunta era: ¿cómo levantar a un pueblo de entre los muertos?

Recibieron más indicaciones. Finalmente llegaron a una callejuela en donde no había niños. El tanque de agua se elevaba detrás. Schanberg bajó del coche e hizo que el conductor hablara con un viejo, sentado ante una mesa de bambú.

Alguien salió de la casa comunitaria de enfrente y avanzó renqueando por la ruta. Una figura extraña, vestida con pantalones azules desgarrados y una camisa manchada de sangre. Schanberg le dedicó una mirada fugaz. De inmediato volvió a mirarlo más detenidamente.

Abrió los brazos y el hombre se lanzó hacia él, apretando la cabeza contra el hombro del periodista. Su cuerpo frágil se sacudía, entre sollozos. Schanberg lo estrechó con fuerza, todavía incrédulo, con lágrimas de júbilo corriéndole por la cara.

—Viniste —dijo Dith Pran—. ¡Viniste, Sydney!

